검찰수사관 내전

초판 1쇄 발행 _ 2020년 5월 25일
초판 2쇄 발행 _ 2021년 1월 1일

지은이 _ 김태욱

펴낸곳 _ 바이북스
펴낸이 _ 윤옥초
책임 편집 _ 김태윤
책임 디자인 _ 이민영

ISBN _ 979-11-5877-166-9 03810

등록 _ 2005. 7. 12 | 제 313-2005-000148호

서울시 영등포구 선유로49길 23 아이에스비즈타워2차 1005호
편집 02)333-0812 | 마케팅 02)333-9918 | 팩스 02)333-9960
이메일 postmaster@bybooks.co.kr
홈페이지 www.bybooks.co.kr

책값은 뒤표지에 있습니다.
책으로 아름다운 세상을 만듭니다. — 바이북스

미래를 함께 꿈꿀 작가님의 참신한 아이디어나 원고를 기다립니다.
이메일로 접수한 원고는 검토 후 연락드리겠습니다.

검찰수사관의 "13년 만에 쓰는 편지"

검찰수사관 내전

김태욱 지음

형님 전 상서

형님이 가신 지 13년이 지났습니다. 어떤 급한 일이 있어서 그리 먼저 가셨는지, 13년이면 그쪽의 급한 일도 얼추 마무리하셨겠네요. 저도 이제 형님이 가셨던 때의 나이를 훌쩍 지나 어느 정도 시간 여유 있는 자리에 앉아 있습니다. 그러고 보니 형님이 가시기 전 맡았던 딱 그 자리에 제가 앉아 있네요.

가시고 나서 이곳 검찰이 그리고 제가 얼마나 변했는지 궁금하시죠? 그럴 것 같아서 이렇게 편지를 쓸 생각을 했습니다. 형님 생전에 궁금한 것 못 참으셨잖아요. 성질이 급하셔서 하시고 싶은 말보다 "야, 자식아!"가 먼저 나왔었는데, 여전하신지 모르겠습니다.

이곳은 생각보다 그리 변한 게 없습니다만 한두 가지 정도는 있습니다. 제가 벌써 정년이 몇 년 남지 않았을 정도로 나이를 많이 먹었고, 검사들의 권한이었던 수사권 일부가 경찰로 넘어갔어요. 수사권이 경찰로 넘어갔다는 소식은 형님 계실 때 기준으로 보면 깜짝 놀랄 일이지요? 여기서는 몇 년 전부터 예견된 일이었습니다. 수사관들에 대해서는 변한 게 없어요. 그때나 지금이나 그렇게 저렇게 아무개로 살아가고 있습니다. 물론 소소한 것들은 변한 것도 많이 있습니다만.

왜 아무개라고 하는지 궁금하시지요. 제가 요즘 인터넷 '브런치'라는 곳에 글을 쓰면서 수사관들을 아무개라는 이름으로 표현하고 있어요. 어떤 책에서 문구 하나를 읽다보니 딱 이 '아무개'가 우리 수사관들이 아닌가 하는 생각이 들어서 사용하고 있습니다. 검찰수사관들을 아무개라는 표현을 사용하자니 어떤 이는 웃어넘길 테고, 누군가는 싫어할 수도 있겠지만, 저 스스로는 '딱이다'는 생각이 들어서요. 그 책에서 제 마음에 들어왔던 문구가 이겁니다.

> 저물어가는 조선에 그들이 있었다.
> 그들은 그저 아무개다.
> 그 아무개들 모두의 이름이,
> 의병이다.
> 원컨대 조선이 훗날까지 살아남아 유구히 흐른다면,
> 역사에 그 이름 한 줄이면 된다.

2년 전에 많은 사랑을 받았던 드라마 〈미스터 선샤인〉의 메인 포스터에 나온 글이라고 합니다. 저는 메인 포스터까지는 보지 못했으나 드라마를 본 적은 몇 번 있습니다. 아내가 즐겨보고 있던 드라마인데, 여주인공의 미모와 매력적인 허스키 톤의 대사가 귀와 시선을 TV 앞으로 끌었습니다. 주인공 남녀가 서로의 입을 손으로 가리고 상대방의 눈을 쳐다보는 장면도 아직 생생합니다.

이 메인 포스터 문구는 최태성 선생의《역사의 쓸모》라는 책에서 발견하고 인용한 것입니다. 이름을 남기지 못한 의병들을 아무개라고 표현한 문구가 문득 마음에 들어왔지요. 가끔 책을 읽다 보면 가슴에 '팍' 박히는 문구 있잖아요. 이게 딱 그랬습니다.

저는 검찰에 속해 있으나 남보다 특출 난 애국심과 의기를 가진 인물도 아닙니다. 많지 않는 공무원 월급을 아쉬워하고, 가족 부양을 걱정하는 대한민국의 평범한 공무원이죠. 그럼에도 불구하고 검찰수사관을 감히 의병에 비유하는 것이 송구하지만 숭고한 의기와 처절했던 애국심을 비교하고자 하는 것은 아닙니다. 다만, '아무개'의 사전상 의미만 빌려서 사용하고자 합니다.

'검찰'은 검사들의 영역 세계입니다. '검찰'이라는 단어로 검찰수사관을 떠올리는 사람은 아마 가족 외에는 없겠지요. 대한민국의 거의 모든 사람이 검찰하면 검사를 떠올릴 것이고, 형님도 물론 고개 끄덕이시리라 생각합니다.

지금은 퇴직했지만 저희 청 지청장으로도 계셨고, 법무연수원장으로 퇴직하셨던 모 검사장이 쓴 연수원 교재에서도 검사는 장수, 수사관은 병사로 비유하고 있더군요. 저의 역사 지식 내에서 장

수 이름은 알아도 아는 병사의 이름은 없습니다. 라이언 일병 빼고는요. 이변이 없는 한, 검사 외 검찰청의 직원들은 흘러갈 검찰의 역사 속에서 이름 없는 병사 그리고 '아무개'로 존재할 뿐일 것입니다. '아무개'라는 단어를 차용한 이유입니다.

의병이 역사 속의 '아무개'로 존재하지만 저물어가는 조선의 어둠을 밝혔듯이 검찰의 수사관들도 검찰에서 없어서는 안 될 존재로 자리매김하고 있음은 부정할 수 없을 것입니다. 이 검찰청 아무개들의 생각을, 열등감과 자존감을, 그리고 그 주변의 이야기를, 아무개의 눈으로 보았을 검찰의 세상을, 이렇게 형님께 편지글로 써보고자 합니다. 제 이야기를 포함해서요.

아무래도 형님은 저의 선배 수사관이셨고, 항상 들어주고 편하게 웃어주셨던 분이니 모든 것을 이해해주시리라는 생각이 드나 봅니다. 본인 외엔 아무도 관심 갖진 않겠지만 누군가에게 가려진 삶은 생각보다 가끔은 서글프기도 하지만, 스스로 높여가는 자존감과 자부심은 이를 충분히 상쇄시키기도 합니다. 적당한 우울감은, 차갑지만 그리운 겨울바다를, 그리고 해질녘의 노을을 혼자서 보는 기회를 주고, 가끔은 뜨겁고, 때로는 은은한 열정은 스스로를 끌어가는 동력이 되기도 합니다.

제 주변 이야기를 글의 소재로 삼은 것도, 누군가의 불편이 그 안에 회자되는 것도, 저에게는 부끄럽고, 누군가에게는 미안하지만,

이렇게 밀어붙이는 용기를 내는 것은 저 또한 '아무개'인 까닭인 것 같습니다. '아무개'의 시선이 주를 이루는 이야기지만, 그래야만 쏟아질 말들이기에 형님께 고스란히 이렇게 드러내고 있습니다. '아무개'를 강조하는 기저의 심리는 아무래도 '아무개'에 대한 응원을 바라는 것일지도 모르겠네요.

차례

제2부 **대장놀이**

제3부 **수사일지**

제4부 검찰청사에도 꽃은 피어난다

제5부 이제는 나를 찾아

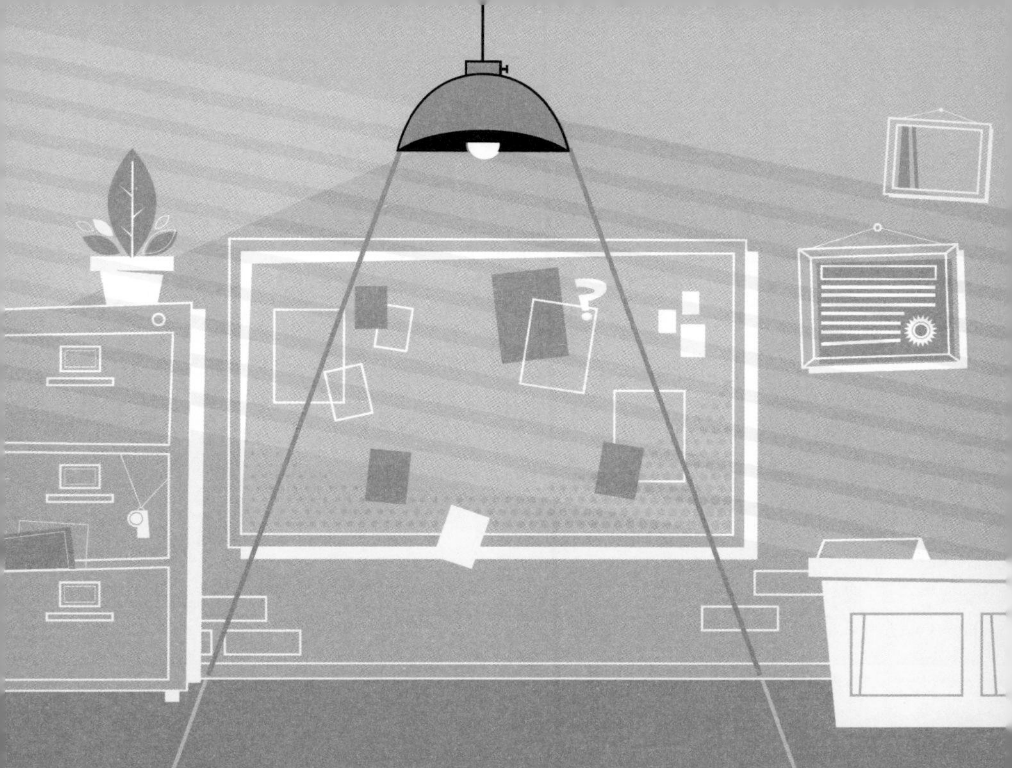

제1부

가벼운 수다

누군가에게 가르침을 받든, 책을 읽든,
스스로 깨우치든 사람은 무언가를 해야만 성장을 한다.
아무 일도 하지 않으면 아무것도 얻을 수 없다.
성장의 원동력은 무언가를 하는 것이다.
침묵은 무거우나 얻는 게 없고,
수다는 가벼우나 사람을 얻는 기회가 된다.

검찰청 105호실

지금 제가 근무하는 사무실은 1층 105호실입니다. 떠나시기 전 형님이 근무하셨던 바로 그 사무실입니다. 1층에 내려와 근무를 하다 보니 25년 전인가, 제가 아직 3년 차 풋내기 수사관으로 근무할 당시, 우연히 1층에 내려왔던 한 젊은 검사가 웃으며 저에게 던졌던 물음이 생각납니다. 형님도 아시는 검사인데 요즘 TV에 자주 나오더군요.

"이 자리에서 저 자리까지 몇 년 걸려요?"

'이 자리'는 초임 수사관들 자리를 말했고, '저 자리'는 수사관들 최고참인 계장 자리를 말했습니다. 지금은 퇴직하신 H계장님 자리 말입니다. 제 자리를 비롯하여 수사 관자리는 양쪽으로 4명씩 서로 마주보고 있었고, 계장 자리는 혼자서 수사관들을 바라보는 위치에 자리하고 있었으니 거리로 따지면 3미터 정도나 되었을 것입니다.

그 검사는 농담으로 물었고 저도 웃고 말았으나 검사실에서 근무하다 지금 이 자리에 내려와 보니 방향을 달리한 자리로 3미터를 옮기는데 그로부터 25년가량이 걸렸네요. 바로 옆자리로 옮기는데 25년이라니 참 뭐라 할 말을 찾을 수는 없고, 시간은 뭉텅이로 흘러간 것 같습니다. 15년 전에 청사를 옮겼으니 딱 그 위치는 아니지만 부서의 구조는 그대로고 보직 또한 그대로니 검사의 물음이 생각나 피식 웃게 됩니다.

20대 후반의 풋풋했던 얼굴은 이제 저도 흰 머리를 염색으로 감춰야 하는 나이가 되었고, 25년의 세월을 팔아낸 대가로 이 자리에서 또 다른 젊음들을 보고 있네요. 이 젊음들도 저 자리까지 몇 년이나 걸릴까 하는 생각을 할까요?

검찰수사관이라는 직업으로 적지 않은 시간을 흘려냈습니다. 가끔은 뿌듯하게 한편으론 민망하게, 때로는 오만하게, 그리고 어떨 땐 정의롭게, 그렇게 지나온 검찰청에서의 시간들을 이제는 꾹꾹 뭉쳐서 가슴속에 담아두고, 조금씩 편린으로 꺼내어 심심풀이 글 소재로, 그리고 호프집의 술안주로 내어놓고 있으니 더 이상 뭉쳐 담을 검찰의 시간은 제게도 이제 많이 남지 않았습니다.

28년 전의 청사는 매화가 제일 먼저 핀다는 매곡동이었잖아요. 청사는 좀 낡고 허름했지만 청사 주변으로 벚꽃이 꽤 예뻤고 뒤편 마을 골목엔 홍매화거리가 또 다시 예뻤지요. 도로 하나를 건너 옆에 대학 캠퍼스가 자리하고 있어서 봄이면 햇볕과 함께하는 산책로로 그만이었습니다. 형님과 같이 점심시간에 산책을 나가기도 했고요.

생각나시는가요? 지청장 관사를 지나는 청사 후문을 나서면 '낭만'이라는 어설픈 호프집이 퇴근길을 막았고, 그곳에선 형님을 비롯하여 선배 수사관들의 영웅담이 술값과 함께 부풀어 가곤 했었지요. 가끔 그리고 때로는 자주, 검사들 지갑의 소유권이 선배 수사관에게 넘어가기도 했고, 선배의 손에서 후배의 주머니로 옮겨지기도 했었습니다. 가게 이름처럼 '낭만'이 넘쳐, 위장은 맥주로 인해 넝마가 되기도 했으나 지금은 그 허름한 청사도 낭만도 세월처럼 사라져 갔습니다. 아마 지금 문구사로 바뀌었을 겁니다. 그 옆에 사진관은 아직도 그대로 있어요. 우리 청 행사 모습을 전담으로 담던 그 작은 체구의 사진사님은 백발의 노신사가 되어 있더군요.

그 시절 호프집 '낭만'에서 영웅담을 펼치던 선배들은 이미 돌아가신 분도, 아직 정정하게 법무사를 하시는 분도 계시지만, 끔찍하게도 후배들을 챙겼던 그분들을 잊기는 어렵네요. 형님도 그 선배 중에 한 분이셨는데, 세월이 흐르고 문화가 바뀌어 저는 형님과 그 선배 분들처럼 후배들을 챙겨주지 못하고 있습니다. 직장문화가 바뀌고 술자리 문화가 바뀌어 술 한잔 하자는 말이 갑질이 될 수도 있으니 술 먹자, 밥 먹자는 이야기도 망설여집니다.

날로 삭막해져가는 직장생활에서 저 앞에 앉아 있는 후배들은 어떤 희망을 가지고 살아가는지, 변해가는 검찰조직의 현실이 저들에게 어떤 가능성을 주고 있는지, 제가 지나온 근 30년의 세월과 그 적지 않은 세월이 준, 불과 3미터 거리의 이 자리에서 저들은 무엇을 바라보고, 무엇을 목표로 견뎌낼 것인지, 가끔은 궁금하고 때로는 안타까워서 무언가를 해줘야 한다는 마음이 강박처럼 다가오기도 합니다.

매일매일의 업무에 시달리고는 있지만, 예전과 달리 수사를 회피하고, 승진에 목을 매는 그들의 모습에서 검찰이라는 조직에서 희망을 찾지 못하는 속마음이 보일 때면 선배로서 부끄럽고, 조직을 끌어갔던 앞선 자들이 못마땅하기도 합니다.

형님도 그곳에서 내려다보시고 계실지 모르겠습니다만, 근래에 검찰과 경찰 사이에서 수사권 조정이라는 것이 있었습니다. 수사권이라는 것을 조정을 해야 하는 것인지에 대해서는 의문이 있습니다만 여하튼, 용어는 그렇게 사용하고 있습니다. 간단히 말씀드리면 원래 모든 수사의 주재자는 검사였잖아요. 그 모든 수사의 주재자로서의 검사가 빠지고 경찰에 단독적인 수사권을 부여한다는 것입니다. 수사지휘권이 사라지고 불기소에 해당하는 사건의 종결권도 경찰이 갖게 되었지요.

이로 인해 검찰이, 아니 법무부와 검사들이 시끄럽지만, 피해자일 그리고 수익자일 국민들의 의견은 어디에도 보이지 않으니 안타까운 마음이 드네요. 개혁대상이라는 검찰조직의 일원인 수사관 등 직원들의 업무와 처우가 어떻게 변할지 우려가 되지만 아직은 아무것도 알 수가 없습니다. 어떤 정치인은 수사관의 정원 축소가 필요하면 법무부 산하 다른 조직으로 가면 된다는 세상 무책임한 소리도 하더군요. 보일러 수리공에게 전기수리 하러 가라는 격이지만 차츰 시행령을 만들어가면서 검찰수사관들의 위치도 제자리를 찾아갈 거라 믿어봅니다.

검찰청엔 검사 외에도 수천 명의 사람들이 있음을, 풋풋하게 들어오는 신규 수사관이 희망을 가질 수 있도록, 직업을 원하는 젊은 이들이 자랑스럽게 수사관으로 들어올 수 있도록, 선배 수사관이 진심으로 축하하고 환영할 수 있도록, 국민들이 검사뿐만 아니라 검찰수사관도 응원하는 날이 오도록, 그런 꿈이라도 꾸어볼 일입니다. 후배들은 묵묵히 일을 함으로써, 저는 이렇게 형님의 응원을 바라면서 말입니다.

검사가 될 걸 그랬나요?

돌아가고 싶진 않다.
지금 오르지 못한 지위보다, 현재 쌓지 못한 부보다,
지금까지 맺어온 인연이 충분히 값진 까닭에.

예전 형님 계실 때는 없었습니다만 요즘은 검찰수습수사관이라는 제도가 생겼습니다. 수사관 임용 전에 미리 수습으로 발령받아 일을 해보는 것으로, 인턴이라는 용어도 사용하고 있습니다. 최근에 그 검찰수습수사관이 제가 근무하는 부서에 신규 발령으로 배치되었습니다. 아직 앳된 티에 상기된 표정의 수사관은 씩씩하게 본인의 이름을 이야기하며 임용된 설렘을 감추려 하고 있었습니다.

부임신고를 마치고 자리를 배정받은 그는 무엇을 해야 할지 안절부절못하고 있었지요. 아직 업무는 부여 받지 못했고 가만히 앉아 있자니 일하고 있는 선배들에게 미안한 것일 겁니다. 젊은 수사관의 모습에서 30년 전, 저를 맞아주셨던 형님과 당시의 저를 떠올리고 있었으나 힘들고 고단한 직업에 들어선 수사관의 선택에 대한 안타까움을 감추기는 힘들었습니다. 뭐, 그래도 환영은 합니다만.

"김 수사관은 검찰수사관을 택한 이유가 있어요?"

저는 안절부절못하며 앉아 있는 수습수사관의 긴장을 풀어줄 요량 겸, 요즘 젊은이들의 생각도 들어볼 겸 말을 건네보았습니다.

"네! 국민을 위해서 일할 수 있는 공무원이 되고 싶었고…."

"면접 보는 거 아니니 그런 거 말고, 국민을 위해 일할 수 있는 공무원이 검찰직만 있는 것은 아닌데."

"예?"

"그래. 그렇다 치고, 검찰에 들어오고 싶은 이유가 있었다면, 사법시험도 있고, 요즘은 로스쿨도 있는데."

수습수사관의 긴장을 풀어주겠다던 저는 제가 생각해도 밉살스럽게도 물어보고 있었습니다. 아시다시피 제가 딱히 삐딱한 사람은 아닙니다만 안타까운 마음에 나왔던 물음이었던 것 같습니다. 사법시험, 로스쿨을 갈 수 있는 정도였다면 당연히 갔겠지. 당연히 사정이 되었다면 검사로 들어왔지, 수사관을 택했겠어? 아무 말 하지 못하고 얼굴만 붉어진 수사관의 얼굴은 이렇게 말하고 있었습니다.

'꼰대!'

수습수사관에게 밉살스런 질문을 했지만, 검찰수사관으로 들어오는 상당수의 직원들은 사법시험을 공부했거나, 아니면 최소한 사법시험이나 로스쿨에 맘을 두었던 사람들이 많잖아요. 형님도 처음 저를 맞아주셨을 때 왜 공부를 계속하지 않았느냐 물어봐주시기도 했지요. 이런 이유 때문에 수사관들은 사법시험을 통과하여 들어온 검사들에게, 자신은 이루지 못한 꿈에 대한 열등감, 또는 자신을 뛰어넘은 능력에 대한 존경심, 그리고 자신도 법학공부를 했었다는 부분에 대한 근자감(근거 없는 자신감)에 따른 경쟁심 등 복합적인 마음을 가지고 있습니다.

제가 검찰에 입사했던 시기를 이야기해볼까 합니다. 저도 법대를 졸업했기에 졸업 전에 당연히 사법시험을 준비하고 있습니다. 그때만 해도 공무원이 인기 있는 직종이 아니었지요. 급여도 턱없이 적었을 뿐더러 공무원이 대우받는 시기도 아니었습니다. 근 30년이 지난 지금은 젊은이들 사이에 공무원이 대세라 하고, 공무원 준비를 하는 이들이 서울 신림동 등지에 몰려 있다고 하니 세월은 많은 것을 변하게 하는 것이 맞는 것 같습니다.

제가 광주에서 부임신고를 마치고 순천에 왔을 때 형님이 서무담당 수사관으로 계시면서 저를 맞아주셨습니다만 저는 임용되었다는 발령 연락을 시골 지서 경찰관으로부터 받았습니다. 그 즈음 아마 형님에게 말씀드렸을 것입니다만 광주지검 담당 수사관이던 J선배가 경찰서에 연락하여 저를 찾았었습니다.

저희 집으로 연락이 안 돼서 그랬을 것입니다. 요즘이야 초등학생도 가지고 다니는 휴대폰이지만 그때만 해도 집을 나가 있으면 연락 받을 수 있는 방법이 없었잖아요. 삐삐도 시티폰도, 애니콜도 없었으니 시내 다방으로 전화하거나 우체국 앞 공개 게시판에 '영수야! 황금당구장으로 와라!'는 메모지를 붙여놓고 약속을 정하던 시기였지요. 많이 불편했지만 낭만도 있었던 시기였던 것 같습니다.

임용대상자가 전화연락이 되지 않는다고 경찰관을 보내는 검찰청이었으니 지금과는 많이 달랐고요.

제가 형님에게 말씀드렸을까요? 아마 술 한잔 하다 술에 취해서 넋두리했을 겁니다만, 제가 검찰직 시험에 응시했던 것은 불행하게도(?) 우연이었지요. 법대 출신이라면 거의 대부분이 시도해보는 사법시험 공부를 기웃거리고 있던 차에 마음도 조급하고, 답답하여 취업 수험 서적을 파는 서점에 바람을 쐴 겸 나간 것이 동기가 되었습니다. 지금은 모든 수험정보를 인터넷을 이용하지만 그때만 해도 수험정보를 알려면 시내에 있는 서점에 나가야 했습니다. 그 서점에서는 공무원 시험 일정뿐만 아니라 대기업, 공사 그리고 조그마한 중소기업 등의 시험일정까지 파악하여 메모판에 붙여두면서 해당되는 시험과목의 서적을 판매하는 영업 전략을 사용하고 있었지요.

책도 잘 눈에 들어오지 않고, 답답한 마음에 바람을 쐬러 별 생각 없이 3번 버스를 타고 시내에 나갔습니다. 그때는 시내버스 승강장에 버스 토큰과 복권, 담배 등을 파는 박스 노점이 있었습니다. 많은 백수들이 허황된 희망을 갖고 쓸데없는 짓을 하듯이 저도 그 노점에서 솔담배 한 갑과 함께 즉석복권을 하나 구입했습니다. 즉석복권은 당연히 '꽝'이었지요. 당연한 '꽝'을 허탈하게 확인하고, 운이라는 것은 왜 남에게만 주는 것인지, 믿지도 않는 신을 원망하며 털레털레 그 서점을 찾았습니다.

서점 앞에는 후줄근한 차림새의 수많은 젊은이들이 담배를 줄기

차게 피워대며 서성거리고 있었습니다. 주로 대학 졸업을 앞둔 4학년이거나 졸업한 지 몇 년 되지 않은 사람들이 대부분이었겠지요. 그 서점 창문에 붙여놓은 구인란을 보거나 서점 내 게시판을 뚫어지게 쳐다보는 게 누가 봐도 직업이 절실한 취업준비생들이었고, 저도 그중에 한 사람이었습니다.

피우던 담배를 비벼 끄고 서점 안으로 들어서는데 아는 얼굴들이 몇이 보였습니다. 같은 입장이니 누가 뭐랄 것은 없지만 얼굴 마주치기가 괜히 민망하고 거북했지요. 구인란을 보고 있는, 사정이 뻔한 사람들이 서로 안부 인사하기도 민망하고 어색했으니, 묻지 않아도 얼굴에 쓰여 있는 안부를 뭐 하러 묻겠습니까. 슬며시 서점을 나와 버렸습니다.

그냥 집에 돌아갈까 하다 사람들이 없는 골목 안에서 다시 담배를 꺼내 물었습니다. 쓸데없는 생각 버리고 한 대만 피우고 다시 집으로 들어가자는 마음이었지요. 하늘을 쳐다보며 연기를 내뱉던 제 눈에, 전봇대에 붙어 있는 공무원 시험 일정표가 들어왔습니다. 서점에서 신문을 오려내어 붙여둔 것으로 각종 수험 서적을 광고하는 전단지와 함께 붙어 있었습니다. 누가 찢어냈는지, 바람에 찢겼는지 모르지만 아랫부분이 찢겨 있었고, 갑자기 내용이 궁금해졌습니다. 찢어지지 않았다면 지나쳤을 공무원 시험일정을, 귀신이 들렸을까, 나머지 부분을 확인하고 싶은 맘이 왜 들었는지 모르겠습니다.

피우던 담배를 비벼 끄고 서점 문을 열었습니다. 눈치를 보며 들어선 제 눈에 검찰사무직 채용시험 일정이 적힌 메모지가 들어왔습니다. 출입문 바로 오른쪽 게시판에 붙어 있던 조그만 메모지였습니다. 지금 생각해보면 손바닥 크기 밖에 되지 않는 신문쪼가리 정도였을 검찰직 채용정보가 왜 눈에 바로 들어왔는지 모를 일입니다. 그게 보이지 않았다면 지금쯤 검사가 되어 있을지도 모를 일인데…(지난 일인데 무슨 허세는 못 부리겠습니까). 여하튼 이렇게 우연히 검찰직이라는 직업이 있음을 알게 되었고, 그다음 해 경찰관을 통해 검찰청 발령 사실을 통보받은 것입니다.

사법시험을 시작했으면 꾸준히 한 우물을 파든지, 아니면 다른 분야를 선택하여 자신에 맞는 직업을 택해야 함에도, 혹시 모르니라는 여지를 둔 행동은 이것도 저것도 아닌 결과를 만들어내고 만다는 걸 이제야 깨닫지만 이미 시간은 돌이킬 수 없이 흘렀고, 사법시험에 합격했으리라는 보장은 요즘 말로 1도 없으니 쓸데없는 허세성 후회일 뿐이긴 합니다.

여하튼 저는 그렇게 만 27세 젊은 나이에 검찰에 입사했고, 부임 신고 첫날 검사라는 사람들을 처음 봤습니다. 그때 형님이 저를 데리고 각 실에 인사를 다녔었지요. 기억나시는가요. 형님과 함께 지청장실에 부임 신고를 하러 들어갔을 때, 저에게 차를 한잔 내주던 지청장이 법대 출신이 왜 사시를 보지 않고 수사관으로 들어왔느냐며 소금도 없는 염장을 지르던 것 말입니다. 저는 아무 대답도 못하고 있었고, 지청장은 흘깃 보더니 웃고 말더군요. 부임 첫날부터 저는 "검사가 될 걸 그랬나?" 하는 생각을 했네요. 형님은 모르시겠지만 그때부터 한동안 그 생각을 지우지 못했어요.

저는 그렇게 검찰청에서 형님을 처음 만났고, 검찰수사관이 되어 30여 년이 흘렀습니다. 계획대로 되지 않는 게 인생이고, 지금 돌이키기엔 그간 형님을 비롯하여 제가 만났던 인연들이 너무 소중하기에, 지금 오르지 못한 지위보다, 현재 쌓지 못한 부보다, 지금까지 맺어온 인연이 충분히 값진 까닭에 딱히 '나 돌아갈래!'를 외치고 싶지는 않습니다.

저는 무언가에 의문을 가질 나이는 지났고, 마음 한구석에 뚫린 구멍정도는 스스로 막아낼 정도의 내공은 쌓였습니다. 이제는 누군가에게 위로가 되는 말이나 행동을 하며 살아가야 하겠지요. 예전 하지 못했던 것을 끌어내 후회하기보다는, 지금 원하는 일을 찾아가는 후배들이 많아지기를 바라고 그들을 응원해봅니다.

하도급 받은 곰

아무리 마늘을 먹어도 곰은 사람이 되지 못한다.

형님도 검사실에 계실 때 사건 조사 지긋지긋하셨죠? 지금은 저도 검사실에서 근무하지는 않습니다만 검사실에 있었던 하루의 기억을 더듬어봅니다. 형사 제1부 검사실에 있었던 하루의 기억입니다. 검사로부터 넘겨받은 사건 기록은 하루에 서너 건, 기록이 계속 캐비닛에 블록처럼 쌓입니다. 해결하면 쌓이고, 털어내면 또 쌓이고, 잘라내도 자라나는 도마뱀 꼬리처럼 항상 같은 높이의 기록이 붙박이처럼 자리를 차지하고 있었지요. 어차피 검사실에 근무하는 한 반복될 일이지만, 저놈의 사건기록을 재빨리 해치워야 제가 살아남을 것 같았지요. 자라나는 속도보다 잘라내는 속도가 빨라야 하니 그만큼 재빠른 초식을 갈고 닦아야 합니다.

수사관들이 검사실에서 진행하는 수사과정에 대해서 이야기해 보고자 합니다. 예전 제가 진행했던 사건 하나를 예를 들어볼까요.

수사 진행 중이었던 사건 하나는 인터넷 사이트를 이용한 도박개장 사건. 업주라는 사람이 PC방을 차리고 100여 대의 컴퓨터를 설치하여 손님들에게 도박게임을 공손히 제공한 사건이었습니다. 도박게임의 이름은 '손오공'. 이름도 잘 지었지요. 사실은 도박장을 운영한 자들이 동에 번쩍 서에 번쩍 손오공입니다. 동에서 운영하다, 단속되면 서쪽으로 옮기고, 서쪽이 단속되면 당시 동쪽으로 옮기지요.

그 사건에서 입건된 자는 23세, 박영식(가명). 거의 1억 원의 비용이 들어가는 PC방이 23세 대학생 정도의 젊은이 명의라는 것은 실제 업주가 아니라는 것. 그간의 경험에 비추어 이자는 분명 바지사장이었습니다. 그 당시 바지사장 많았잖아요. 동종전과가 있으면 구속을 했던 시기였으니 혹 적발될 것에 대비하여 다른 사람을 내세운 불법영업이 많았지요. 바지로 추정되니 실제 업주를 밝혀야 하고, 벌어들인 돈이 어디로 갔는지를 추적하면 실제 업주를 잡을 수 있습니다.

엄지에 골무를 끼고 기록을 재빨리 훑어냅니다. 베테랑이면 기록도 빨리 넘길 줄 알아야지요. 그런데 기록에 찾고자 하는 계좌거래내역이 없습니다. 인터넷 도박게임 사건이면 당연히 수입근거 계좌가 있을 텐데? 아무리 뒤져 봐도 없습니다. 경찰이 보물찾기 하라고 송치한 것은 아닐 터이고, 계좌확인을 하지 않았나 봅니다. 쯥! 한두 번도 아니고. 어쩔 수 없습니다. 경찰 송치 사건 치다꺼리가 검찰 일이니, 계좌영장 청구해서 봐야지요 뭐. 검사는 쌓아놓은 기록을 들입다 파고 있습니다. 저 정도 높이면 케익도 3단 일겁니다. 쌓여가는 사건미제가 검사를 잡습니다. 검사 책상 위에 여벌의 골무도 지쳐 널브러져 있습니다. 골무 없으면 어쩔 뻔 했어. 골무를 개발한 분을 칭찬하며 검사에게 시선을 바짝 붙였습니다. 검사는 검사일이고 저는 제 일을 해야지요.

"이 사건 피의자 계좌영장 청구합시다."

청구한 계좌내역 중 판사가 직전 · 직후 계좌(청구한 계좌의 앞, 뒤 계좌) 부분을 빨간 줄로 예쁘게도 그어버렸습니다. 직전계좌는 그렇다 치고, 직후 계좌를 그어버리면 어쩌자는 거야. 직후계좌를 봐야 돈이 어디로 갔는지를 아는데. 언제부터인가 법원판사들이 하나의 영장으로 연결된 계좌를 보지 못하도록 그어버리고 있습니다. 형님이 수사하실 때만 해도 검찰에서 청구한 계좌 추적 영장은 거의 대부분 청구한 대로 발부를 해주었습니다만 요즘은 많이 깐깐해졌습니다.

개인정보보호라는 개념이 생기면서 대상자의 계좌 거래내역과 연결된 계좌는 다시 영장을 청구하여야 하는 번거로움이 있습니다. 개인 정보를 쉽게 보지 못하도록 하는 차원이라니 어쩔 수 없습니다. 확보한 계좌에서 돈이 어디로 흘러갔는지 보려면 송금된 다음 계좌번호를 찾아내 다시 영장을 청구해야 합니다. 다행히 입금 후 다시 흘러간 계좌를 보니 동일 명의의 계좌가 대부분입니다. 수입의 대부분을 한 사람에게 보냈다는 것. 다른 놈이 있다는 증거죠.

다시 계좌영장을 청구하여 연결된 다음 계좌를 확보합니다. 바지사장으로부터 돈을 받은 사람 말입니다. 예금주는 70대 후반의 여성. 나이 드신 할머니가 게임장을 했을 리 없고, 분명 이 분의 아들이 모친 명의의 계좌를 사용했을 확률이 99.9퍼센트입니다. 가족관계등록부를 확인하여 이 할머니 자녀들의 인적사항을 확보합니다. 주민조회를 통해 확인한 범죄지와 동일한 지역에 거주하는 자녀는 두 사람. 전과를 확인하니 1명으로 좁혀집니다. 나왔습니다. 23세의 학생을 바지사장으로 내세운 실제 업주가.

이제 입건된 바지부터 조사하여 자백을 받아내야 합니다. 소환했던 바지가 쭈뼛거리며 들어옵니다. 네 죄를 네가 알렸다. 아니 모르겠답니다. 그렇지, 쉬우면 수사가 아니지. 확보한 계좌내역을 들이밀며 산타도 아닌 놈이 네가 번 돈을 왜 남에게 선물하느냐, 바지 사장이라고 바지를 수백 벌 산 것이냐며 추궁했습니다. 착하게도 몇 번의 추궁에 자백을 해줍니다. 고맙죠.

바지가 자백한 진술을 근거로 실제 업주를 다시 소환했습니다. 실제 업주는 충분히 짜증나게 버티더니 결국 고개를 숙입니다. 고개는 인사할 때만 쓰는 게 아니니 자백할 때도 유용합니다. 고개 숙인 실제 업주를 피의자로 신분을 바꿔주고 피의자 신문조서를 작성했습니다. 물론 조사자의 명의는 제가 아닌 검사. 검사는 실제 업주에 대한 인지절차를 진행하고, 전 피의자가 바뀐 경위에 대해서 수사결과보고서를 작성하여 검사에게 기록을 인계하면 이번 사건도 마무리 됩니다.

캐비닛에 쌓인 게 기록이지만 한 건씩 털어내야 그나마 같은 높이를 유지라도 합니다. 이런 짓도 1~2년이지 정말 지겹지만 선택한 직업이니 다른 대안은 없지요. 이렇게 매일매일의 검사실 생활은 계속되고 이런 생활을 거의 20년 가까이 해야 하니 검찰수사관들도 참 힘든 직업인 건 맞는 것 같습니다.

단군신화에서 마늘만 먹고 100일 만에 사람이 된 곰은, 인내심이 쇠심줄만큼 강한 놈. 마늘만으로 100일을 버틴 것 보면 그럴 만합니다. 《가락국기》에서는 신성한 분으로, 설화·민담에서는 미련하거나 변신능력이 있는 동물로 등장합니다. 쓸개는 진통제나 강장제로, 고기는 맛이 없으나 모피는 방석으로 사용된다는데, 하도 많이 이곳저곳에서 불러다 사용하다보니 불쌍한 동물로 지정되어 보호되고 있다고 하네요. 마늘만 먹고 겨우 사람이 되었다는 신화는 어디 가고 결국 불쌍한 동물이 되고 말았습니다.

저는 마늘을 좋아하여 가끔 식사 때 생마늘을 씹어 먹기는 하지만 100일간 마늘만 먹을 만큼 좋아하지는 않습니다. 이미 저는 사람이니 굳이 마늘만 먹고 살 생각도 없고, 여자로 변신하고 싶은 생각도 없습니다. 팔다리를 묶어놓기 전에는 그만한 인내심도 없지요. 미련하지 않을 자신은 없으나, 소주 댓 병을 앉은자리에서 마시기 전에는 변신능력도 없으니 신성한 놈일 수는 더더욱 없습니다. 하여 저는 곰이 될 수도, 일 리도 없습니다. 한데, 형님, 가끔 수사를 하고 사건을 처리하다보면 민망하게도 제가 재주부리는 곰이 되어 있지 않나 하는 생각을 떨칠 수가 없습니다. 형님은 제가 무슨 말을 하고자 하는지 아시겠지요.

제가 검사실에서 수사를 담당한 지 십수 년이 흘렀습니다. 형님 아시다시피 검찰청의 수사라는 게 형사 콜롬보나 셜록홈즈처럼 기발함과 참신함으로 범인의 트릭을 깨뜨려가는 스릴이 있는 것도 아니요, 반전에 반전을 거듭하는 명탐정 코난식 수사도 아니잖아요. 경찰송치사건은 기록을 파악하여 피의자에 대한 조서를 작성하는 것이 주 업무고, 검찰 직접 인지사건은 압수수색을 통해 자료를 찾아내는 것과 자료를 근거로 다시 조서를 작성하는 것이 검찰의 수사죠. 결국 검찰청의 수사는 조서작성이 관건인 것 같습니다.

검찰 수사팀 하면 영화 〈공공의 적〉이나 〈내부자들〉처럼 뭔가 폼나고 스펙터클한 수사가 전개될 것 같지만 검찰청의 모든 수사는 피의자 신문조서작성, 참고인진술 조서작성 등 조서작성이 핵심 아닙니까. 모든 증거를 서류로 만들어 기록에 편철해야 하고, 몇 시간 동안 책상 앞에 앉아서 컴퓨터로 타자를 쳐야 한다는 말입니다. 기록으로 만들어야 증거가 되고, 그 기록을 법원에 넘겨줘야 판사가 볼 테니, 조서작성이 없는 검찰의 수사는 아무런 의미가 없습니다. 팥앙금 없는 찐빵입니다. 수사관은 검사로부터 사건을 배당받아 처리하니 건설업에 비유하여 이야기해볼까요.

검사실의 사건 처리 구조는 검사가 원도급자, 수사관은 검사로부터 하도급 받는 하도급자의 구조로 볼 수 있습니다. 물론 검사도 발주처로부터 사건을 도급 받은 도급자지요. 발주처는 국민입니다. 경찰에서 넘어온 사건기록은 사건과 접수 담당자가 취합하여 기다란 배당 탁자에 올려둡니다. 배당 탁자에는 각 검사들의 명판이 배당을 기다립니다. 내 앞에 기록을 놓으시오.

준비를 마친 사건 접수담당은 배당권자에게 보고하고, 배당권자는 배당을 위해 배당 탁자 앞에 섭니다. 주로 차장검사나 부장검사입니다. 짬밥은 많이 받는 놈이 복이지만 기록은 그 반대잖아요. 명판 앞에 쌓인 기록의 높이를 대충 보거나 기록 권수가 어디가 더 적은지를 나락 수매하듯 간을 봅니다. 배당은 매일 반복되는 일이라 간단하고 단순합니다. 막노동판에서 십장이 일감 던져주는 식으로 말입니다.

배당이 결정된 기록은 수레에 실려 각 검사실로 배달이 되고, 검사실의 검사는 대략 검토 후 수사관에게 다시 일정 기록을 배당합니다. 복잡하다고 판단되는 사건은 고참 수사관, 그보다 조금 간단한 사건은 후임 수사관에게 배당이 되지요. 하도급입니다. 원도급자가 검사, 수사관은 일감을 기다리는 하도급자가 되는 것입니다.

수사관에게 배당되는 모든 기록은 조사가 필요한 기록입니다. 경찰의 조사만으로 증거자료가 충분하여 조사가 필요치 않는 사건은 수사관에게 넘기지 않고 검사가 직접 곧 바로 처리하는데, 대부분 벌금을 구형하는 간단한 약식사건입니다. 조사가 필요하다고 판단된 사건을 검사로부터 배당받은 수사관은, 기록을 검토하고 필요한 자료를 확보하거나 필요한 사람을 소환하여 조서를 작성합니다. 피의자 신문조서, 참고인진술조서작성이 그것입니다. 수사관의 주 업무입니다.

조서작성이 마무리되면 수사관은 기록에 편철하여 검사에게 넘기고 검사는 이 조서를 토대로 기소와 불기소 판단을 하게 됩니다. 물론 조서작성 외에 압수수색 등이 필요한 경우에는 그 절차도 수사관이 진행을 해야 합니다. 수사관이 작성한 조서는 기껏 작성한 수사관의 이름이 아닌 검사의 명의로 작성됩니다. 대부분의 사람들이 모르겠지만 현실이 그렇잖아요. 피의자 신문조서 상단에 이렇게 되어 있지요.

> 위의 사람에 대한 피의사건에 관하여 2020년 모월 모일 모검찰청 호 검사실에서 **검사 홍길동은 검찰수사관 아무개를 참여하게 하고** 피의자에 대하여 **아래와 같이 신문하다.**

형님 수사하실 때도 이렇게 되어 있었죠? 이 문맥상, 피의자 신문조서는 검사가 신문한다는 것이고, 수사관은 조사자가 아닌 참여자로 서명하게 되어 있습니다. 문구에 적힌 대로 그리고 법 규정대로 수사관이 뒷짐 지고 참여만 하면 좋겠지만 감히, 어찌 그럴 수 있겠습니까. 수사관이 조사를 해야 하잖아요. 실제 조사를 담당한 수사관이 참여자로 등재되는 변질된 구조입니다.

수사관은 조사를 마치면 검사에게 조서를 보냅니다. 수사관이 조사를 했지만 명의자가 검사이기 때문에 검사가 최종 확인을 해야 하는 것입니다. 실제 공사는 하도급자가 하지만 원도급자의 명의로 공사는 진행되고 완성되는 것이지요. P건설사가 도급받은 공사를 K건설이 하도급 받아 공사를 하지만 최초 도급받은 P건설사의 이름으로 준공되는 경우와 마찬가지입니다.

P사는 대형업체, K사는 중소형업체. 원도급을 받지 못한 하도급 업체는 어느 정도의 이윤을 취하나 실적은 얻지 못합니다. 자신의 명의로 공사를 하지 못했기 때문이지요. 원도급자인 P사는 K사의 실질적인 공사가 자신의 실적이 되어 이익과 더불어 추후에 대형공사를 수주할 수 있는 실적을 얻게 되고, 차곡차곡 성장가도를 달립니다. 검사들은 대형사건 수사실적이 있으면 그만큼 그 실적을 인정받아 중앙에 있는 검찰청으로 갈 수 있다던가, 승진에 도움이 되는 보직을 받을 수 있는 자리에 갈 수 있는 현실 말입니다. 수사관은 그런 게 전혀 없지요.

수사관 작성의 조서가 검사 명의로 둔갑하여 재판에 증거로 넘어가는 사실은 인왕산 모르는 호랑이 없듯이 검사도, 판사도 대법원장도 알고 있습니다. 불법이면 고쳐야 하지 않는가? 방법은 있습니다만 가능한 방법은 아니지요. 검사가 모든 사건을 조사하면 되지만 현실은 그럴 수 없습니다. 사건이 너무 많기 때문이지요. 그러려면 검사수를 지금보다 3배는 늘려야 할 겁니다. 2,000명인 검사를 6,000명으로 늘려야 한다는 말입니다. 검사 1명의 평균 연봉이 1억(정확히는 모릅니다)이라면 지금보다 연 예산 4,000억을 늘려야 할지 모르겠습니다.

하긴 수사권 조정으로 불기소가 검찰에 송치되지 않게 되면 사건수가 상당히 줄게 될 것이라서 수사 환경이 어떻게 변하게 될지 모르겠습니다. 수사관에게 조서작성 권한을 주면 조사자와 명의자가 같게 되겠지만 검사실에서 검사가 아닌 수사관의 명의로 조사가 될 리는 만무하니 그것도 안 될 것 같습니다. 몇 년 후면 검사작성 조서와 사법경찰관 작성 조서의 증거능력이 차이가 없게 된다고 합니다만 경찰조서의 문제이지 수사관 작성 조서문제가 아니니 그것도 의미 없을 것 같고 말입니다.

여하튼, 모든 사건을 검사가 조사할 일은 만무하고, 수사관 명의로 조사를 하더라도 수사관에게 딱히 도움이 되는 것은 없기는 합니다. 마찬가지로 검사 명의로 조사가 작성된다고 해서 검사 개인에게 도움이 되는 것도 없겠지요. 규정이 그렇게 되어 있으니 검사나 수사관들 모두 그렇게 따르고 있을 뿐이고요. 명백히 편법인 이 현실은 당연히 교정되어야 하지만 수사관에 관한 규정인지라 아무도 신경을 쓰지 않고 있는 것이 아쉬울 뿐이지요. 아무런 이득이 없다고 하더라도.

형님이야 뻔히 알고 계시는 이야기지만 수사관에 대해서 이야기가 나왔으니 조금 더 이야기 해보겠습니다. 언론의 탓인지 누구의 탓인지는 모르지만 검사 외 검찰청 직원들을 검사의 비서 정도로 여기는 사람들이 많은 것 같습니다. 검찰청에는 검사 2천 명, 수사관이 6천 명, 그리고 실무관, 행정관들이 2천 명가량이 있어서 검사 외에 8천 명이 근무하고 있습니다. 검찰청 하면 검사만 언급되는 언론매체 때문에 검찰에는 검사만 근무하는 것으로 알고 있는 사람도 있고, 검사 외에 직원이 있어도 모두 검사의 비서 정도로만 생각하는 사람들도 있다는 것입니다. 검찰청 업무의 상당수 사람들은 검사의 직접 업무와 관련이 없는 업무를 맡고 있어 사실 검사들과 대면할 일이 거의 없는 경우도 있습니다.

검찰수사관으로 근 30여 년을 근무한 저도 검찰수사관의 정체성에 대해서 아직도 혼란스럽습니다. 형님도 그러셨나요? 검사도 아니고, 경찰도 아닌 존재, 검찰수사관이라고 호칭을 하지만 법에 규정된 정식 직위도 아니고, 사법경찰관리로서 검찰청 검사실에서 실제 수사를 하고는 있으나 경찰과 달리 독립적으로 수사를 할 수 없고, 검사가 수사하는 사건의 수사보조자로만 되어 있지요. 현실적으로는 검사실에서 거의 대부분의 수사를 담당하고는 있지만 대외적으로는 수사의 보조자일 뿐입니다.

뒤에 말씀드리겠지만 제가 얼마 전 검찰수사관에 대한 책을 한 권 출간했습니다. 그 책에서 언급한 적도 있지만 인터넷에서 '검찰수사관'을 검색해보면 참 어처구니없는 질문이나 답변들이 많습니다. 검찰수사관이 무슨 일을 하는지에 대한 질문이야 검찰수사관에 대해서 알려지지 않았고, 홍보부족이라고 할 수는 있겠으나 '검사 시다바리', '검사 딱가리'라는 표현들에서 대해서는 누가 볼까 무섭고, 민망하고, 자괴감을 금할 수 없는 댓글들입니다.

대한민국에 검찰수사관 제도가 생긴 것은 약 70년이 지났고, 경찰이 검사를 총살한 사건이 검찰수사관 제도를 만들게 된 동기가 되었다는 자료가 있고, 검찰에서 검사 외에 경찰과 같은 인력의 필요성이 대두되어 만들었을 것이라는 것은 추정 가능합니다만, 검찰수사관의 신분에 대해서 명확한 규정을 만들지 않았던 것은 의문으로 남습니다. 물론 검찰수사관 제도를 만들 당시에는 지금처럼 많은 일을 할 것으로 예상 못 했을 수 있고, 도입 초기엔 단지 검사의 수사에 '참여'를 하는 정도나 검사의 지시에 따른 수사 보조 정도로 생각했을 수도 있지요.

하지만 지금의 검찰수사관은 단순한 수사의 보조업무가 아닌 거의 대부분의 수사를 직접 담당하고 있는 현실을 볼 때 검찰수사관의 명확한 신분 규정은 필요할 것으로 보이긴 합니다. 검찰 직원들이 사용하는 내부 게시판에는 수사관들의 이에 대한 내용의 글들이 수시로 올라오고 토론의 주제가 되기도 하는 것을 보면 수사관들 스스로도 정체성에 대해서 혼란스러워한다는 반증인 것 같습니다.

이 글은 형님에게 하는 하소연의 편지이니 뭘 어찌하자는 것은 아니고 그냥 푸념입니다. 곰일 리 없는 제가 곰이 되어 살아가는 건 아닌지 생각이 들 때면 가끔 생마늘에 깡소주를 마시게 됩니다. 오늘도 소주 한잔에 마늘을 듬뿍 넣은 상추쌈이 그립네요. 형님이 계시면 더 좋겠습니다만.

책을 한 권 써야겠다

내가 쓴 글 때문에 매일 밤 이불킥을 하는 한이 있더라도.

지난해 제가 책을 한 권 썼습니다. 앞서 편지에서 말씀드렸듯이 검찰수사관에 대한 책입니다. 책을 쓰게 된 동기 등에 대해서 말씀드려볼까 합니다. 이 과장 기억하시지요? 형님 생전에 이 친구가 과장 승진을 못했을 때이던가요? 여하튼 지금은 검찰서기관이고 타청 조사과장으로 발령받아 근무하고 있습니다. 형님도 계셨으면 서기관 정도 승진하셨겠네요.

책을 쓰기 전 오랜만에 이 과장과 막걸리 집에서 했던 이야기입니다. 이때 저도 이 과장 본 지가 꽤 된 시기였고, 이 과장을 만나면 아무것도 기억나지 않는 주제로 새벽까지 이야기하다 새벽 신문과 함께 집에 들어가는 것으로 마무리를 해서 집사람에게 지청구를 듣기도 합니다. 그래도 오랜 지기인지라 이 과장을 만나면 마음이 편하고 여유롭습니다. 예전 형님과도 같이 잘 어울렸는데 이제는 그럴 수가 없네요.

"책을 한 권 써야겠다."

제가 이 과장에게 한 이야기입니다.

"갑자기 또 무슨 책?"

막걸리를 들이켜던 이 과장이 눈을 치켜뜨며 물었습니다. 그 이전에도 제가 소설 형식의 책을 한 권 쓴 적은 있습니다만 시간이 좀 흘렀고, 다시 책을 쓰겠다는 말에 이 과장이 반문하더군요.

"검찰수사관에 대한 책."

제가 간단히 요점만 말했습니다.

"무슨 말이요. 알아듣게, 조리 있게. 쫌."

"인터넷에서 '검찰수사관'이라고 단어 검색해본 적 있어?"

설명을 요구하며 쳐다보는 이 과장에게 물었습니다.

"갑자기 왜 그걸 검색해요. 또 뭐 사고 친 수사관 있소?"

"그건 아니고, 내가 그냥 한번 우연히 인터넷 검색을 해봤더니 …."

저는 인터넷에서 본 내용을 브리핑하듯 풀어냈습니다. 검찰수사관에 대한 질문이 엄청나더라, 질문들 중에 '검찰수사관이 하는 일은 뭔가요?', '검찰수사관이 경찰인가요?', '검찰수사관에 대한 질문입니다' 등, 우리 입장에서는 너무나 당연한 내용들이 질문으로 가득 하더라, 그 정도일 줄 몰랐는데 검찰수사관에 대해서 모르는 사람들이 너무 많았고, 심지어는 검찰수사관을 '검사 시다바리'라고 표현한 댓글도 있더라는 등의 말을 혼자 흥분해서 구구절절이 쏟아냈지요.

"검사 시다바리라는 말을 처음 들은 것도 아니고 무슨. 예전부터 '따까리'니 '시다바리'니 이런 말은 많이 있었지 뭐, 새삼스럽게."

이 과장은 흥분한 제가 무색하게도 시큰둥했습니다.

'이게 아닌데.'

저는 다시 열변을 토해냈습니다. 검찰수사관에 대한 검찰의 홍보가 너무 부족하고, 그 부족이 수사관을 부족한 놈들로 치부하고 있다고.

"그래서, 검찰수사관들에 대해서 뭘 쓰겠다고요."

이 과장은 제 열변에 설득을 당했는지, 몇 잔의 막걸리가 설득을 했는지 조금 관심을 주며 물었습니다.

검찰수사관들의 업무에 대해서 쓸 것이다, 그래서 검찰에서 검사들 외에도 검찰수사관들이 얼마나 열심히 일을 하고 있고, 검사 시다바리를 하고 있는 것이 아니라는 것, 그리고 실질적인 수사는 검사들이 아닌 검찰수사관들이 대부분 하고 있다는 것을 알리겠다는 책의 콘셉트를 말했습니다.

"조사를 수사관이 다 하는 것은 아니지, 검사가 조사 안 하는 것은 예전 우리 때 이야기지. 요즘은 직접 조사하는 검사들도 꽤 있던데요 뭐. 오히려 수사 안 하겠다고 빼고, 게으름 피는 수사관들도 없지 않고."

"그니까. 그런 내용도 넣고, 있는 사실 그대로만 넣어도 충분하지. 최소한 검찰수사관들이 무슨 일을 하는지 정도만 사람들에게 알려도 목적달성은 하는 거니까."

"갑자기 우국충정지사가 된 거요? 아니 우검충정지사인가? 여하튼, 곧 퇴직할 나이에 검찰수사관을 알려서 뭐 어쩌겠다고. 나갈 때 되니까 책 써서 막걸리값 벌어보겠다는 거?"

"책 써서 막걸리값은 못 벌어! 나가기 전에 후배들이라도 엉뚱한 소리 안 듣게 하자는 거지."

"거창한 취지는 알았고, 그럼 검찰수사관의 업무를 전부 책에 넣겠다고? 그럼 업무 매뉴얼이 되는 거 아닌가? 사람들이 다른 직업의 업무 매뉴얼을 왜 봐요?"

"그래서 그간 내가 경험한 이야기도 에피소드로 넣고. 검찰에 들어온 이야기부터."

"괜찮겠어요? 본인 이야기 까발려지는 거 싫어하잖아."

"어쩔 수 없지. 대를 위해서 날 희생해야지."

술이 한잔 들어간 나는 평소하지 않는 허세까지 부려가며 책을 써야 하는 정당성을 부여했지요.

"얼씨구, 취했구만. 어쨌든 알았소만 책 한 권 분량을 쓴다는 것이 보통일이 아닐 텐데, 검찰 게시판에 간단한 글 올리는 것도 아니고, 서점에 뿌릴 책이라면 글솜씨도 제법 있어야 할 테고…."

"그래서 내가 네게 보여주려고 여기 내 글이 실린 문예지 하나 가져왔다."

그 몇 달 전 제가 소규모 문예지에 공모한 단편소설이 신인상에 당선된 적이 있었습니다. 그때 문예지에 공모한 글이 실렸고, 그 문예지를 제가 가지고 갔었는데 그 문예지 책자를 이 과장에게 건넸습니다. 당시 입상한 단편 소설의 제목은 〈소멸〉이고, 도입부의 내용은 이랬습니다. 형님도 한번 봐주시고 평가해주세요.

> 생기라고는 하나도 없는 얼굴 하관에서 밤새 벌어져 있던 입이 닫히며, 잠시 멀리 갔다가 돌아온 듯한 표정의 노인이 힘겹게 눈을 떴다. 오래된 김치냉장고와 색 바랜 교자상 등을 쌓아놓은 아파트 뒷 베란다 창문을 통해, 아직은 어스름한 새벽빛이 방안을 살피듯 조용히 들어섰다.

하루를 겨우겨우 생존해가는 노인의 이야기로, 젊은 날의 과오를 지우기 위해 매일 술에 의존해보지만 여의치가 않습니다. 자연스러운 소멸을 원하지만 그도 마음대로 되지 않고, 노인의 아내는 매일 아침 눈을 뜨는 노인이 원망스럽습니다. 이제는 그만 가도 되는데 가지 않고 있는 노인이 지겹습니다. 술을 탐하는 노인이 꼴도 보기 싫습니다. 젊은 날의 잘못 때문에 늙어서나마 아내에게 뭔가를 해주고 싶은 노인은 아내의 소원대로 이제 그만 소멸을 원하지만 그도 맘대로 되지 않지요

이게 소설의 주제였습니다. 앉은 자리에서 한꺼번에 읽어내는 이 과장을 저는 어떠냐는 표정으로 쳐다봤지요. 빨리 대답해. 그 정도면 괜찮다고.

"이건 소설이고, 소설 쓰는 거하고 책 쓰는 거 하고는 다르잖소. 이 노인이 전직 수사관은 아닐 테고, 그리고 형이 쓴다는 것은 실용

서 쪽인데."

"뭐 그냥 책에 에피소드를 삽입하는데 누군가 봐서 창피하지 않을 정도의 글솜씨인가만 판단해보라는 거야. 사실 자신이 없기도 하고, 쓰고 싶기도 하고 그래서."

"써요! 어쨌든 내가 뭐라 하던 책 쓰겠다는 맘은 굳혔네 뭐. 내가 도와줄 일 있으면 도와줄게. 뭐 딱히 도와줄 일은 없을 거 같기는 하지만."

소설까지 들이미는 제 마음을 짐작했는지 이 과장은 결국 수긍했습니다. 물론 이 과장에게 허락을 받겠다는 것은 아니었지만 말입니다.

막걸릿집에서 허세를 부리던 저는 정말 책을 쓰기 시작했고, 약 6개월에 걸친 우여곡절 끝에 출판사에 원고를 투고했습니다. 거의 오십군 데의 출판사에 메일로 원고를 보내고 약 보름 만에 다행히 몇 군데의 출판사에서 출간의사 메일이 왔지요. 결국 2019년 12월 17일 《어쩌다, 검찰수사관》이라는 제목의 책이 출간되었습니다. 형님도 김웅 부장 아시죠? 《검사내전》 써서 유명해진. 그 김웅 부장의 추천 글도 받고, 친분 있는 대검 부장과 이 과장, 그리고 수습수사관의 추천 글도 받아 앞부분에 실었고, 검찰 내부 게시판에 출간 소식이 올라, 수사관들의 반응도 괜찮았습니다. 검찰직 수험생들의 감사 메일도 몇 차례 받았고요.

이전 책 출간 소식을 말씀드리는 이유는 검찰수사관들의 반응과 검찰수사관 시험에 응시하려는 젊은이들의 반응을 말씀드리고자 꺼냈습니다. 검찰수사관들은 제가 책을 썼던 목적과 동일하게 그간 너무 검찰수사관에 대한 홍보가 부족하여 검사 비서로만 인식하는 국민들이 많았다는 아쉬움을 말했고, 대학생들은 검찰수사관에 대한 책이 전무하여 정보가 부족했다는 점을 들었습니다. 그 외에 많은 일반인들의 서평들 또한 검찰수사관에 대한 정보 부족을 이야기하고 있었지요.

> 지금까지 검찰수사관에 대해 부분적으로만 나온 책은 보았으나 이런 책은 처음인 듯합니다. 이를 계기로 영화나 드라마에서 정말 허무맹랑하거나 비웃음의 대상으로 묘사되는 검찰수사관의 이미지도 제고되었으면 하는 바람입니다.
>
> _ 검찰수사관

> 책 제목에 100% 공감 가네요. 검찰에 들어오기 전 이런 길잡이 책이 있었더라면 제 인생도 달라졌을지 모르겠습니다. 일반인들이 뉴스, 영화, 드라마에서 흔하게 검찰을 접하지만 그저 잘못된 이미지만 각인시키는 것 같아 갈증났는데….
>
> _ 검찰수사관

> 희한하게도 이 책을 통해 검찰수사관에 대해 알게 되니, 가로막

혔던 벽이 허물어진 느낌이었어요. 검찰청은 나와 다른 세계가 아니었구나. 우리와 똑같은 사람들이 일하는 곳이었구나….

_ 일반인 독자

댓글과 서평만을 보더라도 그간 검찰수사관에 대한 일반인들의 인식이 어땠는지 알 수 있지요? 제가 쓴 책만으로는 아직 검찰수사관에 대한 선입견의 해소가 부족하고 대검 차원의 검찰수사관에 대한 홍보가 아쉽기는 합니다만 그래도 제 책을 읽은 분들은 어느 정도 검찰수사관에 대한 인식은 바뀌지 않았을까 하는 기대는 해봅니다.

검찰수사관으로 살아간다는 것

이름난 꽃은 열매가 없고, 채색구름은 쉬 흩어진다.

"이번 수사권조정으로 불기소 사건이 검찰로 넘어오지 않으면 검사실 업무가 대폭 줄겠지?"

제 동기 김 수사관 기억나시지요? 저하고 이름 비슷한 친구 말입니다. 그 친구하고 최근 이번 수사권 조정에 대해서 이야기한 적이 있습니다.

"그러게, 그간 불기소 처분한 사건이 상당부분을 차지했으니 기소의견만 송치한다면 꽤 줄어든다고 봐야겠지."

김의 말에 제가 대꾸를 했습니다. 형님도 아시다시피 약식사건을 제외하고 검사실에서 실제 기소하는 사건은 그리 많지 않으니, 수사권 조정으로 경찰에 수사종결권이 부여되어 불기소 사건이 송치되지 않는다면 검사실의 업무가 대폭 줄어들 것은 예상할 수 있는 일입니다.

"그럼, 실제 조사량이 상당히 줄어들 텐데, 2명씩 있는 수사관들이 축소개편될 가능성이 없나?"

수사권조정 이후, 근래 청에 나도는 수사관들의 관심사입니다.

"아무래도 그럴 가능성도 있을 것 같기는 한데, 그 인원이 조사과, 수사과로 배치되지 않을까? 검찰에 접수되는 고소·고발 사건을 경찰에 내리지 못하면 검찰에서 직접 수사해야 할 것이고, 지금 인원으로는 감당하기 힘들 텐데."

경찰에 대한 수사지휘가 폐지되었고, 검찰에서 직접 수사할 수 있는 사건이 검찰에 고소·고발되면 검찰에서 직접 수사해야 할 것이지만, 검사실에서는 고소·고발 사건에 매달리기엔 여력이 부족합니다. 조사과·수사과로 넘기면 되겠지만 지금의 현 인원으로는 그 또한 감당하기 어렵지요. 아무래도 검사실 수사관의 인원을 조사과·수사과로 배치하여 고소·고발사건을 처리할 수밖에 없는 상황으로 보입니다.

아직 시행령을 만들고 있으니 어떤 식으로 개편될 것인지는 알 수 없으나, 몇 년 전부터 대검에서 준비해온 수사관 역량강화 기획으로 추정해보면 검사실 수사 인원의 축소가 조사과·수사과로의 배치를 예견해볼 수 있기는 합니다.

"헌데, 경찰에서 불기소 사건을 송치하지는 않지만, 어차피 불기소 종결하겠다는 기록도 검찰로 넘어오기는 하잖아, 90일 이내에 다시 경찰로 보내려면 그 사건에 대한 검토 판단도 꽤 많은 업무량일 텐데."

"그렇지, 수사권조정으로 인한 여파가 수사관들 인력에 꽤 영향이 있을 것 같은데, 대검에서 아무런 언질도 없네. 궁금해하는 직원들이 많은데."

"뭐, 언제는 수사관들에게 그런 언질해주고 제도개편을 했나, 다 짜놓고 공문으로 내리면 그만이지 뭐."

"허, 그러게 내 밥그릇인데 여기다 저기다 맘대로 둬도 내가 알아서 가서 먹어야 하는 격이니, 좀 그렇구만."

"하루 이틀 있었던 일도 아니고 뭐."

어느 직장에서나 있는 봉급쟁이들의 자조 섞인 대화가 계속되면 이런저런 속마음들이 나오게 됩니다.

"이번 〈형사소송법〉 개정 때도, 검찰수사관에 대한 부분은 딱히 명문화시킨 게 없더만."

"그러니까, 검찰수사관의 명칭도 명문화 안 됐고, 조서작성권한에 대한 부분도 아무 말 없고, 경찰에 대한 검사의 수사지휘권은 폐지하면서, 검찰수사관에 대한 지휘권은 제외시켰으니 뭐, 그냥 그대로 시키는 대로 하라는 거지 뭐. 검찰수사관으로 근무하는 한 평생의 업보 아니겠어."

> **검찰수사관**은 검사의 지휘에 따라, 검사를 보좌하여, 검사의 명을 받은 수사에 관한 사무, 검사의 소송업무 보좌, 기타 검찰행정업무를 담당한다.
>
> **경찰관**은 국민의 자유와 권리보호를 위하여 범죄의 예방·진압

및 수사·경비·요인경호, 대간첩작전의 수행, 치안정보의 수집·작성 및 배포, 교통의 단속과 위해의 방지 기타 공공의 안녕과 질서유지를 주 임무로 한다.

행정직공무원은 국가 또는 지방 공공단체의 행정을 담당하는 공무원이다.

'시키는 대로'라는 말이 나와서 검찰수사관, 경찰관, 행정직공무원의 풀이를 한번 찾아봤습니다. 사전상 풀이를 보니 일반 행정기관의 어느 말단 공무원도 국장을 보좌하여, 과장의 지휘에 따라, 이렇게 업무가 설명되지는 않더군요. 중요하든 중요치 않든 독립된 자신의 업무가 분장되어 있고 결재를 받을 뿐이지만, 공무원 직종 중 유독 검찰수사관만이 온통 검사 지휘에 따라, 보좌하여, 명을 받은, 보좌업무로 표기되어 있습니다.

검찰청엔 검사만이 독립된 업무를 하는 공무원으로 존재하고, 나머지 검찰 직원들은 모두 보조자들로 되어 있습니다. 물론 검찰수사관의 업무가 법에 그렇게 규정되어 있고, 시험에 응시할 당시부터 알고 들어왔으니 뭐라 할 말은 없겠으나 검찰생활 삼십 년을 그렇게 살다 보니 이젠 좀 '검사보조'라는 말이 진절머리가 난다는 생각이 드네요. 이 나이면 뭐 푸념 정도는 할 수 있지 않나 싶습니다만.

형님 계실 때와 달리 50대 수사관들이 엄청 많아졌습니다. 형님 계실 때만 해도 40대에 사무국 보직계장을 맡아서 수사 일선에서 일하는 50대는 생각도 못했을 텐데 말입니다. 수사 일선의 수사관들이 많이 노령화되었지요? 승진은 적체되고 나가는 사람은 적은 게 그 이유인 것 같습니다.

그러다 보니 수사 일선에서 일하는 50대 수사관들이 많이 피곤해하는 모습들이 자주 보입니다. 점심을 먹고 나면 꾸벅꾸벅 의자에 앉아서 졸고, 누군가라도 볼라치면 눈이 벌겋게 충혈되어 민망해하고, 수시로 눈을 비비며 눈곱을 떼어냅니다. 기록을 보려고 돋보기를 꺼내고, 휴대폰 화면의 글씨를 보려 인상을 찌푸리고, 메신저 화면의 글자 크기를 13이상으로 키우고 사용합니다.

40대 50대가 일을 할 수 없는 나이는 아니지만 검사실에서 매일 조사를 담당하기엔 체력적으로 힘들고, 수사에 대한 열정이 식은 나이지요. 일반 기업에서 40대 50대의 나이는 일선에서 직접 일을 하기보다는 결재를 하거나 업무 서포트를 하는 나이라는데, 검찰수사관들은 승진이 늦다보니 두꺼운 사건 기록을 검토하고, 분석하고, 직접 피의자들을 조사하는 일을 담당하고 있습니다.

하루 종일 기록을 쳐다보고, 컴퓨터 화면을 보고 있자면 노안이 시작되는 나이의 눈이 무척 피곤해지고 눈물이 자주 나옵니다. 서글퍼서 우는 게 아니고, 눈이 건조해서 눈물이 납니다. 지금의 저는 수사를 담당하고 있지 않지만 몇 년 전 50대 초반까지 검사실에서 수사를 담당했지요. 아시다시피 평소에 안경을 쓰다 보니, 기록을 볼 때는 돋보기, 컴퓨터 화면을 볼 때는 화면과의 거리에 초점이 맞는 안경 하나 그리고 평소에 쓰고 다니는 안경, 이렇게 세 개의 안경을 사용할 수밖에 없었습니다. 많이 불편했지만 방법은 없었지요.

나이가 들어 노안이 오고, 시력이 떨어지는 이유는 그 나이엔 너무 많이 볼 필요도, 자세히 볼 필요도 없으니 보이는 만큼만 보라는 자연의 섭리라 하던데, 이를 거스르고 기를 쓰며 눈을 사용하니 혹사당하는 눈을 수시로 비비게 됩니다. 눈물이 자주 나오면 눈곱도 조금씩 자주 낍니다. 미처 느끼지 못하고 눈곱을 떼지 못하면 후배 직원들이 보았을까 민망하고 창피합니다.

지금도 마찬가지로 검찰청에서 사무관, 서기관 승진을 못하고 나이든 50대 수사관들이 수사를 하지 않고 보직을 맡을 수 있는 곳은 사무국 계장 자리뿐입니다. 계장 보직을 맡으면 직접 수사는 하지 않고, 행정업무를 보며 중간 결재자 역할을 할 수 있지만, 안타깝게도 지금도 계장 자리는 몇 자리 되지 않습니다. 수요와 공급이 맞지 않는 것이지요.

사무국 계장 자리를 차지하지 못한 나이든 수사관들은 어쩔 수 없이 검사실, 아니면 수사과에서 수사를 담당하거나 신병 호송만 담당하는 호송 팀 등에서 일을 하게 됩니다. 형님 계실 때는 없었지만 요즘은 호송 팀이라는 것이 생겨서 고참 계장들이 일을 하고 있는 실정입니다. 사무국 보직 계장 자리가 한정되어 있어서 그렇습니다. 가장 열정적이고, 체력적으로도 그 열정을 소화할 수 있어 수사를 담당하기에 가장 효율적인 나이는 30대인데, 불행하게도 검찰청의 현실은 30대까지 행정업무를 담당하고, 40대에 들어서야 수사업무를 할 수 있는 구조가 되어 있습니다. 최소 7급으로 승진해야만 검사실이나 수사과에서 수사를 하게 되는 구조인 까닭이지요. 승진이 많이 적체된 이유도 있고, 어느 정도 검찰 경력을 쌓아야 수사를 맡기는 검찰의 관행도 그 이유 중에 하나입니다.

이런 이유 때문인지 요즘 들어 인사 시기가 되면 50대 계장들의 눈치 경쟁이 상당합니다. 형님 계실 때보다 수가 많아져서 그렇습니다. 제한되어 있는 사무국 계장 자리 중 어디로 갈 수 있을 것인지 가늠해보는 것이지요. 사무국 계장보직은 한 자리에 1년 6개월까지 있을 수 있고, 기간이 채워지면 다른 보직으로 옮겨야 합니다. 나이 든 계장들이 많아지면서 규정을 만들어둔 것입니다.

기간이 차서 자리는 비켜줘야 하고, 자신이 갈 수 있는 사무국 자리가 없으면 어쩔 수 없이 수사과나 검사실에 가야 하지만, 사실 검사실에서는 50대 나이 먹은 수사관을 환영하지도 않습니다. 기존부터 계속 검사실에 있었다면 모를까, 잠시 사무국에 내려왔던 계장은 검사실에서 다시 받는 것을 꺼려하는 것입니다. 당연히 나이가 너무 많으면 젊은 검사들이 불편해하는 것은 어쩔 수 없는 일입니다. 서글픈 일이지요. 이곳저곳도 자리가 없으면 결국 단위업무(계원의 업무를 맡는 것)를 맡아야 합니다. 요즘은 6급 계장이 단위업무를 맡는 경우까지 있습니다. 30대 젊어서 이미 거쳤던 업무를 나이 들어 다시 맡아야 하는 심정은 굳이 설명하지 않아도 아실 것입니다.

사실 6급 수사관들의 문제만은 아닙니다. 5급 사무관에 승진을 해도 마찬가지입니다. 50대 들어 사무관에 승진하면 조사과 수사과에 주로 배치되어 수사를 하게 되고, 고검의 항고를 담당하는 검사실에서 수사를 하게 됩니다. 검사 직무대리를 맡아도 마찬가지지요. 검사 직무대리는 간단한 약식사건이지만 한 달에 몇 백 건의 사건을 처리해야 합니다. 정년까지 일선 업무를 하기엔 체력이 안 따라주고, 명퇴를 하자니 애들이 아직 덜 컸습니다. 배부른 소리인지 모르겠지만 늙은 수사관들은 나름대로 참 힘듭니다. 어느 회사나 나이 들면 마찬가지겠지만 말입니다.

제가 근무한 지도 거의 30년 가까이 되었습니다. 형님이 가신 지도 벌써 13년이 지났으니 세월은 참 빨리 흘러가지요. 30여 년을 근무하면서 스쳐간 기관장만 약 30여 명, 정확한 숫자는 아니지만 대략 제가 계속 근무한 연고지 청 기준으로 검사만도 약 200~300명가량이 바뀌었던 것 같습니다. 근무하던 검사가 이동을 하면 또 다른 검사실로 근무명령이 내려지고, 검사가 전담만 바뀌어도 또 다른 검사실로 이동합니다. 검사가 1주일 이상 교육이라도 가면 다른 검사실로 보근 명령이 내려지고, 검사가 해외연수를 가면 또 다른 검사실로 이동을 해야 합니다.

검찰수사관과 검사는 질기게도 연결되어 있으나 철저하게도 신분이 단절되어 있습니다. 검찰수사관은 최고위급까지 승진해도, 아무리 소규모 청일지라도 기관장을 할 수가 없잖아요. 예전 형님처럼 동문회장은 할 수 있으려나요. 경찰 순경으로 들어가면 지서장이라도 하고, 행정직 공무원은 최소한 면장, 동장이라도 할 텐데, 검찰수사관으로 입사하면 정년퇴직 시까지 검사라는 또 다른 세상의 무게를 견뎌내며 결국 보좌인으로 퇴직을 하게 됩니다. 1급 공무원인 대검 사무국장이 되어도 결국 2인자의 자리이니, 검찰수사관의 숙명인 것 같습니다.

예전 형님도 이런저런 전화 때문에 많이 힘들어하셨지요. 검찰수사관 생활을 하다 보면 초등학교, 중학교, 고등학교, 대학교 친구, 가족, 얼굴도 모르는 사촌형님, 초등학교 졸업한 후 한 번도 보지 못했던 동창이라는 사람, 이웃집 형님이 아는 사람 등 수많은 사람들로부터 전화를 받게 되지요.

안부 전화면 고맙고 감사하겠지만 모두가 사건 아니면 소송, 싸움, 교통사고, 음주운전, 이런 등의 상담전화입니다. 검찰수사관이 그 모든 사건들을 어떻게 다 알 거라고 그리 전화들을 해서 물어보는지. 형사사건 관련 문제라면 그래도 어찌 설명이라도 해주겠는데 민사소송, 부동산 다툼, 이혼 위자료 문제는 제발 좀 안 물었으면 하는데도 답을 해줄 때까지 전화를 끊을 생각이 없습니다.

"음주운전에 걸렸는데 어떻게 해야 하느냐?"

"어떻게 하긴 처벌받아야지."

"술 마시다 상대방에게 맞았는데 상대방을 어떻게 할 방법이 없냐?"

"어떻게 하긴 너도 한 대 때려, 경찰에 고소하던지, 그도 싫으면 그냥 꾹 참고 '앙까징끼' 바르고 말든지."

답도 아닌 답을 해주기도 지겹습니다. 다행히 3년이 지나고 10년이 지나면 차츰차츰 이런 전화가 줄어들지요. 대답이 시원찮으니 전화가 줄고, 대답하는 노하우도 길러지니 전화하는 사람들이 점차 없어지는 것 같습니다.

승진은 언제 하냐, 시청에 근무하는 아무개는 벌써 과장 달았다고 하던데 넌 나이가 마흔이 넘었는데 아직도 몇 급이냐, 뭐 사고 친 거 있냐? 내 친구 아들은 이번에 부장검사 됐다더라, 매번 만나는 친구, 선배들 그리고 부모까지 걱정 아닌 고문을 합니다. 사고 친 거 없다고, 검찰이 원래 그렇게 승진이 늦다고, 나도 언제 승진될지 모른다고, 그 친구 아들은 검사라고, 검사하고 나하고는 다르다고, 몇 번을 답해줘도 만나면 또 물어봅니다.

"너 오십대 중반인데 국장 달았니?"

국장이 뭔데. 된장, 고추장은 알아도 국장은 뭔지도 모릅니다. 이런 걸 겪고 낼 모레 정년이 되어야, 그리고 그 사람들이 포기를 해야, 그 물음도 끝이 납니다. 검찰수사관으로 산다는 것이 이런 것이네요.

'천지는 만물에 있어 좋은 것만 다 가질 수는 없게 하였다. 때문에 뿔 있는 놈은 이빨이 없고, 날개가 있으면 다리가 두 개뿐이다. 이름난 꽃은 열매가 없고, 채색구름은 쉬 흩어진다. 사람에 이르러서도 또한 그러하다. 기특한 재주와 빼어난 기예로 뛰어나게 되면, 공명이 떠나가 함께하지 않는 이치가 그러하다.'

_ 이인로, 《파한집》

'검찰수사관'이라는 호칭

요즘은 '아버지'보단 '아빠' 소리가 더 정감이 간다.
'형님'보다는 '성' 소리가 더 정감이 가고. 그게 호칭의 묘미다.

생각해보면 검사실이나 사무국 사무실에 들어오는 민원인들이 수사관을 부르는 호칭은 참 다양한 것 같습니다. '사무장님', '과장님', '계장님', '주사님', '검사님', '수사관님' 등. 검찰에서 부르는 정식명칭은 수사관이지만 일반인들에게 수사관이라는 호칭은 잘 알려져 있지도 않을뿐더러, 알고 있다고 하더라도 익숙하지가 않겠지요. 적당한 호칭을 찾지 못해 젊은 여자수사관에게는 아가씨라고 부르는 사람도 있고, 검찰청에 근무하니 그냥 무조건 모두 검사님이라고 부르는 사람도 있는 걸 보면 말입니다. 형님은 저에게 "야!"라고 부르셨네요.

제 아들놈들 기억나시는가요. 아마 형님 아들 탁이와 제 둘째가 또래였던 것 같은데 탁이는 잘 있나 모르겠습니다. 형님 가신 뒤에 한 번도 챙겨보지 못해서 죄송한 마음이 듭니다. 제 아들놈들이 어려선 아빠라고 부르더니 스무 살이 넘어서부터는 아버지라고 부릅니다. 지들 나름대로 아빠란 호칭은 어린애들이 부르는 것으로 생각했을 테고, 성인이 되었으니 어색하지만 아버지로 바꾸었을 것입니다. 하지만 저는 아직도 아버지보단 아빠라는 호칭이 더 정감이 가고 듣기가 좋습니다. 딸이 있었다면 평생 아빠 소리를 듣고 살 수 있을 텐데 딸이 없으니 이제 아빠 소리는 듣지 못하겠네요.

사람들의 호칭에 대한 집착은 의외로 상당한 것 같습니다. 저처럼 딸에게 아빠 소리를 듣고 싶어 하기도 하고, 누군가에게 오빠, 누나 소리를 듣고 싶어 하기도 합니다. 드라마에서 예전에는 '실장님'이 유행했지만 지금은 '본부장님'이 유행하는 것처럼 뭔가 있어 보이는 호칭으로 불리기를 원하지요. 어떤 단어로 불리느냐에 따라서 그 사람의 이미지도 변하기 때문인 것 같습니다.

이미지의 문제로 호칭을 변경한 직업들은 찾아보면 꽤 많습니다. 쉽게 떠오르는 것만으로 예전에 간호원이 간호사로 바뀐 것이 대표적인 것 같네요. '사' 자가 주는 전문적인 어감이랄까? 판사, 검사, 변호사, 의사, 회계사, 법무사, 세무사, 관세사, 그러고 보니 전문 직종은 거의 '사' 자가 들어가 있는 것 같습니다. 그 외에도 '사' 자가 들어가는 자격증도 엄청나게 많지요. 공인중개사, 임상병리사, 사회복지사, 장례지도사, 어지간한 자격은 대부분 '사' 자가 들어가 있습니다. 호칭을 사전에서 찾아보니 대화 상대에 대한 대우 정도를 문법장치로 정교하게 표현한 것이라고 되어 있던데, '상대에 대한 대우 정도'라고 풀이해놓은 것을 보면 호칭은 상대방을 대우하는데 상당히 중요한 면을 차지하고 있는 것으로 보입니다.

검찰에서도 지금 검찰수사관이라고 불리는 직원들을 예전에는 주임, 계장으로 불렀잖아요. 8~9급은 주임, 6~7급은 계장이라고 했는데, 지금도 내부적으로는 혼용은 하고 있지만 대외적으로는 검찰수사관으로 통칭하고 있습니다. 주임과 계장이라는 호칭이 어떻게 만들어졌는지는 그 어원은 알 수 없지만 수사관들이 '주임'이라는 호칭을 선호하지 않았던 게 변경의 이유였던 것으로 보입니다. 검찰 내부에서야 별 의식을 하지 않았으나 대외적으로 외부사람들에게 불리거나 외부에 공문을 보낼 때 호칭이 적절치 않았던 것이지요. '주임', '계장' 하면 이유는 모르지만 어딘가 일본식 냄새가 납니다. 일제 강점기 시대부터 사용하던 용어이기 때문인지 모르겠습니다.

자료를 찾아보니 호칭에 대해서 바꾸기를 원하는 공무원들이 검찰 직원뿐만이 아니었나 봅니다. 2000년 초반 정부에서는 공무원들의 사기 진작 및 대외 직명의 개선 차원에서 각 부처 공무원들의 대외직명을 공모 제정했고, 그때 검찰직 공채에 합격한 검찰공무원들의 대외직명을 '검찰수사관'으로 통일하자는 의견이 채택되었던 같습니다.

수사관으로 통칭하자는 의견이 나왔을 때 5급 사무관들의 반발도 있었지요. 당시만 해도 수사관이라는 호칭을 받는 검찰 직원은 5급이었고, 검찰수사사무관이 정식 직급 명칭이었기 때문이겠지요. 수사과에 1호 수사관실, 2호 수사관실처럼 수사관실의 명칭이 따로 붙어 있었잖아요. 사무관들의 반발은 당연했을 것으로 보입니다. 지금은 5급 사무관은 보직이 없는 경우, 그냥 '사무관'이라고 칭합니다. '검찰수사관'으로 통일하자는 의견이 채택되고, 이에 따라 대검에서는 〈실무공무원 대외직명 적극 사용지시〉 공문으로, 검찰·마약 수사직 공무원의 대외직명을 '검찰수사관', 그리고 별정·전산직 등은 검찰행정관, 현재 사무운영직은 실무관으로 사용하도록 지시했고, 이후부터 '검찰수사관', '검찰행정관', '검찰실무관'이라는 대외직명을 내·외부 모두 사용하고 있습니다.

'수사관'이라는 단어의 의미는 수사를 하는 사람이지만 검찰에서는 수사업무를 담당하지 않는 직원들도 상당히 있지요. 총무과, 사건과, 공판과, 집행과 등의 직원들은 수사를 담당하지 않고, 수사업무를 하는 수사관들은 검사실, 수사과, 조사과 직원들이지요. 집행과에서 재산형 집행계 직원들과 자유형 집행계 직원 일부는 신병(사람)을 검거하는 업무를 하고 있지만 직접 수사를 담당하지는 않고 있기도 하고요. 그러고 보면 모두 검찰수사관이라고 부르고는 있으나 수사관 용어의 원래 의미로 보면 약간 애매한 부분도 있습니다. 일각에서는 검찰수사직과 검찰행정직을 따로 구분하여 채용해야 한다는 말이 있기도 하는 이유인 것 같습니다.

검찰수사관은 또 다른 호칭이 하나 더 있네요. '참여계장'이라는 호칭 말입니다. 검사실에서 수사를 담당하는 수사관을 참여계장이라고 부르는데 검사의 수사에 참여한다는 의미지요. 검사는 참여계장 없이 단독으로 조사를 할 수 없도록 규정되어 있는데, 검찰수사관들은 참여계장이라는 호칭은 별로 선호하지 않는 것 같습니다. 참여라는 용어의 의미가 누군가의 업무에 참여를 한다는 의미로 아무래도 소극적이고 수동적인 의미로 보이기 때문인 것 같네요.

앞서 언급한 정식 명칭 외에 검찰청 직원들은 사적으로 상대방을 부르는 호칭이 몇 가지 더 있잖아요. 제가 검찰 선배인 형님을 부르는 호칭인 '형님', 그리고 '동생'이 있고, '김 프로', '이 프로' 등 '프로'를 붙여 부르는 경우가 있네요. 형님도 가끔 지역 토박이 분들에게 '프로'라는 호칭을 사용하셨지요. '프로'의 경우는 주로 검사들이 사용하지만 형님처럼 수사관들도 가끔 사용하는 분들이 있었습니다.

또 이유나 어원은 모르겠으나 '김 박사', '이 박사' 등으로 부르는 사람들도 있네요. 주로 나이든 수사관들이 하는 말인데, 부르는 사람들도 이유는 알지 못하고 그 이전 선배들이 부르는 소리를 듣고 아마 따라 하는 것 같습니다. 특별한 의미는 없었던 것 같은데 주임, 계장, 수사관 이렇게 부르는 것보다 사적으로 친근해 보이는 것이 그 이유인 것으로 보입니다.

이렇게 이야기하다 보니 사람들의 호칭에 대한 집착은 꽤 상당함을 다시 생각하게 됩니다. 이제 어느 정도 수사관이라는 호칭이 정착되어 바뀔 일은 거의 없을 것 같기는 하지만, 많은 시간이 흘러 어떤 호칭으로 변경될지 궁금해집니다. 엉뚱하게도. 혹 또 '사'자 들어가는 호칭으로 바뀌려나요?

씁쓸한 영화의 그 장면들

'부장검사가 검찰수사관에게 쪼인트를?'

오늘은 영화 속 검찰수사관 이야기를 한번 해보고자 합니다. 영화는 현실을 기초로 하지만 너무 자극적이라서 또는 현실과 너무 거리가 있어서, 관련 있는 단체나 개인으로부터 항의를 받는 경우가 있지요. 항의하는 이유의 대부분이 자신들의 직업 이미지를 실추시킨다는 이유인 것 같습니다. 형님도 기억하시겠지만 오래 전 유명했던 〈포트스맨은 벨을 두 번 울린다〉는 영화가 있었잖아요. 처음 나왔던 제목은 〈우편배달부는 벨을 두 번 울린다〉였으나 전국 체신노조측이 집배원들의 위신을 추락시킨다는 이유로, 모든 광고물의 회수와 상영극장의 1주일 상영중지, 각 신문에 1주일간의 사과문을 실을 것을 요구하였고, 상영극장 측에서는 '우편배달부'를 '포스트맨'으로 변경하여 상영을 했었다고 합니다.

지난해 TV에서 방영된 드라마의 경우도 있습니다. 마취통증의학과 의사들의 이야기를 다루는 〈의사 요한〉이라는 드라마가 있었는데, 간호사 캐릭터를 "수다스러운 아줌마" 등으로 소개했다며 간호사들로부터 항의를 받았다고 합니다. 방송사측에서는 바로 사과하고 수정을 했다고 하는데 일부 간호사들이 시청자 게시판에 "간호사를 폄하하지 말아달라", "간호사를 모욕하지 말아달라", "드라마 속 간호사 설정이 불쾌하다"고 항의하는 글을 게재했던 것이 그 이유였다고 하네요.

또 어떤 네티즌은 간호사들끼리 존칭을 사용하는데 수간호사에게 '홍간'이라고 반말 형식의 호칭으로 드라마에서 연출했고, 그렇지 않아도 간호사에 대한 인식이 좋지 않은데 소문만 퍼트리는 간호사의 캐릭터는 아무리 재미를 위해서라도 직업의식에 상처를 줄 수 있으니 그러한 연출을 삼가달라는 항의를 올리기도 했답니다. 또한 수간호사는 중증환자 회의에도 참가할 만큼 전문성과 지위를 가지고 있음에도 수간호사는 수다스러운 아줌마이고 의사는 스마트하게만 묘사한 것은 받아들이기 어렵다는 글을 올려 결국 항의 글을 본 드라마 제작진은 결국 간호사의 캐릭터 설명을 전면 수정하여 '수다스러운 아줌마'의 표현을 없애고 '통증의학과의 베테랑 수간호사'라는 캐릭터 설명으로 수정하게 되었다네요.

자신들의 직업에 대한 자부심과 적극성이 대단한 것 같습니다. 저희 수사관들의 경우에는 그런 적극성을 보이는 경우는 없지요. 드라마나 영화에서 검찰수사관이 어떻게 나오든지 그냥 그러려니 하고 말지요.

영화이고 드라마지만 자신들의 직업 묘사가 현실과 맞지 않고 이미지를 손상시키는 연출인 경우 매우 거북해하고 반감을 갖게 되는 것 같습니다. 검찰수사관이 나오는 영화는 거의 대부분이 보기가 거북합니다. 물론 저희 수사관이 보는 관점이겠지요. 대부분 수사관을 검사의 비서처럼 묘사를 합니다.

예를 들어볼까요. 10년 전 〈부당거래〉라는 제목으로 검사와 수사관, 경찰관이 나오는 영화가 있었습니다. 영화는 온 국민을 충격으로 몰아넣은 연쇄살인 사건이 발생하고 범인 검거에 계속 실패하자 대통령까지 사건에 개입하게 됩니다. 수사도중 유력한 용의자가 사망하는 사고가 발생하자 경찰청은 가짜 범인을 만들어 사건을 종결지으려 하고, 사건 담당으로 지목된 형사는 경찰대 출신이 아니라는 것으로 계속 승진을 하지 못하던 배우 황정민이었습니다. 황정민은 승진을 보장해주겠다는 경찰 상부의 조건을 받아들이고 가짜 범인을 세워 대국민을 상대로 한 사기극을 진행하게 됩니다. 이를 알아챈 검사가 주연인 류승범이고, 검사와 형사의 거래가 시작됩니다. 이게 그 영화의 줄거리입니다.

검사, 검찰수사관, 형사, 스폰서가 등장하여 영화를 끌어가는데, 젊은 검사인 류승범이 나이 먹은 수사관인 정만식에게 거의 반말로, 침을 튀기며 날렸던 대사가 명대사라며 인터넷에 올라 있습니다.

> "내 얘기 똑바로 들어! 어! 호의가 계속되면 그게 권리인 줄 알아요. 상대방 기준 맞춰주다 보면 우리가 일을 못한다고. 알았어요?"

검찰수사관 정만식은 수첩을 들고 공손히 서 있고, 검사인 류승범은 광분하여 수사관과 검사실 직원들에게 소리소리 지르는 장면입니다. 게다가 한 장면에서는 검사를 찾아온 부장검사가 검사에게 몇 마디 소리치고 나가다 옆에 서 있던 수사관 정만식의 쪼인트를 아무 이유 없이 걷어차고 나가는 장면도 있습니다.

'어이구, 아파라!'

이 장면을 보고 거북해하지 않는 검찰수사관이 있다면 극상의 깨달음을 얻어 곧 우화등선하실 분일 겁니다. 당연히 현실에서는 있을 수 없는 일이라는 것을 모르는 사람은 없겠지만(정말 없을려나요?), 이런 장면을 생각해내는 작가나 영화 연출가들의 생각이 궁금해집니다. 이 사람들의 머릿속에는 약간의 과장을 염두에 두면서도 현실에서 이런 장면을 예상하고 있는 것은 아닌지. 은연중에 깔려 있는 검찰수사관에 대한 인식이 아닌지.

어떤 이는 영화를 영화로 보지 못하고 영화 속의 연출을 쪼잔하고 예민하게 반응한다고 질책할 수도 있겠습니다만 수사관이 직업인 저희로서는 누가 볼까 창피하고 심하게 거부감을 가질 수밖에 없지요. 영화를 같이 보던 아내도 나를 흘깃 쳐다보는데…. 자격지심인 줄은 알지만 맘에 들지 않으니, 많이 유치한 발상이지만 반대로 묘사를 해보면 어떨까요? 검사의 입장에서 보면 학을 뗄 장면이겠지요? 검사가 아니라 다른 누군가를 대입해봐도 거북해할 것은 자명한 일일 것입니다.

저희 검찰수사관은 노조를 만들 수 없으니 기분 나쁘면 그냥 감수하거나 각자 개인적으로 항의를 해야 할 일이지만 혹 거북한 영화가 또 나온다면 시청자 게시판에 소심하게 댓글이라도 올려볼까 합니다. "너무 합니다 ㅠㅠ" 이렇게요. 이제 검찰수사관들도 노조설립이 안 된다면 직장협의체라도 만들어 생일 촛불이라도 켜야 할까 봅니다.

말 높여주세요

타인이 쳐놓은 경계에 함부로 침범하지 말라.
까딱하면 본인이 극심한 내상을 입는다.

얼마 전, 검찰 대학살이었다는 언론의 자극적인 제목이 붙었던 검사장급의 인사가 끝나고, 후속 인사로 검사들의 이동이 있었습니다. 제가 근무하는 청으로 고등학교 후배가 발령을 받아 왔네요. 몇 년 전, 다른 청에서 잠깐 근무한 적이 있다가 해외 유학을 간다며 떠난 후 보지 못했었습니다. 나이 차이도 많이 나고 학교 후배지만 그는 검사고, 나는 수사관이니 서로 존칭을 사용했습니다.

미남형이고 착실한 친구인데 검사인 후배의 깍듯한 인사를 받고 보니 오래전 대학후배인 수사관으로부터 받았던 치기 어린 상처가 쓸데없이 떠올랐습니다. 아마 형님도 기억하시는 일일 겁니다. 제가 그 당시 형님에게 술자리에서 하소연했으니까요. 이 글이 책에 실린다면 그에겐 불편한 글이 될 수도 있겠으나 이제는 아무런 감정도 없고, 그 당시 또한 나의 치기 어린 감정이었으니 후배도 이해하리라 생각합니다. 물론 그가 이 글을 볼 일도 없을 테지만, 혹시

보게 된다면 당시 존칭을 사용하지 못한 나를 이해해달라는 부탁도 하고요.

제가 검사실 수사관 생활을 시작한 것은 검찰 5년 차부터였잖아요. 한 직급 승진하여 타 청으로 전보되었다가 다시 고향으로 돌아오면서 형님의 권유로 검사실 발령을 받았고, 그게 제 검사실 수사관으로서 첫 시작이었습니다. 초임시절 형님과 같이 수사과에서 근무하면서 형님의 배려로 조사경험은 몇 번 있었으나 조사 횟수가 많지 않아서, 검사실 생활은 설렘과 긴장으로 시작할 수밖에 없었습니다. 사람을 앞에 앉혀 놓고 죄가 되는지 여부를 캐낸다는 것이 녹록치가 않지요.

검사실을 추천하며 같이 근무하자 했던 형님은 조금 더 편한 사무과 계장 보직이 나오자 배신(?)을 하셨고, 타 청에서 내려온 다른 수사관이 선임 파트너가 되었는데 P였습니다. 검찰청 내부의 호칭으로 저는 주임, 파트너 P는 한 직급 높은 계장, 제가 졸업한 법대의 1년 후배였습니다. P는 저와 같은 해 입사하였으나 공채 직급이 달라 P가 한 직급이 높았지요.

다행히 검사실 수사업무는 생각보다 어렵지 않았고 나름 재미도 있었습니다. 저는 초임 수사관인데다 그 검사실에서 후임인지라 검사가 간단한 사건만 배당해주는 이유도 있었고, 나름 수사과에서 조사경험이 있어 걱정했던 것보단 어렵지 않게 며칠을 보냈습니다.

그때 검사도 사람이 소탈하고 불편하지 않은 사람이었지요. 출신

대학이 출세와 좀 거리가 있는 대학이라며 승진에 딱히 관심을 두지 않았고, 검찰에 근무하는 동안에는 배당된 사건만 과오 없이 충실히 처리하자는 주의였습니다. 아무래도 오랫동안 검찰에 있을 사람은 아니었지요. 마른 몸에 주량은 생맥주 한 잔이었지만 친목도모에 술이 최고라며 가벼운 술자리도 자주 마련하는 편이었습니다. 형님도 술자리 몇 번 같이하셨지요. 예상 했던 대로 그 검사는 몇 년 후 변호사 개업을 했지만 무난한 검사로 기억되고 있습니다. 13년 전 형님 비보를 듣고 빈소에 찾아와 펑펑 울기도 했구요.

사달은 P의 직급에 대한 자부심과 저의 낮은 자존감과 나이에 대한 미성숙한 사고 때문이었습니다. 저희가 근무하는 청은 소도시 지역의 특성상 수사관들 대부분의 호칭은 직급과 상관없이 형님, 동생이라 불렀잖아요. 친분이나 연결고리가 전혀 없는 경우에야 당연히 서로 존대를 하고 직급의 호칭을 사용했지만 지역의 선후배이거나 학교 선후배의 경우엔 형님, 동생의 호칭이 자연스러웠고, 저도 대부분 그렇게 불렀고요.

서울물은 좀 다른지 서울 쪽에서 근무하다 온 직원들은 생각이 좀 달랐습니다. 동기면 나이가 적든 많든 서로 반말을 하는 게 맞다는 직원도 있었고, 직급의 차이가 있으면 나이를 떠나 존대를 해야 한다는 주장도 있었습니다. 형님도 아시다시피 저는 동기들보다 나이가 많았고, 직급이 높은 직원이 나보다 나이가 적은 경우도 있었지요. 물론 나이가 적다고 해도 부서장이고, 지시를 내리는 상사라고 하면 당연히 존대를 하는 게 맞겠지만 같은 일을 하는 수사관이고 직급이 차이가 있을 뿐인 상사가 아닌 후배에게 말을 높이기는 어렵다는 게 제 생각이었습니다. 이게 사달이었지요.

검사실에 근무한 지 1주일가량 지났을까요. 저는 파트너에게 'P계장'이라고 불렀고, P는 저에게 "주임님"이라 '님' 자를 붙여 불렀습니다(검사실에는 계 단위가 없으므로 계장은 직위가 아닌 관행적인 호칭이지요). 그놈의 '님'이 문제였습니다. 제가 '님' 없는 'P계장'이라고 할 때마다 P계장은 얼굴이 굳었고, 저는 그걸 눈치채지 못했습니다. 제가 눈치가 없는 편은 아닌데 이때는 전혀 몰랐어요. '님' 자는 은행이나 마트에서 듣는 '고객님'으로 충분했던 저는 대학 후배가 설마 선배를 상대로 '님' 자에 목을 맬 줄을 몰랐으니까요. 사실 호칭에 신경 쓰는 사람이라는 것을 알았다면 처음부터 존대를 했을 것이지만 난 전혀 몰랐고, 아니 신경도 쓰지 않았습니다.

하루는 퇴근 무렵 P가 둘이서만 술 한잔 하자는 제안을 했습니다. 평소 P는 술을 좋아하지 않았고, 더구나 둘이서 술을 마셔본 적은 한 번도 없었습니다. P와는 수사관 초임시절 같은 청에서 1년가량을 근무한 적이 있었지만 따로 만나 이야기한 적도, 술자리가 아니라 믹스 커피 한 잔도 같이 마셔본 적이 없었습니다. 대학 후배라는 것일 뿐 대학시절에 만난 적도 없었으니 같이 밥 먹을 사이는 아닌, 길 건너에 걸어가면 굳이 좇아가 아는 체할 필요 없는 딱 그 정도의 사이였지요.

술 한잔 하자는 제의에 저는 같은 검사실에 근무하니 서로 잘 지내보자는 의미로 받아들였고, 어색할 술자리의 어색을 때우려고 눈치 없이 다른 후배들도 같이 하면 어떻겠느냐며 자리를 키우려 했습니다. P는 이 제안을 단칼에 잘랐습니다. 다른 사람과는 다음에 하고 그날은 둘이서만 식사 하자가 그 단칼 도법에 사용한 초식이었습니다.

'굳이 둘이만?'

눈치가 좀 이상했지만 뭐 그럴 수도 있지 하고 둘이서 식당을 찾았습니다. P가 식당도 미리 정해놓고 예약도 미리 해놓은 상태였어요. 메뉴까지 미리 시켜놓았는지 자리에 앉자마자 음식이 나왔습니다. 오리 전골. 남자 둘이서 할 말은 당연히 없었으니 오리 전골 속의 오리 한 마리만 조용히 조금씩 뱃살부터 해체되고 있었습니다. 친하지도 않고, 공통점도 없고, 한 사람은 술도 별 좋아하지 않는 남자 둘이서 무슨 말을 하겠는가요. 소주 한 병을 시켜 놓고 한, 오리 부검 식사는 20분 만에 끝났습니다. 조용히 숟가락을 놓은 P가 할 말이 있다고 하더군요.

'그렇지. 분명 무슨 할 말이 있었던 것 같았어. 근데 무슨 할 말?'

할 말이 있다는 P의 엄숙한 대사에 잠깐 동안 머릴 굴려봤으나 도저히 짐작을 할 수 없었습니다. 다행히 머리 굴리는 시간은 길지 않아도 되었습니다.

"다름이 아니라 사무실에서 말 좀 높여주셔야겠어요. 제가 주임님보다 한 직급이 더 높은데 주임님이 저에게 존대를 하지 않는 것이 좀 그렇습니다."

'? ….'

시간이 잠시 멈췄습니다. 충격이 크면 시간이 정말 멈출 수도 있다는 것을 그때 처음 알았습니다.

'가만, 무슨 말인 거지? 사석인데 형님도 아니고 선배님도 아니고, 그래 '님' 자 붙은 주임까지는 그렇다고 치고, 말을 높여줘?'

예상 못한 펀치를 한 대 야무지게 맞은 기분이었습니다. 사전에 잽이라도 몇 번 날렸으면 조금이라도 예상을 했을 테고, 그랬다면 어떻게 부드럽게 대처를 했을 텐데 갑자기 날라온 펀치는 나를 심하게 당황시켰습니다. 생에서 그렇게 당황한 적도 처음이었으니까요.

"음? 직원들 보기에 좀 불편 했~나? 그럴 수 있지 뭐, 그럼 다음부턴 직원들 있을 땐 존대할게."

겨우 말을 하고는 있었지만 얼굴이 화끈거리고 사고는 거의 마비된 상태로, 제가 입은 내상은 그것만도 가볍지 않았으나 P는 그걸로 끝낼 생각이 없었던 것 같았습니다.

"아뇨, 직원들 있을 때나 없을 때나 그냥 말 높여주세요. 제가 주임님께 존대를 받지 않을 이유가 없는 거 같습니다."

마무리 카운터펀치였습니다. 링에 올라서지도 못하고 맞은 카운터펀치. 링에 올라서지도 못했으니 수건도 던지지 못하고.

말은 이어질 수가 없었습니다. 말을 높여달라지만 좀 전까지 하대했던 이에게 30초 후에 존대로 돌릴 만큼 저의 내공은 심후하지 못했지요. 선혈은 보이지 않았으나 보이지 않는 내상의 출혈은 너무 심했고, 기식은 엄엄했습니다. 화타나 편작이 필요했으나 있을 리 없었지요. 심각한 내상을 입은 채 자리를 지킬 수는 없었습니다. 그대로 아무 대꾸 없이 그 자리를 나왔고, 그날 밤 저는 잠을 이루지 못했습니다. 후배에게 말을 높이느냐 마느냐의 문제가 아니었습니다. 나이 어린 후배에게 그 말을 들어야 하는 참담함, 낮은 직급으로 들어온 당시 미친 선택의 한심함, 말로 표현할 수 없는 자괴감에 거의 미칠 지경이었습니다. 그 자리에서 한마디 하지 못했던, 못난 자신도 짜증이 났고요.

"알았다. 자식아. 학교 선배한테 그렇게 존대를 받고 싶던?"

이렇게라도 한마디 해줄걸. 아니면 헛헛하게 웃어주기라도. 아니면 한 대 쥐어박기라도. 아니면 쿨 하게 '그렇게 하자' 하든지. 뭔가를 했어야 했는데 겨우 한다는 말이 직원들 앞에서는 높여주겠다고? 찌질이 같은 놈. 한 직급 차이가 그렇게 큰가? 더러워서 사표 쓰고 사시 준비나 다시 할까?

거의 돌아버릴 것 같은 기나긴 밤을 그렇게 지새우고, 저는 어찌어찌 내상을 호흡법으로 다스리며 다음날 다시 출근했고, 이후, P와의 대화는 거의 단절되어 1년을 보냈습니다. 아마 그다음날 형님을 만나 술 한잔 하면서 하소연했을 겁니다. 그 후 1년 동안에도 제가 받은 상처는 아물지 않았고, 그 후로도 계속 극심한 흉터로 남았습니다. 다음번 시행된 정기 인사이동은 다행히 둘의 근무처를 분리시켰고, 다행히 이후 같은 청에 근무한 적이 없어 그에게 존대할 일도 없었습니다.

사실 P가 정해둔 그와 저와의 경계를 알아채지 못했던 저의 무지와 나이로 대접을 받으려던 저의 낮았던 자존감이 가장 큰 사달이었으니 지금도 할 말은 없지만, 어렸던 제가 받은 상처는 지금도 흔적이 남아 있네요. 경계침범은 제가 했으니 할 말도 없고요.

> 주변 사람이 던지는 사소한 말 한마디에도 크게 상처받을 때가 있습니다. 아무 생각 없이 툭 던지는 말에 날카롭게 베이는 거죠. 이렇게 사소한 말들이 가슴에 박히고, 또 여러 번 반복되다 보면 상처가 쌓입니다. 이와 반대로 우리가 의도하지 않게 다른 사람에게 상처를 주는 일도 있을 겁니다. 그런 상처들 속에서 우리는 방황하고 좌절하며, 때로 괴로워하거나 분노하기도 하지요. 설령 의도한 것이 아니더라도 상처를 주고받으며 살아가는 것이 우리 인생입니다.
>
> _ 전승환, 《내가 원하는 것을 나도 모를 때》, 34쪽

전승환 작가의 《내가 원하는 것을 나도 모를 때》라는 책에 나오는 구절입니다. 최근에 봤던 책이지만 난 책에 나오는 글을 외우는 재주가 없어, 상처에 관한 글을 일부러 찾다가 포트스잇을 붙여두고 보면서 인용하고 있습니다. 책의 내용을 보니 전승환 작가도 선배와의 대화에서 어떤 상처를 받았었나 봅니다. 사람과는 적절한 거리가 필요하다는 것을 주제로 전달하고 있네요.

맞는 것 같습니다. 당시 P의 저에 대한 생각은 대학선배가 아닌

자신보다 한 직급 낮은 수사관일 뿐이었는데, 저는 후배가 한 직급 높다보니 그가 대학후배라는 것과 제가 나이가 많다는 것을 먼저 내세우고 싶은 심리가 반말로 드러난 것 같습니다. 그가 쳐놓은 경계에 난 승낙 없이 침범을 했고, 무단 침입 행위로 인해 전 여지없이 공격을 받아 상처를 입었습니다.

지금은 다행히 상대방의 경계선을 알아챌 정도의 눈치는 나이와 함께 자랐고, 딱히 말로 남에게 상처 받을 만큼의 감성이 남아있지도 않으니 다행이긴 합니다. 스스로 상처 받지 않으려면 타인의 경계 범위를 잘 알아채야 하는 것 같습니다. 함부로 침범하여 공격받을 일 없도록 말입니다. 이번에 온 검사 후배와도 밥 한번 먹어야겠는데 아직 못 하고 있네요. 오리 전골만 빼고요.

천국에 간 집달리

과식은 몸에 해롭습니다.

많이 유명하지는 않지만, 좀 오래된 프랑스 소설 중에 마르셀 에메라는 프랑스 소설가가 쓴 《벽으로 드나드는 남자》가 있습니다. 최근 우연히 이 책을 읽게 되었습니다. 짧은 에피소드 형식으로 되어 있어서 두 시간 정도면 읽을 수 있습니다. 이 책 5편의 에피소드 중, 마지막 편에 〈천국에 간 집달리〉라는 에피소드가 들어 있는데, 집달리로 열심히 일한 주인공이 죽은 뒤 천국에 갈 수 없음을 알고 자신은 집달리로 최선을 다했다며 하느님께 상소를 하고 주인공은 스스로를 변호합니다.

"하느님, 제가 상소를 한 사정을 말씀드리면 이렇습니다. 성 베드로는 제가 집달리의 직무를 수행하는 과정에서 홀어미와 그 자녀가 눈물을 흘린 것을 다 제 탓으로 돌리고 있습니다. 그래서 그 뜨거운 눈물을 제 영벌의 도구로 삼겠다는 것이지요. 이것은 부당한 일입니다."

하느님은 주인공을 기소한 성 베드로를 보며 말합니다.

"그렇다. 가난한 사람들의 동산을 압류하는 집달리는 인간이 만든 법률의 도구일 뿐, 그 법률에 대해서는 책임이 없다. 그가 할 수 있는 일은 그저 마음속으로 법률의 희생자들을 불쌍히 여기는 것뿐이다."

물론 소설이 말하고자 하는 바가 아닙니다. 천국에 가고자 주인공이 했던 목적 있는 선행은 선행의 횟수로 인정할 수 없다는 성 베드로의 이야기가 이 단편의 주제이지요. 제가 책을 이야기하고자 하는 것은 아니고, 앞서 말씀 드린 대로 예전에 집달리 또는 집달관이라고 불렀던 집행관이라는 직업을 이야기하고자 합니다.

집행관은 법원에 소속되어 있으나 법원의 통제나 지시를 받는 것은 아니고, 독립적으로 재판의 집행, 서류의 송달 등의 업무를 하는데 통상 TV에서 많이 보아온 빨간 딱지 붙이는 사람들이잖아요. 형님 때는 없었습니다만 지난해 말에 '송달전문 집행관'이라고 송달만을 전문으로 하게 되는 집행관 제도가 생겼습니다. 자리는 전국적으로 몇 명 되지 않습니다만 5급, 6급에 한정되어 나온 자리인지라 고참 수사관들이 잠깐 관심을 가진 적이 있기도 했고요.

며칠 전 지인으로부터 집행관이 밤중에 소송관련 서류를 송달한다며 찾아왔는데 집행관이 무슨 일을 하는 사람이냐며 전화로 물어왔습니다. 저는 사실 집행관에 대해서 잘 알지 못하지만, 마침 지난해 말 검찰부이사관 국장으로 근무하다 명예퇴직 한 후, 집행관으로 나간 선배도 있고 해서 인터넷으로 집행관을 검색해봤습니다. 이런 저런 집행관에 대한 이야기들이 많이 올라와 있고, 집행관의 수입에 대한 부분이 있어 클릭해보니 생각보다 많은 수입을 갖는다는 내용의 기사가 정리되어 있더군요.

그간 생각해보지 못했던 부분이지만 집행관이라는 게 법원에 소속되어 있고, 공무 성격의 업무를 집행하는 기관임에도 공개적인 시험을 통해서 채용되지 않고 있다는 것에 의문을 갖게 됩니다. 집행관에 대한 법률규정을 찾아보니 법원, 검찰에 근무한 직원들에게만 주어지는 자격으로 되어 있었습니다. 법원, 검찰 직원이 아닌 일반인은 할 수 없는 직업이었구나 하는 생각이 새삼스레 찾아와 그 이유를 돌이켜보게 되었습니다.

집행관은 10년 이상 법원주사보 또는 검찰주사보 이상의 직에 있던 자 중에서 지방법원장이 임명한다고 되어 있으나 주사보는 고사하고 5급 사무관도 집행관을 맡기 어려운 현실입니다. 대부분이 법원과 검찰의 고위직 그러니까 4급 서기관 이상의 국장급 공무원들이 독식을 하고 있지요.

찾아본 자료에 의하면 수입이 월 1,000~2,000만 원, 연 1억에서 최고 3억까지 된다고 하니 퇴직 후 노후 수단으로 최고의 선택이 될 수밖에 없는 것 같습니다. 어느 매체에서는 최고 13억까지 벌어들인 집행관도 있다는 걸 보면 적지 않은 수입을 올리는 것 같습니다. 엄청 나지요? 정년이 61세까지이지만 4년을 할 수 있으니 집행관 기간 동안에 벌어들인 수입만으로 노후는 충분히 지낼 수 있을 것으로 보입니다. 4급 공무원 이상으로 퇴직하면 매월 받는 연금 또한 350만 원 이상이 되니, 집행관 수입은 어찌 보면 공무원 퇴직 후 마지막 부수입으로 생각하는 사람들이 대부분입니다.

세상사가 이익이 있는 곳에는 항상 경쟁이 있지요. 고액의 수입 보장은 퇴직 몇 년을 남겨놓은 법원 검찰 공무원들의 치열한 눈치 경쟁을 유발합니다. 집행관 4년의 임기가 끝나는 사람이 누구인지를 미리 파악하고, 그 시점에 퇴직을 하게 되면 자신이 집행관을 할 수 있을 것인지를 미리 계산을 합니다. 집행관 자리 하나가 나올 그 시점에 자신보다 직급이 높거나 경력이 많은 사람이 있을 경우에는 자신에게 돌아올 가능성이 없으니 사전 정보와 명퇴 시기의 계산이 필요한 것이지요.

법에는 7급 이상이면 지원가능하다고 되어 있으나 현실적으로 5급까지는 집행관을 아예 맡지 못하고, 거의 국장급들의 차지가 됩니다. 따라서 후배 공무원들의 불만도 많을뿐더러 윗사람의 집행관 선정 권한의 영향은 이를 위해 엉뚱한 노력을 하는 사람들까지 생겨났습니다. 아무래도 잘 보여야겠지요. 공무원 국장급이면 거의 최고위 공무원으로서 명예는 명예대로 누리고, 거의 정년 무렵에 집행관으로 나가게 되므로, 부는 부대로 축적하는 현실은, 통상하는 말로 관운이 없어 5급 이상 승진 기회도 없는 하위직들에게는 불평등으로 인식될 수밖에 없습니다.

'고위직으로 누릴 만큼 누렸고 그 정도 연금이면 후배들에게 양보해도 될 텐데….'

이렇게 말입니다.

형님이 말씀해주셨던가요? 예전 어떤 선배에게 들어보니 사실 집행관을 7급 주사보 이상의 자격으로 정했던 취지는 선배가 일찍 퇴직해줌으로써 후배들에게 승진 기회를 물려주고, 조기퇴직하더라도 어느 정도 수입을 보장해주는 것이었다고 하더군요. 그래서 그 당시엔 7급 정도의 직원이 조기 퇴직을 하여 집행관의 업무를 맡았었다는 것입니다.

하지만 지금은 승진은 승진대로, 수입은 수입대로 취하는 실정이 되어 처음 취지를 전혀 살리지 못하고 있는 것으로 보입니다. 취지대로 한다면 7급부터 5급까지의 공무원으로 상한 직급을 제한하고, 더 나아가 법무사처럼 일반인들에게도 집행관의 자격을 개방하여 공정성이라도 되찾아야 하는 것 아닌가 싶기도 하네요. 뭐 제가 집행관으로 나갈 수 없으니 배가 아파서 하는 소리는 아니다라고 말해야 하겠지요? 사실 저 배 아파요.

구내식당

청사 뒤편에 있는 구내식당도 약간 확장을 했습니다. 직원 수가 많아지니 식당이 협소해서 옆 벽면을 터서 조금 늘렸지요. 요즘엔 구내식당에 청사 주변 외부 사무실 직원들이나 학원 학생들이 점심을 먹기 위해 자주 옵니다. 아무래도 밥값이 저렴해서 오는 것이겠지요. 사실 음식 맛은 맛집이라고 자랑할 만한 수준은 못됩니다. 왜인지 모르지만 어느 검찰청이나 구내식당 밥은 맛있는 곳 찾아보기 힘들지요?

아내 _ 청에 구내식당 밥 요즘은 괜찮아?
수사관 _ 뭐, 그저 그렇지.
아내 _ 내가 한 것보다?
수사관 _ 그건 아니고….

별관

지금 청사건물은 약 15년 전에 신축했잖아요. 형님도 이곳 청사에서 2년 정도 근무를 하셨으니 잘 아시겠지요. 그때와 같이 본관은 지하1층에 지상 5층 건물로 사무국과 형사 제1, 2, 3부의 각 사무실로 사용하고 있습니다. 청사 뒤편에 직원들이 사용하는 독신자숙소가 있고, 테니스장, 그리고 주차장 및 별관이 있습니다. 독신자숙소는 타 지역에 거주하는 직원들이 1년에서 2년가량 근무하다 가는 동안 임시로 사용하는 곳이지요. 넓지 않는 1실의 공간을 2개로 나누어 사용하고 있는 탓에 상당한 불편을 감수해야 하지만 돈을 들여 원룸을 얻을 필요가 없어 그래도 도움이 되는 시설입니다.

별관소식은 모르시지요. 별관이 지난해 새로 신축되었습니다. 강당 형태로 만들어졌는데 평상시에는 직원들이 배드민턴 및 탁구 등, 운동하는 공간으로 사용하고, 필요시 행사 등에 사용합니다. 타 청에는 거의 없는 시설인지라 운동을 좋아하는 직원들의 호응이 좋은

편이지요. 점심 후에 직원들이 간단한 내기 게임을 하는 재미도 있지요.

수사관 _ 피자 내기 탁구 한 게임 할까요?

검사 _ 저 탁구 잘 못 하는데요.

실무관 _ 저두요.

수사관 _ 그래요. 그럼 탁구 해요.

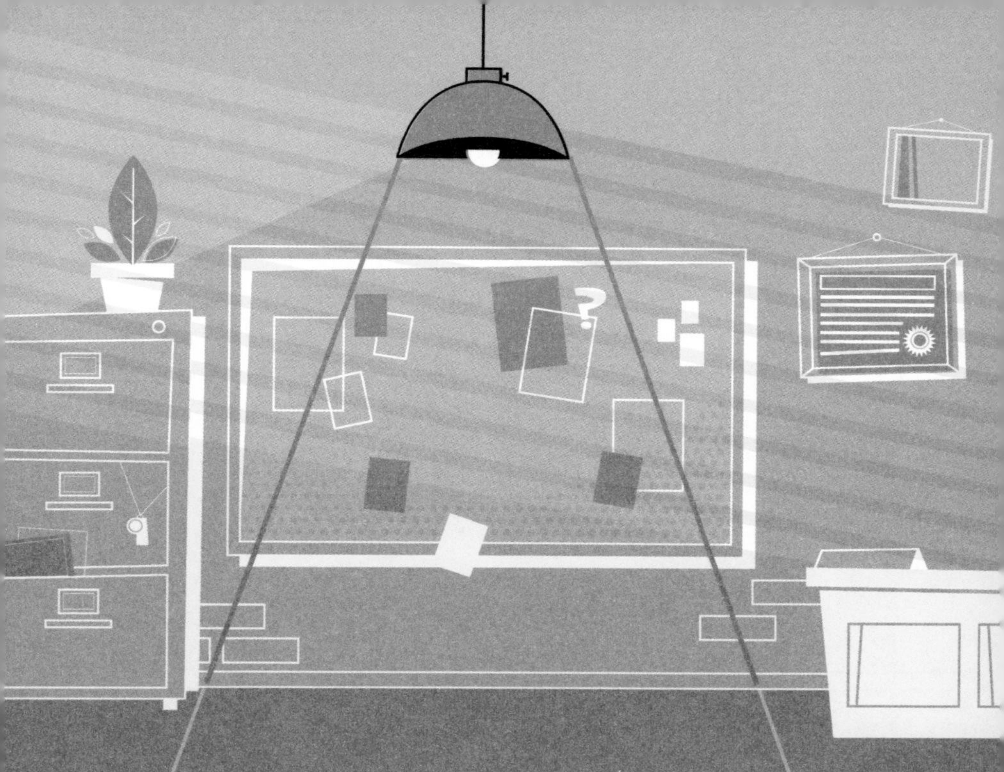

제2부

대장놀이

권력은 사회적 관계에서,

한 행위자의 저항에도 불구하고

자신의 의지를 관철시킬 수 있는 위치에

있게 될 개연성이다.

베버

차별이 불만이면 검사를 하라

자신이 어려울 땐 어려운 사람이 이해되지만
상황이 아니면 이해하기 어렵다.

원하지 않은 버스여행이지만, 오랜만에 하는 버스여행은 뒤로 달려 나가는 들판을 한참을 쳐다보게 됩니다. 어릴 적 버스를 타면 뒤로 지나가는 미루나무를 신기해하던 기억이 있네요. 어릴 적 추억을 되새기며 저녁 무렵 도착한 청사건물이 제법 크고 낯설었습니다. 짧으면 1년, 관운이 없으면 2년을 드나들어야 할 곳이지요. 청사 뒤편에 자리한 우중충한 관사가 내 집이 아님을 실감케 하지만, 그나마 관사 옆에 보이는 테니스장이 저녁시간을 보낼 곳으로 위안을 줍니다.

인사이동이 있었습니다. 인천이었지요. 집에서 자동차로 4시간 거리. 꼴랑 한 직급 승진시켜주고 멀리도 보냅니다. 승진이 아니라 귀양 같았지요. 5년 전의 일입니다. 검사는 매 2년마다, 검찰수사관은 5년마다 의무적으로 다른 검찰청으로 이동을 해야 하고, 한 직급 승진을 하는 경우 또한 다른 청으로 전보되잖아요. 형님도 다녀오셨었지요? 형님은 인천이 아니라 수원으로 다녀오셨던가요.

전입 첫날의 점심은 대부분 전입청의 기관장이 점심을 사잖아요. 명목은 '전입직원과의 간담회'로 되어 있지요. 검찰청에서는 타 청에서 전입해온 직원들에게 간담회라는 형식으로 기관장 주관의 점심이나 저녁 식사자리를 마련하잖아요. 식사를 같이 하며 혹시나 있을 직원들의 애로사항을 기관장이 들어주겠다는 하해와 같은 성은이 담긴 취지로 말입니다.

깔끔한 한정식 식당에 오찬 자리가 마련되었고, 기관장을 중심으로 전입직원 10여 명이 자리를 잡았습니다. 기관장 자리 위엔 좌석배치표가 식권처럼 자리하고 있었습니다. 다른 자리에 앉으면 장동건을 장동민으로 알 테니 정확히 배치된 자리에 앉아야 합니다. 좌석배치표를 이리저리 쳐다보다 다행히 제 자리는 잘 찾았습니다.

관운 없게도 기관장 옆자리. 밥 한 끼 먹고 체할 수는 없으니 최대한 적게 소화 잘되는 것으로만 깨작거리자, 나중에 컵라면 하나를 먹는 한이 있더라도. 간단한 환영 멘트와 함께, 조용히 진행되던 식사가 얼추 끝나는 시점에, 애로사항 있으면 말해보라는 기관장의 하교가 있었습니다.

"기탄없이 말하라."

그간의 경험에 비추어보면 애로사항이 딱히 해결된 적이 없으므로 고참 수사관들은 대부분 입을 닫지만 가끔 정의감에 불타는 분들이 한 분씩 꼭 나타나기도 하잖아요. 한 순진한, 말하라 했다고 속없이 하는, 소원수리(예전 군대서 써내는 탄원서) 써내라 했다고 눈치 없이 꼭 써낼 것 같은 외모의 모 수사관이 기관장의 '기탄없이'를 정말 기탄없이 받아들였나 봅니다. 얼굴이 상기되어 마른 침을 한 번 삼킨 수사관의 긴장된 멘트가 시작됐습니다. 그렇게 긴장되면 입을 닫고 있지. 나처럼.

"수사관들의 관사가 너무 좁고 시설이 열악합니다."

내용은 기탄이 없었으나 말은 조심스러웠습니다.

"관사?"

애매한 표정의 기관장 반문이 있었고, 수사관은 그렇다고 대답했습니다. 아뿔싸, 기관장의 반문 의중을 파악하지 못한 대답이었지요. '관사'의 '사' 자 억양이 아래로 내려서지 않고, 위로 솟구쳐 있음을 간과한 것입니다.

"음, 독신자 숙소를 말하는 것이지요?"

송구하게도 기관장은 스스로 정정을 했습니다. '관사'라는 표현은 검사 이상에게 해당되는 것이고, 직원들의 임시거처는 '숙소'로 표현해야 맞다는 의미인 듯했습니다. "감히"가 빠져 있는 반문의 의중을 수사관이 눈치채지 못한 것입니다. 저도 기관장의 의중을 알지 못해 그의 표정을 몰래 잠시 살폈습니다. 기관장의 표정에 농끼가 보이지 않았으니 '감히'가 맞았습니다. 기관장은 다시 물었습니다.

"어떤 부분이 열악하고 불만이라는 것인지, 구체적으로 고하라."

적절히 마무리했으면 좋았을 텐데 수사관은 내친 김에 그럴 생각이 없었나 봅니다.

"숙소가 부족하여 좁은 공간에서 수사관이 2명씩 사용해야 하는 불편이 있고, 창문 등이 노후되어 외풍이 심하며, 검사님들은 혼자 거주하심에도 30평대 아파트에 거주하고, 수사관은 2명 이상이 거주함에도 10평 이하의 원룸 같은 숙소에 거주하고 있으니 이를 통촉해달라."

수사관은 '거주하심에도'와 '거주함에도'를 명확히 구분하고 있었고, 얼굴에 약간의 멋쩍은 웃음과 고하는 사안의 죄스러움을 담아 최대한 공손하게 답하고 있었습니다. 검사와 수사관을 같은 레벨에 놓고 말하기 송구하지만 현실이 그렇다는 말을 조용히 그리고 기탄없지만 소심하게 꺼내놓은 것입니다. 말없이 듣고 있던 기관장의 답변은 저에게는 꽤 충격이었습니다.

"그런 게 불만이면 검사로 들어오시지?"

농담인가? 기관장의 얼굴과 눈빛을 재빨리 훑었습니다. 저뿐만 아니라 그 자리에 있던 모두가 기관장을 각자의 눈빛으로 쳐다보고 있더군요. 의아함, 황당함, 미쳤남 등으로. 여전히 기관장의 얼굴과 눈엔 농은 없었습니다. 수사관의 눈치도 코치도 없는, 분위기 파악도 못 하는 말에 심기가 상해서 홧김에 나온 말일 수도 있었지만, 덧붙여 한 기관장의 대사는 한 방 맞아 코 박고 넘어진 놈의 등허리를 팔꿈치로 가격하는 정점을 찍고 있었습니다. 숙소가 있는 것만으로도 감지덕지해야 하거늘, 숙소가 없으면 개인 돈을 지불하고 원룸을 얻어야 할 판국에, 검찰에서는 직원들까지 숙소를 마련해서 주고 있으니 열악한 시설 여부를 떠나서 고마워해야 하지 않느냐는 취지였습니다.

다행히 눈치를 안드로메다로 보냈던 수사관의 대사는 거기서 끝이 났고, 나머지 식사시간은 기관장 혼자만의 훈시로 마무리되었습니다. 요지는 이랬습니다. 검사로 들어오지 못한 수사관들을 폄하할 의사도, 숙소의 열악함을 고한 수사관을 힐난할 의사는 전혀 없다. 현실적으로 바꾸거나 보완할 수 없는 사안을 불평, 불만처럼 말하니 답답하고, 현실을 너무 부정적으로만 바라보지 말자는 취지였으니 오해하지 말라. 열악한 독신자 숙소 사정은 예산이 허락되는 한 보수가 되도록 해보겠다는 약속도 있었습니다.

해명은 들었으나 기관장의 당시 대사는 잠시 충격이었습니다. 너무 핵심을 찌르는 말이었을까요. 검사와 똑같은 대접을 받으려면 검사로 들어왔어야 하지 않느냐는 말은 달리 생각해보면 틀린 말도 아니지요. 당연한 말이니. 검사 대접 받으려면 사법시험을 봐야지, 수사관 시험 보고 들어와서 검사 대접 받으려 하면 도둑놈 심보지요.

사실 우리가 학생, 그리고 젊은 시절에 죽자 살자 공부하는 이유도 남으로부터 좀 더 인정받는 삶을 살고자 하는 마음에 있잖아요. 당연한 마음이지요. 진정 가식 없이 솔직한 표현으로, 그런 마음이 없다면 사실 힘들게 공부하고 노력할 이유가 없을 겁니다.

나 아닌 타인의 마음이나 실상을 이해하고 살아간다는 것은 힘든 일이다. 나 자신도 이해하지 못하고, 나 자신의 일을 해결하기도 힘든 세상인데 타인의 마음까지 어찌 헤아려 살 것인가. 자신들에게 닥친 현실이나 어려움은 자신들이 극복해 나가야 하는 자신의 문제이지 그걸 이해하지 못하는 남을 탓해서는 아니 되는 것 아닌가. 나도 이 자리까지 오기까지는 수많은 고통과 어려움을 참고 겨우 이 자리에 왔다. 그 힘든 고통과 어려움을 참고 획득한 결과가 노력하지 않고 안주했던 당신들과 같다면 내가 했던 그간의 노력이 무슨 의미가 있겠는가?

예전 회사 임원으로 승진한 친구가 술자리에서 술기운에 했던 말의 요지입니다. 친구 회사 후배들에게 하고 싶었던 속마음이라는 것이었는데, 임원승진에서 탈락한 경쟁상대가 승진한 친구에 대해 좋지 않은 소문을 내고 다니는 것에 맘이 상하여, 저에게 하소연하면서 술기운에 했던 말이었습니다.

'고통과 어려움을 참고 획득한 결과가 노력하지 않고 안주했던 당신들과 같다면 내가 했던 그간의 노력이 무슨 의미가 있겠는가?'

어찌 보면 너무도 당연하고 반박할 수 없는 솔직한 마음인 것 같습니다만 인정받는 결과를 얻지 못한 사람들로서는 씁쓸한 마음을 감추기는 좀 어렵기도 합니다.

형님도 기억하실지 모르겠습니다만 오래전, 모 법원 판사가 술을 마시다 술기운에, 어울리지 않게도 판사 봉이 아닌 주먹을 휘두른 사건이 있었습니다. 그때 소문을 듣고 직원들 사이에서 회자가 되었던 일입니다. 그나마 다행히 판사의 주먹은 공부만큼 세지는 못했는지 맞은 상대방이 많이 깨지지는 않았었나 봅니다. 그런데, 가해자가 판사가 아닌 일반인이었다면 몇십만 원의 벌금으로 끝날 사안이었음에도 그 사건을 선고한 법원은 벌금형이 아닌 징역형 집행유예를 선고했습니다. 판결의 취지는 이랬죠.

"피고인이 판사로서 누리는 무형, 유형의 무언가는 일반인과 동일하지가 않다. 따라서 피고인의 과오에 대한 책임 또한 일반인과 동일할 수 없다."

그 당시 멋진 판결이라는 말들이 돌았었지요. 법원은 평소 판사로서 다른 이로부터 존경을 받거나, 대접을 받거나, 다른 이의 잘못을 꾸짖는 위치에 있는 등 일반인보다는 우위에서 누리는 부분이 있었겠으니 그 책임 또한 일반인보다 커야 한다고 판단한 것입니다. 하지만 피고인인 판사는 이를 인정할 수 없었나봅니다. 억울하다며 항소를 했다고 하니까요. 그 이후 판결이 어떻게 나왔는지는 확인해보지 못했지만 피고인인 판사는 누리는 것은 일반인보다 많았으면 좋겠고, 책임은 일반인과 동일해야 한다고 생각했었겠지요. 판사가 되기까지의 수고를 보상받고자 하는 심리거나, 자신이 처한 현재의 상황만을 생각하는 본인 위주의 심리가 작용을 했을 겁니다.

저는 잘 모르는 철학자이지만 철학자의 말을 인용하면 뭔가 있어 보인다고 하니 하나 인용해보겠습니다. 철학자 비트겐슈타인(논리실증주의와 분석철학자, 영국)이라는 사람이, 타인의 고통에 대한 상상은 아예 불가능하다고 했답니다. 어떤 사람이 고통을 가지고 있다고 가정하고 본인이 그 고통을 이해하려면 그 고통을 상상해야 하지만 그것은 불가능하다는 것이지요. 타인과 본인이 동일한 조건하에서 동일한 감각을 가져야만 동일한 고통을 상상할 수 있을 것이지만 그 조건은 충족될 수 없고, 조건의 동일성 진위를 따질 수 있는 어떤 비교의 틀도 가질 수 없다는 것입니다. 문장의 모순을 말하는 것이고, 철학자의 어려운 말 그대로 철학이지만 '인간이 타인의 고통을 진심으로 이해한다는 것은 불가능하다'는 의미가 맞다면, 아이러니하게도 그 기관장을 이해할 수 있을 것 같기도 합니다.

민주, 위생, 대화주

난 소주를 좋아한다. 넌 뭘 좋아하니?
이렇게 좀 물어봐라, 뭘 좋아하는지.

예전에 폭탄주 많이 마셨지요? 그때는 밤늦게 형님이 술자리에 불러내서 아내에게 지청구도 많이 들었습니다. 그때만 해도 검찰하면 떠올리는 것 중에 '폭탄주'가 있었잖아요. 검찰 직원들이 많이 마신다는 것으로 검찰 조직 회식문화의 하나처럼 회자되기도 했습니다만 좀 지나서는 오히려 일반 사람들이 더 만들어 마시기도 했습니다. 외부 지인들을 만나면 자리에 앉자마자 폭탄주 먼저 돌릴 정도였으니까요.

지금은 폭탄주 마시는 사람들을 많이 볼 수 없고 검찰도 마찬가지입니다. 아직도 술을 섞어 마시는 사람들은 간혹 있지만 전문가(?) 입장에서 보면 폭탄주라고 할 만한 정도는 아니지요. 맥주 컵에 소주를 거의 바닥에 깔릴 정도만 따르고, 그 위에 맥주를 절반 정도 따르는 것으로는 예전 폭탄주 축에 낄 수 없지요.

형님이 아시다시피 예전 폭탄주는 말 그대로 폭탄이었습니다. 소주잔에 소주를 가득 채우고, 맥주잔에 넣은 후, 맥주도 풀로 가득 채웠으니까요. 4~5잔 정도만 마셔도 아내의 표현으로 '애비 애미도 몰라 볼 정도'로 거의 만취가 되었습니다. 폭탄주 이름도 가지가지였지요. 이슬주, 포청천주, 타이타닉주, 회오리주, 제가 아는 폭탄주는 이 정도이나 훨씬 더 많았을 것입니다. 아마 저보다 형님이 더 많이 아셨을 걸요.

그때 형님이 계셨는지 기억이 나지 않는데, 회식 때 상 위에 술이 남는 것을 용납하지 않는 기관장이 한 분 계셨습니다. 회식이 거의 마무리되면 항상 세숫대야 크기의 양푼을 가져오게 하였고, 남은 소주, 맥주를 모두 그곳에 부었지요. 술을 마시다 이곳저곳에서 술병을 따고, 이 사람 저 사람 권하다 보면 병에 남은 술들이 있게 마련인데, 그렇게 남은 술을 전부 한곳에 모은 것입니다. 술을 남기지 말고 전부 처리하자는 의미였겠지요. 술이 모아지면 기관장 자신이 제일 먼저 술 양푼을 들고 한마디 한 후 마시고 싶은 만큼 마십니다. 이후 옆 사람에게 넘기고 같은 방법으로 계속 넘어가는 방법이었습니다. 그래도 마시는 양은 강권하지 않았습니다. 먹고 싶은 만큼만 마시고 옆으로 넘기면 됩니다. 함정은 술이 남으면 계속 돌아야 하므로 모두가 꾀 술을 마실 수는 없다는 것입니다. 조금씩이라도 마셔야 없어지고 술자리도 끝나니까요.

한마디 즉, 폭탄사도 빠지지 않았습니다. 단, 기관장에 대한 찬사가 들어가면 무효였지요. 상당수의 검사나 직원들이 '먼저 이 자리를 마련해주신 청장님께 감사드리고….'로 시작을 하는 까닭에 그 이야기는 하지 말라는 것이었습니다. 기관장에 대한 이야기만 빼고 아무 이야기나 상관이 없었습니다. 옆자리 직원에 대한 감사, 부모님께 감사, 부인에게 감사도 가능하고, 썰렁한 유머도 가능하고, 노래도 가능하고, 김정일에 대한 만수무강만 아니면 세계 평화를 위한 기원도 가능했습니다. 그렇게 세숫대야의 술이 탕진되면 모두가 스스로를 대견해하는 박수를 치고 회식자리는 마무리되었지요.

세숫대야 술의 제목은 '민주위생대화주', 강요 없이 본인에게 적절한 양만큼 마시니 민주적이고, 남은 술을 모두 소비하니 위생적이며, 한마디 하면서 마시니 대화주라 하여 합친 주명이 '민주위생대화주'라 칭했습니다. 물론 그 기관장의 작명이었습니다. 어차피 술을 마셔야 했으니 민주적일 리도 없고, 한 그릇에 여럿이 돌아가면서 마시는 그릇이 위생적일 리도 없으며, 혼자서 한마디 하는 것이 대화도 아닐 터이니 주명은 터무니없는 이름이었지만, 민주위생대화는 기관장만의 민주고 대화였습니다.

그 큰 세숫대야 양푼을 들어 입에 대고 술을 마시는 모습이 보기 좋을 리도 없었습니다. 남직원 여직원 모두 있었으니 서로 보기도 민망했고요. 수십 명의 인원이 세숫대야에 입을 대고 돌려 마셨으니 지금 같이 코로나가 유행하는 시기였다면 상해죄로 거의 구속감이었을 겁니다. 몇십 명의 참석자들 중 세숫대야에 술을 붓고 마시는데 진정으로 동의한 사람들이 있었을까요. 동의를 구하는 말이나 행위는 없었고, 이의를 제기하는 누구도 없었으므로 알 수는 없습니다만, 최소한 저는 마음속으로 동의하지 않았지만 세숫대야 술을 마시고 박수를 쳤습니다.

내공을 없애려 산공독을 풀었을 리도 없고, 독주가 아닌 바에야 그 술을 마신다고 죽을 일은 아니니 마시지 못할 것도 없었지만 직원들에 대한 배려가 없는 기관장의 독단적 독주는 안타깝고 짜증스러웠습니다. 본인이 재밌으니 모두 재밌을 거라는 생각이었을 것이지만 본인의 생각과 다른 사람의 생각이 다를 수 있다는 의식의 부족이 가져온 행동이었습니다.

물론 누구도 부동의의 표현을 하지 않았다는 책임에서는 자유로울 수 없겠으나, 기관장의 행위라는 위협, 협박이 동반되지 않는 무언의 강요는 아내가 자주 사용하는 용어인 조망수용능력이 부족한 어린아이와 다를 바 없었습니다. 사탕을 좋아하는 아이는 다른 이도 당연히 사탕을 좋아할 거라고 생각하여 좋아하는 상대방이 있으면 자신이 좋아하는 사탕을 선물합니다. 상대방이 사탕을 거절하면 이를 이해하지 못하고 급기야는 울음까지 터트리는. 세숫대야의 술을 마시지 않았다고 기관장이 울지는 않았겠지만요.

최근 검사나 수사관들의 동료 여성에 대한 성추행 사건이 심심찮게 언론에 오르내립니다. 수많은 성폭력 사건을 수사하는 검사나 수사관이 성추행이 범죄라는 것을 몰라서 그런 행동을 했을까요. 두말할 필요도 없이 그리고 당연히 아니지요. 상대방의 의사를 곡해하거나 자신만의 방식으로 해석해서 나오는 행동들일 것입니다. 내가 지금 기분 좋으니 상대방도 그럴 것이라는 조망수용능력의 부족, 만 9세면 발달하고 존재하게 된다는 그 능력의 부족으로 상대방에게도, 자신에게도 참담한 성추행이라는 결과를 만들어내는 것입니다.

교사인 아내에게 들은 바로는, 교육학자 피아제는 네모난 탁자 위에 서로 다른 모양의 세 개의 산 모형을 세워두고, 실험 아동을 한 면에 앉힌 후 탁자의 다른 세 면에 각 인형을 앉혀 두었답니다. 피아제는 아동에게, 다른 세 면에 앉은 인형의 눈에 세 개의 모형 산들이 어떻게 보이는지를 대답하도록 하였고, 4~6세 아동은 인형들에게도 자신이 보는 산과 동일하게 보일 것이라고 대답하여 타인의 관점을 이해하지 못했답니다. 하지만 9~10세가 되면 달리 보일 수 있다는 것을 이해했다네요.

9~10세 정도면 타인의 관점에서 볼 수 있는 능력이 키워진다고 하는데, 그 능력을 키우지 못하고 성장한 사람들이 있다면 로스쿨이나 검찰직 시험에 조망수용능력 향상에 필요한 과목을 넣거나 법무연수원에 과목을 하나 개설해야 할지 모르겠습니다. 다행히 민주위생대화주는 폭탄주와 함께 사라지고 없으니 수십 명이 세숫대야에 입을 대고 돌려 먹는 일은 이제 없을 것 같습니다. 막걸리 한잔은 생각나지만요.

검사의 정의

빼지도 보태지도 말자.

저에게 법원에서 구인장을 날라 왔을 때 기억나시지요? 그때 이야기를 해볼랍니다. 그때 검사와 실랑이가 조금 있어서 제가 맘 상해하는 것을 형님이 달래주셨지요.

10년 전인가요? 마이클 샌델 교수의 《정의란 무엇인가》라는 책이 엄청나게 유행한 적이 있었습니다. 유행이라는 표현이 좀 거시기하면 베스트셀러였다고 달리 말하면 되겠네요. 유행이었다고 표현한 이유는 그 책을 구입하여 완독한 사람이 거의 없다는 말을 들어서입니다. 책이 두껍고 제목을 보면 뭔가 있어 보여서 책을 구입했다가 몇 페이지 읽지 못하고 덮어버리는 사람들이 대부분이라고 하네요. 저도 마찬가지였습니다. 몇 장 읽다가 덮어버리고 또 시도했다가 다시 덮고, 결국 완독은 하지 못했습니다.

여기저기 쓰여 있는 그 책의 요지를 보고 다 읽은 것으로 착각하고 있습니다만 여하튼, 그 책의 요지를 보았던 내용을 보면 그 책에서 마이클 샌델은 '정의'에 대해서 일률적인 답을 내리고 있지는 않지만 여러 가지 분야에서 생각해보자는 견해를 보여준다고 했습니다. 정의라는 문제는 시대에 따라서 달라지고, 자신이 처한 영역에 따라서도 달라진다는 게 그 요지 중에 하나였던 것으로 기억합니다. 정의란 무엇인가라는 제가 감당 못할 주제를 이야기하고자 하는 것은 아닙니다. 제가 근무하는 조직의 일원이자 공익의 대표자로 칭해지는 검사에게 있어서 정의라는 것이 어떤 것인지, 제가 겪은 일로 이야기해보고자 하는 것입니다.

법원으로부터 구인장을 받았을 때가 제가 검찰에 입사한 지 3년쯤이었고, 형님과 같이 수사과에 근무했을 때입니다. 그해 제1회 전국동시지방선거가 시행된 해였으니 검찰에서 선거운동에 촉각을 곤두세우고 있던 시기였습니다. 지금으로부터 25년 전의 이야기이니 지금의 사정과는 많이 달랐습니다. 지금으로서는 생각도 못 할 일이지만 그 당시엔 검찰이 선거운동을 하는 것으로 추정되는 사소한 모임까지 수사관을 파견하여 확인하던 시기였으니까요. 선거가 있는 해에는 공안검사실에서 수사과 직원들을 자주 동원을 하곤 했습니다. 모 당 선거 후보가 모 학교 강당에서 출판 기념회를 한다고 하니 선거법 위반 사례가 있는지 확인하라, 또는 모 식당에서 학교 동창모임을 한다고 하니 확인 차원에서 나가 보라는 등의 지시가 자주 있었지요.

당시 저도 호텔 식당 한 곳을 나가 보라는 지시를 받았습니다. 모 선거 후보가 모임을 갖는다는 첩보가 들어왔다는 것이 그 이유였습니다. 그때 같이 나갔던 선배가 누군지는 기억이 나지 않습니다만 선배 수사관 한 명과 함께 지시받은 식당에 나갔습니다. 그때 저희가 근무한 청은 소규모 도시의 특성상 검찰수사관들의 얼굴을 아는 외부 사람들이 많았잖아요. 식당 근처에서 얼쩡거렸으니 당연히 저나 선배 수사관을 알아보는 사람이 있었을 것이고요. 선거 시기에 선거에 나온 후보가 모임을 갖는다는 것은 사실 선거 지지를 호소하려는 목적이 백 퍼센트지만 검찰수사관이 나와 있다는 것을 아는 바에야 누가 선거와 관련된 내용을 언급하겠습니까. 적발될 것이 뻔한 일인데요. 그날 모임은 있었지만 선거후보는 자신을 지지해달라는 호소는 하지 않았고, 저희는 선거법위반 내용은 발견할 수 없었습니다. 아마 주변에서 얼쩡거리는 저희들을 봤기 때문이었겠지요.

그날 사무실로 돌아온 후, 현장 상황보고서는 선배 수사관이 작성을 해야 했지만 그 선배는 내게 보고서 작성을 하라고 미루었습니다. 그 선배는 그런 보고서는 나중에 귀찮은 일이 생긴다는 것을 알았던 것 같지만 저는 그런 내막까지는 알지 못해서 모임이 있었던 상황을 그대로 보고서에 기재하고 검사에게 보냈습니다.

황당한 일이 발생한 것은 그로부터 2개월가량 후였습니다. 법원에서 저에게 재판정에 증인으로 출석하라는 구인장이 날라든 것입니다. 증인 구인장은 몇 차례 출석요구를 한 후에 출석하지 않으면 발부하는 것인데 저에게는 아무런 연락도 없이 구인장이 나온 것입니다. 아마 어떤 방법으로든 연락을 취했을 것인데 저에게 전달이 안 됐던 것 같습니다. 증인으로 요청한 측이 검사였는데 검사도 수사관인 저에게 아무런 연락도 해주지 않았고요.

내용을 알아보니 그 호텔 식당에서 모임을 주관했던 선거 후보가 선거법위반으로 기소가 되었고, 검찰에서 제시된 증거가 제가 작성한 수사보고였습니다. 그 선거 후보는 선거법위반 사실을 부인하고 있었고, 검사는 제가 작성했다는 수사보고서를 증거로 제시하여 선거법위반 사실을 증명하고자 했었나 봅니다. 저는 의아했지요. 제가 작성한 보고서는 선거법에 위반될 만한 표현이 없었다는 내용이었으니까요. 의아하고 황당했던 저는 그 사건을 기소한 공안검사를 찾아갔습니다.

"나를 증인으로 채택한 이유가 무엇이요?"

약간 흥분이 되어 있던 제 질문은 제가 생각해도 좀 직설적이었습니다. 초짜 수사관의 직설적인 표현에 기분 좋을 검사는 없겠지요. 당연히 검사는 누가 봐도 같잖다는 듯이 흘깃 나를 쳐다보더니 제가 작성했다는 보고서를 탁자 위에 던지더군요. 저는 그 보고서를 들고 읽어봤지요. 제가 작성한 보고서가 아니었습니다. 내용 중 대부분은 제가 작성한 내용이 맞았지만 낯설은 한 문장이 추가되어 있었습니다.

'제가 이번에 선거에 나오니 도와달라.'

선거 후보가 식당에서 지지를 호소했다는 내용이었습니다. 저는 당연히 제가 작성한 문서가 아니라고 항의를 했지만 공안검사는 레이저의 눈으로 저를 쳐다보며 문서 하단의 도장을 손가락 화살표로 가리켰습니다. '이건 뭔데?'였겠지요. 경위는 알 수 없었으나 제 도장이 찍혀 있었습니다. 내 도장이 왜 거기서? 내 도장은 내 허락 없이는 내 서랍 제일 윗칸에서 외출하지 못하는데. 내 도장의 외출증거에 제 허락이 없었음을 증명해야 했습니다. 당시 작성한 보고서가 내 컴퓨터에 고이 저장되어 있을 테니 출력해서 가져다주겠다고 했습니다.

기분 나쁜 미소를 묘하게 잘도 지은 검사는 그럴 필요 없다는 말을 최대한 냉소적으로 내뱉었습니다. 이미 법원에 기소되었고, 수사보고서는 증거로 제출되었으니 확인은 의미가 없다는 것이 그 이유였지요. 전 다시 항의를 했지만 검사는 건방지다며 축객령을 내렸습니다. 그때만 해도 조리 있게 따지기엔 전 어린 나이였고, 검사는 저보다 지위도 나이도 많았습니다. 아마 돈도 많았을 것입니다. 더 이상의 항의는 죽은 자식 불알 만지기였습니다. 검사의 말대로 무의미했지요. 그대로 축객령에 응하여 검사실에서 나올 수밖에 없었습니다.

판사의 구인장에 불응하면 상응하는 처벌이 있을 것은 자명한 상황이니 구인장에 기재된 일자에 법정에 증인으로 출석했습니다. 저는 인생 처음 증인으로 선서하고, 목격한 사실 그대로를 버벅거리며 증언했습니다. 모임은 있었으나 선거법위반이 될 만한 내용의 언급은 없었다는 것이 버벅거린 증언의 요지였습니다. 제 증언에 당시 재판을 맡았던 검사가 저를 흘깃 쳐다보더군요. 표정을 보아하니 '저 새끼 뭐야?'였습니다. 그러든지 말든지. 전 검사를 쳐다보지 않았습니다.

기소한 공안검사와 재판에 출석한 공판검사는 달랐습니다. 재판이 끝난 후에도 공판검사는 저에게 아무 말 하지 않았습니다. 증거로 제출된 수사보고서의 내용과 다른 취지의 증언을 했음에도, 부르지도 아무런 언급도 하지 않은 공판검사의 의중이 잠깐 의문스러웠지만 더 이상 나를 부르지도 문제 삼지도 않는데 제가 굳이 일을 만들 만큼 난 정의롭지도 오지랖이 넓지도 않았으니까요. 그 선거 후보도 벌금을 선고 받았으나 당락에 문제가 될 만한 액수는 아니었기에 더 이상 문제 삼지는 않는 것 같았습니다. 그 당시만 해도 약간의 불만이 있다고 하더라도 검찰에 이의를 제기하거나 검찰과 척을 지려는 사람이 없을 때였으니까요.

이후 우연한 기회에 당직실에서 공판을 담당했던 검사와 이야기를 나눌 기회가 있었습니다. 사유를 물었지요. '그때 왜 날 가만히 두셨소?'가 물음의 요지였습니다. 검사는 어색하게 웃으며, 기소한 검사로부터 당시 상황에 대해서 이야기를 들었다, 경미한 사안인지라 별 문제가 없을 거라 생각하고 증거를 확실히 하기 위해 보고서 내용 중 일부를 추가했었다는 기소검사의 이야기가 있었다, 사실 법원에서 수사관을 증인으로 출석시킬 거라고는 생각 못 했다고 하더라는 설명이었습니다. 그랬더군요. 그래서 선거법위반 사안은 없었다는 저의 재판정의 증언에도 공판검사가 별말이 없었던 것입니다. 선거법위반은 유죄로 벌금은 선고되었으니 검사가 무죄평정을 받을 일은 없었고, 선거 후보도 당락에 영향은 없는 액수였으니 서로 문제 삼을 필요 없어 그대로 넘어간 사건이었습니다.

정년이 몇 년 남지 않는 검찰수사관 생활에서 처음이자 마지막으로 법정에서 증인으로 출석했던 경험입니다. 그때 형님을 찾아가서 이 일에 대해서 하소연하기도 했지요. 지금도 잊히지 않는 사건입니다. 사실 기소한 검사도 어차피 유죄선고 될 사안이니 확실히 하기 위한 한 줄 추가가 딱히 영향을 미치지는 않을 것이라 생각을 했을 것입니다. 판사가 수사관을 증인으로 소환할 거라고는 생각 못 했을 터이고요.

이 사건의 문제는 있는 사실 그대로를 적용하지 않았던 검사의 사고입니다. 경미한 사건에서의 행위가 중요사건에도 미치지 않을 거라고 장담할 수는 없으니까요. 그 검사를 탓하고자 언급한 것은 아닙니다만, 검사의 정의를 언급하다 보니 예전 겪었던 일이 되살아나 사례로 들게 되었습니다. 사실 제 기준으로는 검사의 정의는 별게 없는 것 같습니다. 있는 사실 그대로를 법률에 따라 그대로만 적용하면 되니 크게 어려울 일 없는 정의입니다.

검사는 무협지의 영웅이 아니지요. 말을 잘도 만들어내는 언론에서는 검사를 비유할 때 칼잡이라는 표현을 사용하지만 검사는 무사가 아닙니다. 검사는 법률을 적용하는 문사입니다. 검사가 무협지적 정의를 바로 세우겠다고 나서는 건 제 생각으론 오버인 것 같습니다. 행위에 대해서 죄가 되는지 여부를 판단하는 사람들이 무협지적 정의를 내세우고 나서면 엉뚱한 사람들이 다칠 수 있지요. 빼지도 보태지도 말고, 행위 그대로를 법률에 적용하면 될 일이지요. 물론 제 기준으로 말입니다.

나는 이 순간 국가와 국민의 부름을 받고 영광스러운 대한민국 검사의 직에 나섭니다. 공익의 대표자로서 정의와 인권을 바로 세우고, 범죄로부터 내 이웃과 공동체를 지키라는 막중한 사명을 부여받은 것입니다. 나는 불의와 어둠을 걷어내는 용기 있는 검사, 힘없고 소외된 사람들을 돌보는 따뜻한 검사, 오로지 진실만을 따라가는 공평한 검사, 스스로에게 더 엄격한 바른 검사로서, 처음부터 끝까지 혼신의 힘을 다해 국민을 섬기고, 국가에 봉사할 것을 나의 명예를 걸고 굳게 다짐합니다.

요즈음 없지만 얼마 전까지 검찰 직원들에게 매년 초에 배포되는 검찰업무일지 앞부분에 인쇄된 〈검사 선서〉입니다. 형님도 보셨을 것입니다. 저희 청 현관에도 액자로 걸려있습니다. 〈검사 선서〉를 봤으니 〈판사 선서〉가 궁금하지요?.

본인은 법관으로서, 헌법과 법률에 의하여 양심에 따라 공정하게 심판하고, 법관 윤리강령을 준수하며, 국민에게 봉사하는 마음가짐으로 직무를 성실히 수행할 것을 엄숙히 선서합니다.

본 김에 〈공무원 선서〉도 볼까요.

나는 대한민국 공무원으로서 헌법과 법령을 준수하고, 국가를 수호하며, 국민에 대한 봉사자로서의 임무를 성실히 수행할 것을 엄숙히 선서합니다.

판사와 공무원은 헌법과 법률에 따라 직무를 성실히 수행한다고 했고, 검사는 '헌법과 법률에 따라'는 없고, 공익의 대표자로서 정의와 인권을 바로세우겠다고 했습니다. 공익의 대표자라는 검사가 국민으로부터 부여받은 사명이자 바로 세우고자 하는 정의라는 것은 무엇일까요? 왜 판사와 공무원 선서에는 있는 '헌법과 법률에 따라'가 〈검사 선서〉에는 없을까요? 다른 멋진 이유가 있으면 내가 너무 무식한 놈이 되는데….

정의란 무엇인가라는 책을 언급하려니 너무 어렵고, 그냥 제가 예전 빠져들었던 무협지를 예를 들어보겠습니다. 우연히 떨어진 동굴에서 만년하수오를 집어먹고, 용이 되지 못한 이무기의 내단을 집어 삼킨 주인공이, 어릴 적 자신의 부친을 자신의 앞에서 처참히 살해한 수백의 상대 가문을, 가공할 무공으로 일거에 쓸어버리는 무협지의 주인공은 독자의 입장에서는 악을 처단하는 영웅입니다.

반면에, 주인공으로 인해 하루아침에 부친을 잃게 된 상대 가문의 어린아이 입장은 어떤가요. 주인공이 당하고 주인공이 복수심을 불태웠던 입장과 동일하게 주인공은 다시 살인자가 아닐까요. 애초에, 주인공을 살인자로 보지 않는 독자의 심리는 그 당시 조건에 부합한 공감입니다.

그렇다면 시대적 조건에 부합하여 독자의 공감을 끌어낸 주인공의 행위는 항상 정의일까요. 현실 속에서 정의는 어느 편에 서느냐에 달려 있습니다. 내 입장에서 보면 정의일 수 있으나 상대방의 입장에서 보면 악이요 불의일 수 있지요. 그렇다면 보는 시각을 떠난 객관적 정의는 존재하지 않는 것일까요? 대다수 사람들이 옳다고 생각하는 것이 객관적 정의라면 객관적 정의는 꼭 옳을까요? 시대가 바뀌면 정의도 바뀌는 것인가요? 시대적 조건에 맞지 않아 다수의 공감을 끌어내지 못한 소수의 공감, 소수의 판단은 정의가 될 수 없는 것일까요? 흥분했네요. 얼마 전 기사에 나왔던 모 검사의 모두진술이 있습니다.

> 이 땅을 뜨겁게 사랑해 권력의 채찍에 맞아 가며 시대의 어둠을 헤치고 걸어간 사람들이 있었습니다. 몸을 불살라 그 칠흑 같은 어둠을 밝히고 묵묵히 가시밭길을 걸어 새벽을 연 사람들이 있었습니다. 그분들의 숭고한 희생과 헌신으로 민주주의의 아침이 밝아, 그 시절 법의 이름으로 가슴에 낙인했던 주홍글씨를 뒤늦게나마 다시 법의 이름으로 지울 수 있게 되었습니다.

재심공판에서 무죄를 구형한 모 검사의 모두진술입니다. 꽤 감동적인 문구죠? 원심재판에서 15년을 선고 받게 한 검사의 정의와 재심에서 무죄를 구형한 검사의 정의는 서로 달랐을까요? 그렇다면 검사 선서에 포함된 정의正義라는 단어의 정의定義를 그때마다 법으로 규정해야 할지 모르겠습니다.

1등이 맞다고 했어요

1등의 답이 항상 정답은 아니다. 네가 쓴 답도 정답일 수 있다.
그러니 우겨라. 가끔은. - 엄마가
근데 너 몇 등이니?

오늘은 후배 수사관들 이야기를 해볼까 합니다. 요즘 후배 수사관들은 사건 판단에 있어서 너무 검사들에게만 의존하는 것 같아서 우려스러운 맘이 있습니다. 자기 판단이 없는 수사는 실체를 밝히기 어려운 경우가 발생하게 되잖아요.

"사건 하나 상의드릴까 하구요."

후배 수사관 한 명이 저를 찾아왔습니다. 자주 사건에 대해서 상담을 하는 후배입니다. 성실하고 열정적인 친구인데 수사 중인 사건에 판단을 잘 못 하겠다며 찾아온 것입니다.

"뭔데?"

방향을 잡아야 수사를 진행할 텐데 너무 애매한 상황이라 수사 방향을 잡을 수 없다고 하더군요. 같은 방 검사에게 상의를 했지만 검사가 확실한 답을 말하지 않아 답답한 상황이라며 조언을 구하러 온 것입니다. 후배로부터 사건 개요를 들은 저도 판단이 잘 서지 않았습니다. 후배 수사관의 말처럼 판단하기 애매하더군요. 기록을 보면 판단이 설 수도 있겠지만 설명만 들어서는 저도 답을 내주기 힘들 것 같아서 얼른 꼰대의 대사로 위기를 모면했지요.

"검사에게 의존하지 말고, 네가 판례를 찾고 방향을 잡고 논리를 세우면 되지. 검사에게 의존하는 습관이 반복되니까 스스로 판단이 잘 서지 않고 계속 수사 방향 잡는 걸 어렵게 느끼는 거야."

잘 넘어갔지요? 농담처럼 말했지만 수사관 스스로 답을 찾아가는 건 아주 중요한 부분입니다.

데이비드 롭슨이라는 인문·과학 저널리스트가 쓴 《지능의 함정》이라는 책, 서두에 이런 말이 나옵니다.

> 머리가 좋고 교육 수준이 높은 사람들은 실수에서 교훈을 얻거나 타인의 조언을 받아들이는 성향이 상대적으로 적고, 실수를 해도 그럴듯한 논쟁으로 자기 논리를 정당화하는 능력이 남보다 뛰어나기 때문에 자신의 견해에 의심을 품지 않는 교조적 태도는 점점 심해진다. 게다가 '편향맹점biss blind spot'까지 남보다 커서, 자기 논리의 허점을 인지하는 능력도 떨어지는 듯하다.

머리 좋은 사람들이 항상 옳은 것만은 않다는 의미죠. 이 책 중 〈지식의 저주〉라는 장에 이런 에피소드도 있습니다. 미국의 브랜드 메이필드라는 변호사가 FBI 요원에게 체포되었습니다. 그해 192명이 죽고, 2,000여 명이 다친 마드리드 폭탄 공격에 연루되었다는 혐의였습니다. 메이필드는 아니라고 부인했으나 현장에 남겨진 승합차에서 폭발물이 담긴 쇼핑백이 발견되었고, 그 쇼핑백에서 메이필드의 지문과 100% 일치하는 지문이 나왔다고 했습니다. 다른 사람의 지문과 일치할 확률은 수십억 분의 1로 추정된다고 하니 메이필드가 혐의를 벗을 확률은 거의 전무한 상황이었지요. 메이필드는 변호사를 고용하여 다른 지문분석 전문가에게 지문분석을 맡겨보았으나 결과는 같았답니다. 메이필드의 지문이 확실하다는 것이었죠.

지문분석 전문가가 메이필드의 지문이라고 법정에서 진술한 그날, 대서양 반대편인 스페인 경찰청에서 폭탄공격과 관련 있는 알제리 남성을 찾아냈고, 그 남성의 엄지 지문이 쇼핑백의 지문과 일치함을 발표했습니다. 메이필드는 풀려났고, FBI는 굴욕적인 사과문을 공개적으로 발표해야 했답니다. FBI 수사관과 법정의 판사 모두가 믿었던 지문분석 전문성이 엉뚱한 사람을 교도소에 수감할 뻔한 일이었다는 것이지요.

형님 학교 다니실 때도 그랬겠지만, 제가 고등학교를 다니던 때는 공부 잘하는 친구가 대접받는 시절이었습니다. 아무리 쌈 잘하는 짱이라고 해도 1~2등짜리는 건들지 않았지요. 선생님들도 마찬가지였습니다. 화장실에서 담배를 피우다 걸리면 밀걸레 자루 10대의 태형에 처해졌지만, 1등이 있으면 대충 넘어갔습니다.

하루는 수학시간이었습니다. 어느 고등학교에나 독사 한 명은 꼭 있듯이 수학선생의 별명은 독사였습니다. 별명의 이유는 기억나지 않지만 대충 독종이라는 의미였을 것입니다. 독사는 별명과 어울리지 않게 칠판에 수학문제를 적어놓고 학생들에게 풀도록 하는 수업이 많았습니다. 20분가량 시간을 준 후, 한 문제 당 학생 2명을 선택하여, 칠판에 직접 풀이와 답을 적도록 했습니다.

"10번, 20번 나와서 풀고, 이유를 설명하도록."

선택된 학생 2명이 나갔고, 서로 답이 달랐습니다. 독사는 각자 풀이와 답이 맞는 이유를 설명하도록 했습니다. 선택된 한 학생이 풀이와 답을 이야기한 끝에 "상현이도 맞다고 했어요!"라며 풀이를 마쳤습니다. 당시 상현이가 반 1등짜리의 이름이었지요. 20분의 풀이시간 동안, 1등 상현이 칠판에 나온 학생에게 풀이와 답을 사전에 알려준 것입니다. 독사는 1등을 힐끗 쳐다보고 고개를 갸우뚱하더니 각자 풀어보고 다음시간에 설명해 주겠다며 수업을 마쳤습니다. 학생들은 따로 문제를 풀어보지 않았습니다. 1등이 맞다고 했으니 그 풀이가 당연히 맞을 것이라는 생각이었을 터이고, 같이 칠판에 나갔던 다른 학생은 아무 말도 하지 못했습니다. 참고서에 나온 문제도 아니었으니 답을 맞추어볼 정답지가 없었습니다.

하지만 모두의 예상과 달리 다음 수학시간에 독사가 풀이해준 답은 1등의 답이 아닌 다른 학생의 풀이가 답이었습니다. 모두 의외의 결과에 1등을 쳐다보았고, 1등은 얼굴이 벌게져 애먼 자습서만 들추고 있었습니다. 교사도 1등이 틀릴 리가 없는데 하는 생각이었던 것 같았고, 학생들도 1등의 답이 당연히 맞을 것이라 생각한 결과였습니다. 학생들 모두 자기 자신들보다 그간 1등만 해왔던 상현이를 더 믿은 것이지요.

검찰에서 수사하는 사건도 풀어나간다는 표현은 사용하지만 사건은 수학과는 또 다릅니다. 단 한 건도, 동일한 조건에서 동일한 결과가 발생되는 사건이 없으므로 어떻게 풀어나가느냐에 따라 결과가 달라지기도 합니다. 검찰청의 검사나 수사관들은 자신들이 수사중인 사건의 혐의 유무와 죄명 그리고 판례 유무를 사석에서 문의하고 토론하는 경우가 많잖아요. 본인이 담당한 사건이 죄가 인정될지 아닐지 여부를 주변 검사나 수사관들에게 물어 도움을 청하는 것이지요. 복잡한 사건의 경우 혼자서 판단하기는 어렵습니다.

초임 수사관들의 경우 서로 갑론을박하는 경우가 더 많습니다. 수사 경험이 짧아 쉽게 판단하기 어렵고, 판례를 본 경험도 적기 때문에 선배나 동기 수사관들의 의견을 들어보고자 하는 것입니다. 본인의 주장이 곧 판사의 선고일 것처럼 침을 튀기며 주장하는 수사관도 있고, 조용히 사안을 듣고 있다가 자기 방 검사에게 물어보는 경우도 있습니다.

일부 수사관의 경우 자기 방 검사가 혐의가 인정되는 것 같다는 의견을 제시하면 그때부터 그 수사관에게 있어 그 사안은 유죄가 되어버리지요. '검사가 그랬다'가 유죄인 이유입니다. 다른 수사관이 찾아본 판례까지 들먹이며 무혐의라고 해봐야 씨알도 안 먹힙니다. '네가 검사보다 잘 알아?'가 속마음일 것입니다. 이는 '1등이 맞다고 했으니 당연히 정답일 것이다'라는 심리와 같습니다. 부족한 자존감의 발로죠. 자신의 의견은 없습니다.

수사관의 사건 판단에 있어 법률전문가인 검사에 대한 신뢰는 매우 중요하고 당연하지만 과하면 수사에 수동적인 수사관이 되는 폐해가 발생합니다. 수사관 자신이 하는 판단에 대한 자신감이 없어 전적으로 검사의 판단에 의존하고, 수사관 자신의 판단과 의견을 스스로 배제하는 경우입니다. 법률전문가인 검사가 판단하겠지라는 생각이 수사관의 의견 자체를 스스로 매몰시켜 버리는 것입니다.

물론 최종처분은 검사가 하겠지만, 수사관 본인이 진행한 수사에, 판단 자체를 하지 못하는 수사라면 치밀한 수사가 될 리가 없지요. 자신을 믿지 못하는 수사가 완벽할 리가 없습니다. 검사의 최종 판단을 떠나, 수사관도 자신이 담당한 사건의 수사에 있어 자신의 판단이 있어야 하고, 자신을 믿어야 합니다.

수사관에게 적절한 자존감은 사건수사에 긍정적 요소로 작용합니다. 검사에게 너무 많은 열등감을 느끼고, 자신의 판단 자체를 포기하면 수사에 열정을 가질 수가 없습니다. 건강하고 바람직한 자존감이야말로 검사와 수사관 모두 윈윈하는 토대가 됩니다. 자신에겐 최종 처분권이 없으니 검사가 알아서 하겠지 하는 너무 낮은 자존감은 적극적인 수사를 피하고, 나는 검사가 아니니까 하는 핑계를 만들게 됩니다.

자신의 능력이 충분하고, 인정받을 만한 성과를 낼 수 있음에도 불구하고, 낮은 자존감 때문에 자신의 능력과 성과를 스스로 인정하지 못하고 모든 것을 검사에게 일임하고 의존하는 자세는 미흡하고 부실한 수사로 나타날 뿐만 아니라, 수사관의 미흡과 부실을 채워야 하는 검사에게도 짜증나고 힘든 일입니다. 검사를 존중하는 자세는 당연히 필요하지만 수사관 자신을 너무 낮게 평가하는 지나치게 낮은 자존감은 검사나 수사관 그리고 사건관계자에게도 도움이 되지 않습니다. 검사도 만능은 아니며, 검사가 항상 옳을 수는 없습니다. 1등이 틀릴 수도 있으니 자신의 문제는 자신이 풀겠다는 자신감을 가질 필요가 있지요. 틀렸다가 아니라 다를 수도 있다는 유연한 사고를 갖는 게 절실히 필요한 것 같습니다. 독사는 이렇게 물었어야 했습니다. "1등의 풀이 말고, 네 풀이는 어떠냐?"라고 말입니다.

대한민국은 검사 만능주의 세상이죠? 각 부처 어느 곳에도 검사가 파견 나가지 않는 곳이 없어요. 법률과목인 사법시험에 합격한 사람들이 어찌 모든 분야에 전문가가 되어 있는 것인지 모르지만 검사, 판사만 되면 거의 모든 분야에 능통한 사람으로 아는 것 같습니다. 정치판까지 상당수의 검사, 판사 출신들이 나가는 것을 보면요.

사실 검사 만능주의 사고는 검사들만의 잘못은 아니지요. 사법만능주의가 검사만능주의를 만들었습니다. 부부간의 사소한 다툼을 수사기관에 고소를 하고, 스승의 제자에 대한 가르침도 고소라는 것으로 누가 옳은지 가리려 하지요. 심지어 부모 자식 간의 일까지 검사 앞으로 가지고 옵니다. 아직도 국민들은 조선시대 사또를 찾아가

듯 수사기관을 찾고 있습니다.

'법대로 하자'는 말은 무책임한 말입니다. 스스로의 일들을 왜 법에게 맡기는 것인지 모르겠습니다. '법대로 하자'는 말이 국민들이 싫어하는 사법만능주의를 낳고, 검사만능주의를 낳고 있습니다. '법 없이도 살 사람'이 많았으면 좋겠습니다. 하긴 그리 되면 저 같은 검찰수사관의 밥줄이 없어질지 모르겠지만요.

수사관을 예로 들었지만 우리는 우리가 살아가는 삶 속에서 스스로의 자존감을 너무 낮추고 살아가고 있는지 모릅니다. 1등이 맞다고 했으니 정답일 거라고만 생각하고, 1등의 의견에만 의존하며, 우리 자신이 판단해야 하는 노력은 방치하고 있지는 않은지. 1등의 답이 항상 정답은 아닐 것입니다. 가끔은 내가 쓴 답이 정답일 수도 있지요. 그게 어떤 문제든 말입니다.

프로크루스테스의 침대

본인만의 프로크루스테스의 침대는 가구점에 가서 바꾸자.

그리스 로마 신화 자주 보셨지요? 그리스 신화를 보면 영웅 테세우스가 아테네 인근 케피소스 강가에 사는 프로크루스테스라는 악당을 물리치는 장면이 나옵니다. 프로크루스테스는 '잡아 늘이는 자'라는 뜻으로 쇠로 만든 침대를 가지고 있는 프로크루스테스는 자신의 집에 들어온 여행자들을 그 침대 위에 결박하고 키가 침대 길이보다 짧으면 잡아 늘여 침대에 맞추고, 침대보다 긴 경우에는 다리를 잘라내어 침대에 맞도록 하다가 결국 영웅 테세우스에게 똑같은 방식으로 죽임을 당했다는 내용이잖아요.

자신만의 판단이나 기준에 따라 타인의 생각을 억지로 자신에게 맞추려고 하는 경우에 많이 드는 사례입니다. 이 그리스 신화를 모르는 사람은 드물 테지만 자신이 이런 행동을 하고 있다고 인식하는 사람도 없을 것입니다. 자신은 이런 행동을 한 적도, 하지도, 할리도 없다고 생각하는 까닭에 이런 행동을 하는 사람들이 가끔 있습니다.

일선 검찰청의 기관장은 1년에 한 번씩 거의 꼬박꼬박 바뀌잖아요. 특별한 사정이 있어 1년 6개월 만에 바뀌는 경우도 있지만 매우 드물지요. 저희 청만 해도 대회의실에 1년마다 바뀌는 기관장 사진이 쭉 전시되어 있잖아요. 그 사진을 왜 붙이는지 모르겠습니다만.

어느 기관이나 마찬가지겠지만 기관장이 바뀌면 청 분위기도 바뀌는 것 같습니다. 1년 있다가 갈 사람이 업무 외적인 부분에 너무 의욕적이면 직원들 입장에서 참 성가신 일이지요. 장기적으로 직원들에게 도움이 될 만한 복지에 관심이 많다면 당연히 환영할 일이지만, 공부하느라 학교 다닐 때는 못 했던 것을 실험해보려는 심산인지 자신의 기준에 맞추어 별걸 다 하자는 기관장도 있습니다. 다시 말하지만 업무 외적인 부분의 경우죠.

좀 지난 일로 직원들 입장에서 참 힘든 기관장이 있었습니다. 형님 가신 뒤에 있었던 일이니 형님은 모르시겠네요. 부임하자마자 직원들끼리 서로 자주 만남의 자리를 가져야 한다며, 10여 명가량씩 조를 편성하도록 하여 직원들 모임을 갖거나 행사를 할 때 모든 것을 그 조별로 진행하라는 지시를 내렸습니다. 이미 업무적으로 부, 과, 계, 그리고 동호회가 편성되어 있음에도 불구하고, 그건 그거고, 따로 조를 편성하여 조별로 저녁회식도 하고, 조별 행사를 계획하여 무언가를 하도록 하더군요. 행사를 치른 후에는 후기를 꼭 청 게시판에 올리고 즐거운 표정으로 브이 자를 그리는 사진이 함께 게시되었습니다.

조별 행사는 꼭 기관장에게 보고하도록 하고, 송구하게도 행사 때마다 거의 참석했지요. 다른 일정 때문에 참석을 못하게 되면 다른 간부를 대신 참석하도록 하는 본인만의 배려(?)도 베풀었습니다. 스무 살 대학생 동호회도 아니고, 저를 비롯하여 나이 많은 직원들은 많이 힘들어했습니다. 저는 또 특히 그런 모임 갖는 거 싫어하는데. 부·과별 회식을 하지 않는 것도 아니었습니다. 부서 직원들끼리의 단합이 중요하므로 부·과별 회식은 당연히 이루어졌고, 기관장이 원하는 조별 행사는 덤으로 따로 진행되었습니다. 모임이나 회식이 두 배로 늘어난 것이지요. 친한 지인들끼리 자리하는 거야 다들 좋아하지만 청에서 공식적으로 하는 모임이나 회식을 좋아하는 사람은 기관장 외에는 거의 없을 텐데 말입니다.

게다가, 지금 생각해도 참 민망한 일이지만 직원들에게 순번제로 매일 아침 방송을 하도록 했습니다. 멘트를 만들어 1분가량의 아침 방송을 순번제로 하고, 혹여 그날 방송을 하지 못할 사정이 있다면 다른 사람과 순번을 바꾸어 나중에라도 꼭 하도록 했습니다. 거의 모든 직원들이 불만을 표시했지만 기관장이 하라는데 달리 방법이 없었습니다. 아침 방송 시행 전에 설문조사를 하기는 했습니다. 사전에 설문조사로 가, 부를 선택하게 하여 직원들이 원하지 않는다는 결과가 나왔음에도 불구하고, 기관장 의중대로 강행을 했습니다. 그럴 거면 설문조사를 왜 했는지. 검사들도 예외가 없었습니다.

도대체 목적이 무엇인지, 무엇을 위해서 그 방송을 하도록 한 것인지 지금도 의문이지만 그 기관장은 그런 걸 한번 해보고 싶었던 것 같았습니다. 아마 고등학교 시절에 누군가 했던 아침 방송이 부러웠을까요. 학생들도 아니고 나이 지긋한 성인들에게 아침에 일찍 나와 방송멘트를 읽으라니 누가 좋아하겠어요. 차라리 원하는 젊은 직원들 상대로 방송반을 모집하여 좋은 음악을 틀어주거나 아침에 어울리는 글을 소개한다면야 얼마든지 환영할 일이겠으나 30대 직원부터 50대 직원들까지, 아침에 애들 챙기고 출근하기에 바쁜 여성들까지, 모두를 의무적으로 시켜놓으니 직원들의 불만은 거의 어처구니가 없는 수준이었습니다. 그렇다고 못하겠다고 버틸 수도 없고, 기관장을 찾아가 따질 수도 없었습니다. 100여 명이 넘는 직원이니 1년에 두세 번 정도는 눈 딱 감고 해버리면 그만이겠지만, 그러려니 백번 양보해도 참 이해하기 힘든 기관장이었습니다.

조별행사에, 아침 방송에, 1년 있을 사람이 직원들을 무슨 본인 재미에 활용을 했는지 아니면 실험도구로 활용을 했는지 모를 일이지만, 그 외에도 이것저것 많이도 했던 것 같습니다. 법원과의 체육행사를 하자, 직원들 회의를 하여 그 내용을 보고하라, 연말에 부·과별로 업무 우수사례를 발표하라, 볕 좋은 날은 도시락을 주문하도록 하여 야외에서 조별로 먹도록 하고, 어느 날은 저녁에 호프집에서 만나도록 하기도 했습니다. 도시락 준비를 추진한 모 검사에게 막말을 하여 좋지 않는 일도 있었고, 어느 정도 시일이 지나면 다시 조를 변경하도록 했습니다. 모임을 갖는 조원들을 바꿔야 직원들의 친목이 더 좋아진다는 의중이었을 것입니다. 행사 명칭이 아마 '화목조'라 했던 것 같은데 직원들의 화목을 위한 것이니 그대로 따르라가 기관장의 취지였을 것입니다. 화목이 아니라 직원들의 화를 돋우는 조별 행사였음에도 기관장은 직원들의 맘을 아는지 모르는지 조별 행사에 참석하여 본인은 참 재미있어 했습니다.

본인은 전혀 자각하지 못했겠지만 본인만의 프로크루스테스 침대를 가진 사람들이 종종 있습니다. 그리스 신화의 악당처럼 억지로 사람을 잡아다 늘이고, 자르고 할 수는 없으니 당연히 현대사회에서는 신체적 힘을 가진 사람들이 아니라 권력을 가진 사람들의 행동입니다. 가정에서는 부모가, 학교에서는 교사가, 조직에서는 지시를 할 수 있는 위치의 사람들이 그 사람들이니 아직도 사실 뭐든 하자면 해야 하는 것은 변함이 없는 것 같습니다. 그 사람들이 자신이 가진 침대가 프로크루스테스의 침대가 아닌지 살펴보고 스스로 가구점에 가서 바꾸길 바라는 것 밖에는. 하긴 침대는 가구가 아니고 과학이라 했으니 가구점 가면 안 되겠네요.

너무 설쳐대는 기관장들에게 교훈이 될 만한 내용을 찾다보니 《목민심서》의 〈부임편〉에 이런 내용이 있더군요.

> 우리 풍속에 관원의 행차에 교군들이 소리를 내는 풍습이 있으나 이는 자중하라는 뜻에 어긋나는 일이다. 부임 행차가 교외에 이르면 아전을 불러서 행차를 소리 내어 알리는 것을 단속할 것이고, 시경에도 길을 가는 소문은 있으나 소리는 들리지 않아야

한다고 했으니 군자의 행차는 그 엄숙함이 이와 같아야 한다. 떠들썩한 것을 좋아하여 하인들이 벼슬아치를 옹위하고 잡된 소리를 어지럽게 내서 백성이 바라보기에 엄숙하고 장중한 기상이 없다면 무릇 근엄하고 생각이 깊은 사람은 틀림없이 이런 소리를 좋아하지 않을 것이다. 수령 된 자는 비록 말 위에 앉아 가더라도 지혜를 쓰고 정신을 가다듬어 백성에게 편리한 정사를 펼 것을 생각해야 한다. 그렇지 않고 들뜨기만 하면 어떻게 침착하고 주밀한 생각이 나올 수 있겠는가.

부임행차가 요란하면 관원들과 백성들에게 폐를 끼치니 들뜨지 말라는 정약용 선생의 가르침이네요.

멈춰진 시간

젊음은 새로운 젊음에게 넘겨주어야 한다.
멈춰진 시간이 다시 새로운 프레임으로 흐를 수 있도록.

영화 좋아하셨던가요? 형님하고 영화를 본 적은 없어서 형님이 영화를 좋아하셨는지 기억이 나지 않네요. 형님 성정으로 추정해보면 영화도 좋아하셨을 것 같습니다만. 저는 최근 우연히 2015년에 개봉했던 〈아델라인:멈춰진 시간〉이라는 영화를 봤습니다. 예쁜 미국 배우 블레이크 라이블리가 주인공입니다. 좀 특이한 소재의 영화예요.

블레이크 라이블리가 여주인공 아델라인 역을 하는데 우연한 사고로 아델라인이 29살의 젊음에서 시간이 멈춰진 것입니다. 100년째 그 젊음을 가지고 살아가고 있지요. 영원히 늙지 않게 된 아델라인은 107세가 됐지만, 여전히 29세의 미모를 간직하고 있습니다. 변하지 않는 아델라인의 정체를 수상히 여긴 정부기관 사람들은 아델라인을 쫓기 시작하고, 아델라인은 이들을 피해 10년마다 신분과 거주지를 바꾸며 외롭게 살아갑니다.

늙지 않는 아델라인으로 인해 딸이 나이를 먹어 아델라인의 친구가 되고, 엄마가 되고, 또 할머니가 되어 젊은 아델라인을 지켜주지만 결국 아델라인은 사랑하는 사람과 함께 늙어가지 못하는 자신의 삶을 저주라 생각하고 괴로워합니다. 그 젊음 때문에 사랑하는 사람들과 함께하지를 못하게 되는 것이지요. 사랑하는 사람은 늙어가고, 자신은 늙지 못하니 아델라인은 더 이상 사랑하는 사람을 만들지 않으려 합니다.

인간은 세월의 변화에 따라 변화해야 하고 늙어가야 합니다. 인간이 젊음을 원하고 추구하지만 혼자만 젊음의 시간에 멈추어선 그 젊음은 의미가 없지요. 오히려 그 젊음이 그 사람의 삶을 고립시킬 뿐입니다. 고립과 외로움에 지친 아델라인은 자신에게만 멈춰진 시간을 저주하여 "같이 늙어갈 미래가 없으면 사랑은 아픔일 뿐이야."라고 말하며 괴로워합니다. 인간의 미래는 같이 가는 미래인가 봅니다. 혼자만의 미래는 있을 수도 없지만 있다면 축복이 아닌 저주인거 같습니다.

최근 수사권조정으로 인해 그간 검사가 가졌던 수사지휘권이 폐지되고, 1차적 수사권과 일부 수사종결권이 경찰로 넘어갔습니다. 수십 년간 변하지 않았고 앞으로도 변할 일 없을 것 같은 검사의 권한이 하루아침에 폐지되고, 축소되었네요. 검찰도 너무 정체되어 있었음을 인정하고, 변화는 받아들이고 있으나 갑작스러움에 혼란스러워하고 있습니다. 항상 젊을 수는 없고 항상 내가 해야 하고, 내가 가지고 있는 게 정답은 아니니 이제는 그동안 가지고 있던 프레임을 바꿔야 하는 것은 맞는 것 같습니다.

최근 출간된 《프레임》이라는 책이 있습니다. 서울대학교 심리학 교수인 최인철 교수가 쓴 책인데 제가 이야기하고자 하는 내용에 딱 맞는 사례인지라 내용을 거의 그대로 인용봅니다. 비만 해결책에 대한 부분인데 프레임을 바꿔서 비만을 해결한다는 비유이지만 검찰의 프레임을 바꿔야 한다는 사례로 적절한 것 같습니다.

미국의 고급아파트 현관에 초콜릿이 가득한 용기를 비치하고 거주자들이 오가며 떠먹을 수 있도록 용기 옆에 스푼을 놓아두는데 첫날은 조그만 스푼을, 다음날은 그보다 4배 더 큰 스푼을 놓아두었습니다. 오후에 남아 있는 초콜릿을 양을 조사해보니 큰 스푼을 비치했을 때 훨씬 많은 초콜릿을 먹게 되는 결과가 나왔다고 하네요. 사람의 식욕이 식사량을 결정하기보다 그릇의 크기가 식사량을 결정한다는 것이지요.

그릇의 크기가 프레임으로 작동하기 때문이라는 것입니다. 사람들은 기본적으로 제시되는 양이 사회적으로 바람직한 평균적인 양이라고 해석하는 경향이 있으므로 그릇이 큰 경우에는 남기는 것에 죄책감을 느끼고, 그릇이 작은 경우에는 더 먹게 되면 너무 많이 먹는 것 아닌가 하는 불안감을 경험하게 된다고 합니다. 아무도 그런 생각을 강요하지는 않지만 눈앞에 제시된 그릇의 크기가 프레임으로 작동하면서 그 양을 표준이라고 여긴다는 것입니다.

이 책은 다른 예를 하나 더 들고 있습니다. 서울대학교 유태우 교수의 이야기를 소개하는데, 다이어트를 위해서는 음식의 종류에 상관없이 무조건 반만 먹으라는 이야기입니다. 어떤 음식은 먹어도 되고, 어떤 음식은 먹으면 안 되고 하는 선택식의 다이어트가 아니라, 종류에 상관없이 무조건 반만 먹으라는 것입니다. 저자는 반만 먹으라는 유 교수의 충고에 많은 사람들이 이런 질문을 던지고 싶을 것이라고 합니다. "어떻게 하면 반만 먹을 수 있나요?" 저자는 '프레임'이 주는 답을 간단하게 말합니다. "모든 그릇의 크기를 반으로 줄여라!"

갑자기 반으로 줄어든 그릇은 당연히 낯설고 배고프고, 큰 그릇을 그리워하겠지만 반으로 줄어든 양으로 프레임이 바뀌면 바뀐 그릇이 바람직한 표준이 되고 평균이 되는 것이라는 것입니다. 그릇으로 표현하기가 좀 거슬리지만 이제 검찰의 그릇은 반으로 줄었고, 줄어든 그릇에 프레임을 맞추어야 할 것 같습니다.

세월은 흐르고 시대는 바뀌었습니다. 진부한 표현으로 권력독점의 시대에서 민주 상생의 시대가 되었지요. 검찰의 CI에 대나무의 곧음, 천칭저울의 균형과 공평은 이해하지만 중앙 직선이 칼을 형상화했다는 부분도 받아들이기 거북합니다. 칼은 날카롭고 위험하며 내려치고 자를 수 있되 회복하지 못합니다. 검찰의 정체성이 사람을 상하게 하는 위험한 칼의 이미지는 어울리지 않습니다. 검찰이 휘둘렀던 칼은 물론 죄에 대해서였겠지만 그 죄는 사람에게 연결되어 있지요. 어두운 시대에 필요했던 날카로운 칼은 이제 검찰에 손에서 내려지고, 대장장이의 손으로 돌아가 필요한 쓰임새에 다시 제련되어 적절하게 나뉘어 쓰여야 할 것 같습니다.

아델라인의 멈춰진 시간은 저주였습니다. 딸을 잃고, 친구를 잃고, 사랑하는 사람을 잃어갔습니다. 같이 늙어갈 미래를 모두 잃었습니다. 멈춰졌던 아델라인의 시간이 사랑과 함께 흘러가자 100년에 걸친 젊음이라는 저주가 풀리며 늙어가는 아델라인의 얼굴엔 편안한 미소가 어렸습니다. 시간이 흐르면 늙음은 당연한 섭리고, 젊음은 새로운 젊음에게 넘겨주어야 합니다. 멈춰진 시간이 다시 새로운 프레임으로 흐를 수 있도록.

아델라인을 연기한 블레이크 라이블리의 아련한 미소는 중년의 남자도 빠져들게 하더군요. 영화를 보지 못한 분들은 한번 보셨으면 하는 생각도 있네요. 함께 늙어갈 누군가와 함께.

본직의 소관임

구형은 제 권한이옵니다.

얼마 전, 검사 항명이니 뭐니 하는 일련의 사건들이 언론에 도배된 적이 있습니다. 공적인 자리든 사적인 자리든 위 사람의 생각과 다른 의견을 제시하면 모두 항명이라는 단어로 표현하는 곳이 제가 몸담은 검찰조직이니 이런저런 생각을 안 해볼 수가 없습니다. 윗사람은 항상 악이고, 아랫사람이 항상 선은 아니겠으나, 옳든 그르든 자기주장 또는 의사표현을 단칼에 항명으로 단정하는 모습들은 보기 좋을 리 없네요.

제가 형님과 같이 수사과에 근무했던 시절에 있었던 일입니다. 형님도 기억하실 겁니다. Y검사라고 강단 있는 검사가 있었지요. 초임검사도 아니었으나 그리 고참도 아니었던 것으로 기억합니다. Y검사는 어느 날 한 사건을 수사하여 벌금 처분으로 결재를 올렸습니다. 올라온 기록을 확인한 부장은 처분을 변경하라는 부전지를 붙여

다시 Y검사에게 결재를 반려했습니다. 벌금 액수를 줄이라는 지시였답니다.

반려한 부장이 누군가에게 사건을 부탁을 받아서였는지 아니면 순수하게 사안을 달리 판단했던 것인지는 모르지만 Y검사의 판단으로는 부장의 처분 변경 지시가 사안과 맞지 않고 부당하다고 여겼나 봅니다. Y검사는 부전지를 작성하여 기록에 붙이고, 처분을 변경하지 않은 채로 다시 결재를 올렸습니다. 부전지에 적힌 내용은 '구형은 본직의 소관임'이었다고 합니다. 그 당시 분위기에는 가능한 일이었는지 모르지만 제가 기억하기에도 그때 검사들이 지금의 검사들보다 강단도 있었고, 사명감 그리고 검사직에 대한 자부심도 상당히 강했던 것 같습니다. 경력이 짧은 평검사라 하더라도 결재권자가 임의로 구형량을 변경하라는 지시를 하거나 처분을 변경하라는 지시를 함부로 하지 못했지요. 독립관청으로서의 검사 개개의 의견을 그렇게 존중하는 분위기였다는 의미입니다.

지금 이런 부전지를 붙여 결재권자에게 올리는 검사가 있다면 당장에 사달이 날 것입니다. 전국 검찰청의 메신저가 부리나케 날라다닐 것이고, 그 검사는 검사적격심사에 시기에 조직 부적응자로 특정 감찰대상이 될 확률이 높습니다. 물론 변호사 간판 올리면 되겠지만요.

예전과 달리 요즘은 부장검사의 결재권한이 강해졌습니다. 상명하복이라는 게 없어졌다고 해도, 부장검사 주임검사제라는 것도 생겼고, 지휘 감독이라는 규정이 생겨 오히려 예전보다 부장이 업무적으로 관여할 수 있는 부분은 넓어진 것 같습니다. 요즘은 부장의 처분 변경지시를 거부하거나 이의를 제기하는 검사를 본 적이 없습니다.

물론 수사한 검사가 사안에 맞지 않거나 잘못된 처분을 하는 경우도 있을 수 있고, 경험이 일천한 평검사가 판단의 실수를 하는 경우도 있을 수 있으니 그러한 경우는 당연히 결재권자인 부장이 이를 바로 잡아주어야 하고, 결재단계가 있는 이유도 그 때문인 것은 사실입니다. 하지만 잘못된 판단이 아닌 경우는 생각해볼 문제인 것 같습니다. 수사를 당한 검사는 피의자의 성향이나 전력 그리고 기록상 볼 수 없는 부분까지를 수사하는 동안 보아왔을 테고, 그 때문에 적절히 판단하여 구형량을 결정했을 수 있음에도, 기록만 보고 판단한 부장의 처분 변경지시를 아무런 이의제기 없이 받아들이는 것이 요즘의 결재 분위기입니다.

저는 검사가 아니니 몰라서 하는 소리라고 하면 할 말이 없겠으나 근 30년을 검찰에서 일한 사람이 분위기 정도는 알 수 있지요. '퍽' 하면 호박 깨지는 소리고, '빡' 하면 머리 깨지는 소리 정도는 구분합니다. 분위기가 왜 이렇게 변했는지 모르나 검사들의 소신 처분이 너무 무뎌졌습니다. 부장의 반려가 있으면 혼자 궁시렁거리기만 할 뿐 아무런 이의제기 없이 그대로 따르지요. 수사관이 한마디 거들어도 '부장님이 바꾸라는대요'라며 씁쓸하게 웃을 뿐입니다. 잘못된 내용이나 고쳐야 할 부분 등은 당연히 따라야 하겠으나 사안의 적정성에 따른 검사의 소신과 맞지 않는 처분 변경지시까지 초등학생이 엄마 말 따르듯이 따라서야 검사 체면이 서지 않지요.

그리스 비극 〈안티고네〉에서 크레온 왕은 안티고네의 오빠인 폴레네이케스의 주검을 들판에서 개와 새의 밥이 되도록 명령합니다. 안티고네는 크레온 왕의 명령을 거부하고, 밤에 몰래 오빠의 시신을 수습해 매장하고 장사를 지내줍니다. 이를 알게 된 크레온 왕이 왕의 명령을 거역한 안티고네를 추궁하자 안티고네는 대답합니다.

> 왕의 명령이 있었다는 것은 알고 있었습니다. 그렇지만 그 명령을 내린 것은 제우스가 아니었습니다. 하계의 신들과 함께 사는 정의의 여신께서도 사람들 사이에 그런 법을 세우지 않으셨습니다. 글로 씌어진 것은 아니지만 확고한 하늘의 법을 한낱 인간에 불과한 왕의 명령이 무시할 수 있겠습니까. 하늘의 법은 어제 오늘 생긴 것이 아니라 영원히 살아 있고 어디서 왔는지 아무도 모르니까요. 저는 한 인간의 의지가 두렵다고 해서 하늘의 법을 어기고 신들 앞에서 죄인이 되고 싶지는 않습니다.
>
> 저는 그 명령이 없었다고 해도 어차피 죽어야 한다는 것을 잘 알고 있습니다. 하지만 제 명대로 살지 못한다 해도 그것이 득이라고 생각합니다. 저처럼 수많은 불행 속에서 살아가는 사람이 어찌 죽음을 득이라 생각하지 않겠습니까. 이런 운명이 전혀 슬프지 않습니다. 다만 내 어머니의 아들을 장례도 치르지 못하고 시신으로 밖에 내버려두었더라면 그것이야말로 고통이었을 것입

니다. 내게 이것은 전혀 고통스럽지 않습니다. 내가 어리석어 보인다면 어리석은 자의 눈에만 어리석게 보이는 것입니다.

안티고네는 죽어서야 나올 수 있는 석실에 갇히고, 소량의 음식만 제공되는 벌을 받게 되지만 그녀는 신념을 잃지 않습니다.

나는 오빠의 장례를 치렀기 때문에 이런 응보를 받고 있지만 현명한 사람은 오빠를 존중하는 내 행동을 옳다고 하겠지요.

왕의 명령과 개인의 신념이 부딪치는 이 상황에서 자신의 가치관과 맞지 않는 명령에 맞서는 안티고네의 행동은 카타르시스적 메시지를 전달해줍니다. 부장검사의 처분 변경지시를 거부한 검사의 소소한 사례를 거창하게도 그리스 비극 〈안티고네〉까지 들먹였지만 신념을 잃지 않는 안티고네의 행동에서 우리를 돌아보게 됩니다.

사실 부장검사의 지시가 순수하게 사안판단의 차이라면 사실 별 문제는 없습니다. 예상했겠지만 문제는, 외부의 부탁을 받았거나 부장 위의 또 다른 부당한 지시가 있었을 경우이지요. 평상시 아무런 이의제기 없이 이루어지는 처분 변경지시가 반복되고 무뎌지면 결국 부당한 지시까지도 당연시되는 현실로 정착되고 말 것입니다. 처분 변경을 지시하는 숨어 있는 이유는 처분검사도 알 수 없는 일입니다.

사실 요즘 검찰개혁을 이야기하지만, 과오가 없는 검사의 처분은 결재권자가 변경할 수 없는 규정이 있어야 하는 게 아닌가 싶기도 합니다. 결재권자의 변경지시 사실을 기록에 그대로 남기는 것도 하나의 방법일 수 있겠고요. 부당한 압력이나 윗선의 지시로 이루어지는 체계가 아니라면 모든 책임은 처분한 검사가 지겠지요.

30여 년 전의 검찰과 요즘 검찰 세상을 모두 겪어본 제 생각으로는 '본직의 소관임'이라는 부전지를 올릴 수 있는 강단 있는 검사가 요즘도 있었으면 하는 바람이 있습니다. 하긴 요즘은 항명으로 좌천될 가능성이 많기는 하지만요. 저도 그간 검찰에서 근무하면서 부당한 지시에 아무런 소신 없이 따르기만 했는지 생각해 봐야겠습니다. 늦었지만 바로 잡을 것은 바로 잡아야겠지요.

끼리끼리

새들도 끼리끼리 꽃들도 끼리끼리,
학교 길에 우리들도 끼리끼리 모여 간다.
걔들은 걔들끼리.

형님, '끼리끼리'라는 말 아시지요. 우리끼리, 자기들끼리 할 때 끼리끼리 말입니다. 오늘은 그 끼리끼리에 대해서 이야기해볼까 합니다. 형님도 아시다시피 검찰청엔 검사와 직원이 있지요. 직원은 일반직을 말하고, 검사도 검찰공무원이지만 검찰 직원이라고 하지 않지요. 직위가 없는 평검사도 그냥 검사라 하고 검찰 직원이라는 용어는 사용하지 않습니다. 누가 시켰을 리도 없는 사내 방송도 "검사님들과 직원 여러분은" 이렇게 표현을 합니다.

검찰청은 2개월에 한 번씩 월례조회라는 것을 하지요. 예전에는 매월 조회를 했지만 요즘은 2개월에 한 번씩 합니다. 조회 때 앉는 자리는 아무도 정해주지 않았지만 검사들이 앉는 자리와 일반직들이 앉는 자리는 자연스레 구분되어 있습니다. 구분을 해둔 이유는 알 수 없지만 직원 게시판과 검사 게시판도 따로따로 있습니다. 1주일에 한 번 정해진 요일을 제외하고는 점심도 따로 먹습니다.

왜 이렇게 따로따로가 되었을까요. 끼리끼리의 심리는 비슷한 느낌의 사람과 어울리려는 본능을 말한다고 합니다. 반대로 공통점이 없는 사람과는 적당한 거리를 유지하며 필요 이상으로 가까워지는 것을 피한다고 하는데 공감대가 있으면 급속하게 친밀해지는 것도 끼리끼리의 심리고, 직업, 지위, 나이가 달라도 취미가 같으면 빨리 친해지는 이유이기도 하답니다.

끼리끼리의 심리는 조직 내의 사람들 사이에서도 작용을 하지만 사실, 외부 조직과의 사이에서도 작용을 합니다. 검찰 직원들이 평소 검찰에 대해서 불만을 이야기하다가도 법원과의 운동시합에서는 검찰이 지면 나라가 망할 듯이 목이 터져라 응원을 합니다. 결국 끼리끼리의 심리지요. 내가 속해 있는 조직에 대한 응원은 내가 속한 조직에 대한 소속감이자 나를 품고 있는 테두리에 대한 안도감입니다.

어릴 적엔 친구들과 누가 큰지 뒤돌아서서 키를 비교해보곤 했습니다. 조금이라도 더 크게 보이려 몰래 발꿈치를 들기도 하고, 그 때문에 다투기도 했습니다. 서로 키재기를 하는 경우는 키가 거의 비슷한 경우지요. 누가 봐도 키 차이가 확연한 경우는 키재기를 할 필요가 없습니다. 키재기에서 친구보다 내가 조금 더 크다는 소리를 들으면 괜히 기분이 좋습니다. 키가 약간 크다고 해서 아무런 이익도 없는데도 말입니다. 사실 운동선수 할 게 아니라면 키가 많이 커야 할 이유는 없습니다. 요즘 아이들은 먹을 게 많아서 키 작은애 보기도 힘들지만 남보다 작다고 해서 사회생활을 하는데 문제될 것은 전혀 없습니다. 그런데도 굳이 키재기를 하고, 조금만 커도 우쭐해하곤 했습니다.

법원과 검찰도 키재기를 합니다. 그것도 건물의 높이를 가지고 하지요. 검찰청과 바로 옆에 위치한 법원은 담 없는 옆집입니다. 부지의 위치상 어쩔 수 없는 경우를 제외하고는 전국 거의 대부분이 그렇지요. 건물을 들어서는 위치에서 검찰은 왼쪽, 법원은 오른쪽에 위치해 있습니다. 검찰 건물은 각이 지어 삭막합니다. 테두리만 남기고 음각으로 파내어 회색 물감으로 찍어낸 듯한 썬팅 빛 어둠이 보입니다. 법원 건물은 조금 더 둥글고 여유롭습니다. 사면 및 중간에 틈틈이 심어진 둥근 기둥이 날카로움을 덜어냅니다. 이렇게 구분하면 어느 청, 어느 법원을 가도 검찰 건물과 법원 건물을 구별하기 어렵지 않습니다.

얼마 전 서울에 있는 한 법원 건물 중앙에 현수막이 붙었답니다. '검찰은 법원청사 안에 있는 공판실에서 당장 퇴거하라!' 몰랐던 일이지만 필요에 의해 법원 내 하나의 사무실을 검찰에서 공판준비실로 사용하고 있었나 봅니다. 법원에서 뭔가 기분이 상했는지 그 사무실을 사용하지 못하도록 하고 나가라는 요구를 한 것입니다.

무슨 이유인지 몰라도 검찰과 법원은 묘한 경쟁심리가 있습니다. 서로 위를 주장하지는 않지만 아래는 용납하지 않으려 합니다. 법원과 검찰을 찾는 사람들은 생각지도 않는 일이겠지만 자세히 보면 검찰 건물과 법원 건물의 높이는 거의 같습니다. 법원과 검찰은 한 장소에 있어야 하므로 건물을 신축할 때 서로 필요한 사항에 대해서 협의를 해야 합니다.

들어서는 입구의 도로가 하나일 경우 절반은 검찰이 다른 절반은 법원의 예산으로 따로 따로 공사를 합니다. 자세히 보면 검찰 쪽 방향으로 들어서는 보도블럭과 법원 쪽 보도블럭이 다릅니다. 대문의 기둥도 모양이 다르지요. 몰랐던 분들은 기회 있을 때 한번 살펴보시면 재밌을 것입니다. 따로 공사했기 때문입니다. 같은 나라의 관공서에서 그렇게까지 해야 하나 하겠지만 예산의 출처가 서로 다르니 어쩔 수 없답니다.

반면에, 유치하고 우스운 일이지만 건물의 높이는 협의를 합니다. 건축 설계를 따로따로 하므로 정확하게 높이를 맞출 수가 없는 경우에 상대 건물의 공정을 보며 높이를 맞춥니다. 조금이라도 낮게 보이는 경우 벽돌 몇 개를 더 쌓아서라도 높이를 대략 같도록 하지요. 국민들은 생각지도 않을 일이고 관심도 없는 일이겠지만 검찰과 법원은 그런 묘한 키재기 관계가 있습니다. 어느 청의 경우엔 층수의 차이 때문에 어쩔 수 없게 되자 법원에 가서 양해를 구하는 일까지 있었다고 하고요. 법원이나 검찰이나 키는 이제 그만 커도 될 듯하고, 키재기는 건강검진에서 충분할 듯싶기도 합니다만.

검찰과 법원의 이런 경쟁이 딱히 권장할 만한 일은 아니나 아이러니하게도 조직단합에 도움이 되기도 합니다. 한국과 일본의 축구 시합 때만 되면 온 국민이 하나로 뭉쳐 애국심이 용암처럼 끓어 대듯이 말입니다. 이 심리가 조직 내부에서 작용할 때는 그 효과가 반대가 됩니다. 조직 내에서의 끼리끼리 심리는 조직의 발전을 저해하고 내부간의 분열을 초래합니다. 검사는 검사끼리, 수사관은 수사관끼리, 실무관은 실무관끼리 심리는 다른 끼리 집단을 배척하게 되고, 배척은 곧 분열이지요.

그런데 검사끼리라고 하면 검사들 내부의 끼리는 또 없을까요. 아닙니다. 내부에서 또 다른 끼리집단이 있습니다. 서울대 출신끼리, 고려대 출신끼리 연세대 출신끼리, 한양대 출신끼리, 이런 끼리 집단이 또 존재합니다. 예전 근무했던 검사가 술자리에서 "전 뭐, 서울대 출신도 아니고 해서 더 이상의 출세는 못합니다."라는 말을 했던 것을 보면 검사들 또한 또 다른 끼리에 대해 소외감을 갖고 있다는 이야기입니다. 수사관들도 마찬가지입니다. 고교 동문, 지역, 남성과 여성, 수사관과 실무관 등 끼리끼리는 너무 많은 내부 집단들 간의 배척을 낳고, 소외감을 낳습니다. 소외감은 상처를 주고, 상처는 다시 배척을 낳지요.

사실, 학연과 지연, 남성과 여성끼리의 배척은 강자와 약자의 관계가 아닙니다. 따라서 상대방의 집단에 느끼는 소외감은 그리 많지가 않을 수도 있습니다. 예를 들어 서로 다른 학교의 끼리 집단은 대등한 집단의 관계입니다. 물론 격투기 선수라도 끼어 있으면 쌈은 잘하겠지만 다른 동문에게 권상우처럼 '옥상으로 올라와' 하지는 않을 테니 강자집단과 약자집단의 구별은 딱히 없습니다.

하지만 강자로 여겨지는 끼리집단과 약자로 여겨지는 끼리 집단의 배척은 약자가 느끼는 소외감과 상처는 상당합니다. 물론 강자의 상처는 적겠지만 약자의 상처는 상처뿐만 아니라 불만과 저항을 낳습니다. 너무 끼리끼리만 놀지 말자는 말을 하고 싶은 것입니다. 가끔 검찰 게시판에서 검사와 수사관 사이의 저항감이 느껴지는 댓글이 있습니다. 물론 개인적으로 검사와 수사관 사이에 어떤 문제가 있었을 것이라 짐작하지만 자칫하면 특별히 불만이 없던 검사와 수사관까지 서로 어색한 상황으로 이어질 수 있습니다.

예전 수사관과 실무관의 사이에 심각한 배척 사건이 있었습니다. 실무관이 시험을 통해 수사관으로 전직할 수 있는 제도가 시행되던 시기였습니다. 수사관들의 반발이 소송까지 이어졌고, 그로 인하여 상처를 받은 실무관들이 댓글을 올리면서 서로의 감정을 자극하는 문구들이 올라오기 시작했지요. 다행히 큰 사건 없이 마무리되었습니다만 상당히 오랫동안 지속되었던 일이라 안타까웠었지요.

수많은 조직원들이 생활하는 서로간의 불만이 없을 수는 없겠지만 그 불만은 그 불만을 야기한 당사자에 한정하여야 합니다. 검사 한 사람의 행동을 검사 전체의 문제로 봐서는 안 되지요. 수사관과 실무관 또한 마찬가지입니다. 누군가가 자신에게 모욕을 주었다면 그 사람에게만 결투를 신청해야 합니다. 그 사람이 속한 모든 사람과 결투를 할 수는 없으니까요.

사실 검사와 수사관, 그리고 실무관, 행정관들 모두 서로를 구분하고 싶지는 않을 것입니다. 의도하지 않았음에도 분위기가 그렇게 만들어진 것이겠지요. 조직사회에서 끼리끼리는 사실 비효율적인 위험성을 안고 있습니다. 다양한 의견을 수렴할 수 있는 알고리즘의 생성을 방해하고 폐쇄성이 짙어 현명한 판단을 저해할 가능성이 높습니다.

저는 주식을 해본 적이 없어서 주식에 대해서는 알지 못하지만 주식투자클럽을 분석한 어느 책에서는 구성원들끼리 끈끈하게 얽힌 관계일수록 수익률이 낮다는 결과가 있다고 합니다. 다양한 의견과 논쟁이 일상화된 투자클럽에서 오히려 높은 수익을 냈다는 것입니다. 유교문화의 폐쇄적 신분사회에서 시작된 끼리끼리의 심리는 이제 의도적으로라도 경계를 해야 할 것으로 보입니다.

비슷한 사람끼리만 어울리면 편안할지는 모르나 조직은 죽어간다고 합니다. 다양성, 그리고 견제와 균형이 상실되면서 편협하고 경직된 조직으로 굳어간다는 것입니다. 굳이 조직의 폐해까지 언급하지 않더라도 같이 사는 사람들의 마음이 다칠 수가 있지요. '우리는 우리끼리'. '걔들은 걔들끼리', 어감이 많이 좋지 않습니다. 끼리끼리가 아닌 다 함께 가는 사람들이 되었으면 하는 맘이 듭니다.

> 숲속에는 멧새들이 모여모여 노래하고, 들길에는 들꽃들이 모여모여 함께 핀다. 새들도 끼리끼리 꽃들도 끼리끼리, 학교 길에 우리들도 끼리끼리 모여 간다.
> 높은 하늘 구름들은 모여모여 비가 되고, 산골짜기 시냇물은 모여모여 강이 된다. 구름도 끼리끼리 냇물도 끼리끼리, 운동장에

우리들도 끼리끼리 모여 논다.

초등학교 교과서에 나오는 노래라는데 이 끼리끼리는 참 예쁜 끼리끼리네요.

인사에 대한 단상

인사의 종류,
목례, 배꼽인사, 부복, 오체투지. 안녕!

아침에 형님을 만나면 제가 뭐라고 인사말을 했지요? 뭐라고 했는지 기억이 안 나네요? 딱딱하게 '안녕하십니까?'라고 했을 리는 없고 버릇없이 '나 왔소?' 했을 리도 없고, 이제 그런 사소한 것도 기억이 나지 않네요. 아침 출근길 인사는 어떻게 하느냐에 따라서 오전 일과의 기분이 달라지기도 하는 것 같아요. 난 인사를 했는데 상대방은 인사를 받지 않는 경우에는 정말 기분이 좋지 않죠. 오만가지 생각이 듭니다. 저 사람이 나를 무시하는 것인지, 아니면 나에게 어떤 감정이 있는 것인지, 아니 나를 못 봤을 수도 있지 뭐 등.

아침 출근 인사는 사람 사이에서 관계의 시작인 것 같습니다. 집에서 출발하여 출근을 하면 아는 사람을 만나야만 인사를 하게 되는 것이니 그 인사가 하루 첫 관계인 것이지요. 요즘은 자동차로 출근을 하는 사람들이 대부분이잖아요. 대도시 경우에는 교통체증 때문에 대중교통을 이용하여 출근하는 사람도 있겠지만 저희가 살고 있는 소도시에서는 직장인들은 거의 대부분 자동차를 이용하여 출근을 합니다. 저도 자동차로 출근합니다. 도시와 약간 떨어진 시골인지라 자동차가 아니면 출근이 어렵습니다.

제 아내도 직장에 다니는지라 대부분 아내를 태우고 출근을 같이하지만 가끔 혼자 나오는 경우도 있습니다. 자동차는 폐쇄된 공간인지라 혼자 자동차를 운전하게 되면 오롯이 혼자만의 시간입니다. 차에서 내려 누군가를 만나기 전까지는 혼자만의 공간에 혼자만의 시간을 갖는 것이지요. 시골길을 혼자 운전하는 시간은 즐겁습니다. 혼자 궁시렁거려도, 흥얼거려도, 껌을 짝짝 씹어도, 손가락을 까닥거려도 뭐라 할 사람이 없습니다.

저는 대부분 음악을 듣고 흥얼거립니다. 집에서나 사무실에서나 혼자 흥얼거릴 일은 거의 없지만, 차에선 라디오의 음악이 선창을 해줍니다. 흥얼거린다는 것은 기분이 좋다는 것입니다. 흥분까지는 아닐지라도 나쁘지는 않다는 것이지요. 이 기분이 계속되면 하루의 일과 시작도 나쁘지 않습니다.

차에서 내려 누구를 제일 먼저 만나고, 어떻게 인사를 하느냐에 따라서 좋은 기분이 지속되기도, 더 좋아지기도, 아니면 나빠지기도 하지요. 참 밝게 인사를 하는 사람들도 있습니다. 주로 후배들이고 젊은 직원들이지요. 어쩜 그렇게 밝게도 인사 하는지 이유 없이 미소를 짓게 되고 기분이 좋아집니다. 나이 좀 먹었다는 사람들 중 아침에 밝게 인사하는 사람은 본 적이 없네요. 마지못해 출근하는 사람들처럼 대충 아는 척만 하거나 고개만 끄덕이는 사람이 대부분입니다.

인사를 받는 경우 지위에 따라 그 받는 속도가 다른지 아신가요? 생각해보지 않으셨지요? 속도가 있습니다. 국장은 국장의 속도로 인사를 받고, 기관장은 기관장의 속도로 인사를 받습니다. 물론 사람에 따라 다르긴 합니다만 잘 살펴보면 그 속도가 있어요. 고개를 천천히 숙이는 속도를 말하는 것입니다. 이것은 그냥 심심풀이로 인사 받는 사람을 유심히 살펴보면 나름 재밌을 것입니다.

형님, 인사를 하는 것과 받는 것의 차이를 아시는가요? 서로 아는 체를 하면 인사지 하는 것과 받는 것의 차이가 무엇이겠냐 하지만 하는 것과 받는 것의 차이는 있습니다. 그래서 받기만 하고 하지를 않는 경우가 있는 것입니다.

예를 들어볼까요. 주로 아랫사람이 윗사람에게 하는 경우이겠지만 아랫사람이 "안녕하십니까?" 하고 인사를 했는데 받는 사람이 "예" 하고 지나갔다면 아는 척은 했지만 받기만 하고 하지는 않은 인사입니다. '안녕하냐'는 물음에 '예'라고 답만 한 것이기 때문입니다. "예, 안녕하세요?"가 받고, 하는 인사입니다. 사람들이 별 신경 안 쓰는 부분일 것입니다만 혹 윗사람이 먼저 아랫사람에게 "안녕하세요?"라고 했을 때 아랫사람이 "예"라고 대답만 하고 지나갔다면 어떨까요? 아랫사람이 인사를 받기만 한 것이 되지요? 윗사람, 아랫사람 구분 없이 인사를 먼저 하는 것이 가장 좋겠지만 상대방이 먼저 하는 인사를 받았다면 자신도 인사를 하는 것이 예의라 생각합니다.

인사는 대부분 아랫사람이 먼저 합니다. '인사'의 국어사전상 의미는 마주대하거나 헤어질 때 예를 표하는 것이라고 되어 있는데 거의 대부분의 인사를 아랫사람이 먼저 하지요. 인사는 아랫사람이 먼저 하는 것이라는 규정은 〈국가공무원 인사규정〉에도 〈함무라비 법전〉 어디에도 없지만 대부분 그렇습니다. 후배에게 나는 받는 사람이고, 국장에게, 그리고 검사에게 저는 인사를 하는 사람이고, 국장과 검사는 인사를 받는 사람이 되는 것입니다. 아랫사람의 뜻은 다양하지요. 나이가 적은 사람, 항렬이 낮은 사람, 지위가 낮은 사람, 신분이 낮은 사람을 아랫사람이라고 칭합니다(현대국가에서 신분이 낮은 사람은 어떤 사람을 말하는지는 모르겠습니다만).

아랫사람이 윗사람에게 먼저 하는 인사는 반가움보다는 예의의 표현인데 반해, 윗사람이 아랫사람에게 먼저 하는 인사는 반가움의 표현이거나 정겨움의 표현이거나 친근감의 표시일 경우가 많습니다. 반가움, 정겨움, 친근감이 없는 윗사람이 아랫사람에게 예의로 먼저 인사를 하는 경우는 거의 드물지요. 따라서 윗사람이 먼저 해주는 인사는 관심입니다. 아랫사람의 입장에서는 윗사람이 나에게 관심을 보여주는 간단하고 단순한 행위지만 무언가 긴장이 풀어지고 기분이 좋아지는 것입니다.

그러고 보면 인사의 국어사전상 정의를 바꿨으면 좋겠네요. '인사'는 윗사람이 아랫사람에게 먼저 건네는 예의라고 말입니다. 그럼 위, 아래 구분이 없는 친구들은 어떻게 하지요? 그럼 먼저 인사하는 사람이 윗사람 대접을 받는 것으로 하면 되겠네요.

인사를 하는 것은 고사하고 인사를 받지 않는 사람들도 가끔 있습니다. 아랫사람이 먼저 하든 윗사람이 먼저 하든 인사를 받지 않으면 기분이 많이 좋지가 않지요? 예의든 반가움의 표시든 인사는 의사표현인데 자신의 의사표현이 무시되면 사람의 뇌는 감정선을 자극하게 됩니다. 널 무시하는 거야. 아드레날린을 분비해서 그에 대처해. 이렇게 말입니다.

또 흉을 보게 되지만, 예전에 유독 직원들의 인사를 받지 않는 간부 한 사람이 있었습니다. 직원들 사이에서 말이 많이 돌았으니 형님도 기억하시는 분일 것 같네요. 그분은 인사를 하는 직원들 일견 쳐다보고 결연한 표정으로 나아갈 길을 갑니다. 지금 중차대한 나랏일을 처리하러 가는 길이니 아랫것들인 너희들에게 인사를 하면 부정 탄다는 각오를, 마음이 아닌 목과 어깨에 심은 것 같았습니다. 먼저 하는 인사는 바라지도 않지만 하는 인사를 받지 않는 심리는 도저히 이해하기 어렵습니다. 부복을 하라는 것도 아니고 오체투지를 하라는 것도 아닌데 왜 인사를 받지 않을까요? 그냥 고개만 가볍게 숙여도 될 일인데 그걸 하지 않는 이유는 지금도 도저히 알 수가 없습니다.

다른 특별한 이유가 있었을까요?. 예를 들어 고개를 숙이지 못하는 경추 강화증이나 극심한 오십견이라도 걸렸었을까요?. 저도 지금 오십견 때문에 고생을 하고는 있긴 한데 고개 정도 숙이는데 문제는 없습니다. 기관장을 보면 거의 요가수준의 유연성을 보이는 것을 보면 그것도 아닌 듯싶었습니다. 아래를 볼 수 없는 하맹증이 있을지도 모르니 친구가 안과의사로 있는 병원을 소개해주고 싶을 지경이었습니다만 요즘은 그런 분이 없으니 다행입니다.

하루를 시작하는 아침시간에 그분을 만나면 그날 하루는 로드킬 당한 고양이를 본 것처럼 우울하게 시작합니다. 누구의 말처럼 아니꼬우면 인사 안 하면 그만이지만 같은 회사 직원을 만났는데 내 돈 사기 쳐간 놈 아니고서야 그냥 지나치기도 어렵지요. 최대한 적게 고개를 까딱하는 것으로 소심하게 복수해보지만 기분은 좋아질 리 만무합니다. 안 보는 게 상책이겠으나 이미 봤는데 안 본 눈을 살 여력도 없지요. 인사는 한 사람의 하루를 좌우하기도 하고, 기분 좋게 시작하는 아침은 하루를 즐겁게 하기도 합니다.

> 어떤 사람이 자기는 인사를 하는데 상대방이 인사를 받지 않는다고 화를 내자 소크라테스가 말했다. "몸 상태가 더 나쁜 사람을 만났더라면 화내지 않았을 자네가 마음 상태가 더 나쁜 사람을 만났다고 해서 괴로워하다니, 웃기는 일일세."
>
> _《소크라테스 회상록》, 제13장, 크세노폰

소크라테스 말을 들어보니 인사를 받지 않는다고 기분이 상할 일은 아니네요. 참, 현자들은 무엇이 달라도 다르네요. 다음에는 인사를 하지 않는 사람을 보더라도 그냥 마음의 장애가 있는 사람이구나 생각하렵니다. 우선 먼저 제가 인사를 하는 사람이었는지 받기만 하는 사람이었는지를 반성해봐야겠습니다. 하긴 이 편지글의 첫머리에도 형님에게 인사도 하지 않고 시작했네요. 죄송합니다.

가운데 자리

가운데 자리는 귀신자리랍디다.
안전벨트 메기도 힘들고.

청에서 점심을 먹고 나면 기관장과 검사들, 그리고 간부들이 청사주변을 산책하는 경우가 자주 있잖아요. 볼 때마다 매번 생각하는 일이지만 시키지 않아도 매번 대부분 같은 자리에 같은 직위의 검사나 간부들이 자리하고 있는 게 재미있습니다.

제1선은 2명 이상 걸어서는 안 된다는 규정이 있는지 2명이 1선을 점유하는 경우는 거의 없습니다. 검찰청 법이나 검찰사무규칙 어디도 그런 규정은 없지만 제일 앞 가운데 기관장, 살짝 반보 뒤 왼쪽 자리에 차장, 오른쪽 자리엔 1부장, 그 뒤를 2, 3부장과 평검사들이 반보에서 1보 가량씩 뒤에서 산책 행사가 진행됩니다. 비단 검사들만의 행동은 아니지요. 일반직 간부들도 마찬가지입니다. 제가 검찰청에 근무하니 검찰청을 예로 드는 것이지 다른 관공서의 사람들도 다 마찬가지일 것입니다.

낮에 인터넷 신문 기사에서 자리다툼 때문에 칼부림까지 있었다는 내용을 보니 갑자기 자리에 대해 생각이 나서 이렇게 형님께 써 보는 것입니다.

가운데 자리는 항상 중심이 되는 자리죠. 가운데 자리는 뭔가 안정적입니다. 왼쪽과 오른쪽 양쪽에서 다른 이가 나를 보호 또는 보좌하는 느낌? 뭐 그런 느낌 때문인지 모르겠습니다. 제가 어릴 적 밤길을 걸을 때면 항상 가운데 자리를 파고들었습니다. 안정감이 있었고, 뭔가 보호되는 느낌 때문이었을 것입니다. 어떤 이는 가운데 자리를 귀신자리라며 피하는 경우도 있었지만 저는 오히려 가장자리는 불안하고 무서웠습니다. 가장자리를 걸을 때면 누가 옆구리를 건드는 듯 등줄기가 서늘해졌고, 왼쪽 옆구리엔 무형의 무언가가 팔짱을 끼는 것 같았지요. 견디지 못하고 가운데 자리를 파고들면 불안도 무서움도, 무형의 무언가도 사라지고 없었습니다. 부모가 아이를 데리고 걸을 때면 아이는 항상 가운데 자리를 차지하지요. 양손에 아빠 엄마의 손을 잡고 가운데 자리를 차지하고 걷는 아이의 얼굴엔 안정감이 있습니다.

하지만 어릴 적 가운데 자리와 사회에서의 가운데 자리는 그 의미가 좀 다르지요. 우리가 사는 현실의 사회에서 가운데 자리는 대부분 대표성과 중요도를 나타냅니다. 유식한 체해보면 가운데는 한자어로 사방지앙四方之央을 의미한다고 하고, 중국인의 중화사상도 문화적으로 세계의 중심지라는 자부심에서 나왔다고 합니다. 이기어검술을 펼쳐 칼을 타고 날아다니는 중국 무협무대의 중심인 중원中原도 가운데라는 의미에서 나왔다고 하네요.

피겨스케이팅 레전드 김연아가 어느 시상식에 참석한 후 포토타임을 갖는 자리에서 다른 시상자에게 가운데 자리를 양보했다는 기사가 미담으로 보도된 적이 있습니다. '미덕을 발휘하여 얼굴만큼 예쁜 김연아'라는 문구와 함께였지요. 가운데 자리를 양보한 행위가 미덕이 될 만큼 가운데 자리가 중요한 자리일까요.

저희 청에서 회식을 하는 경우 회식자리 중앙은 항상 간부가 앉지요. 과 회식은 과장이, 부 회식은 부장이, 청 전체 회식은 기관장이 앉습니다. 계 회식은 계장이, 수사관 회식은 수사관 선임이, 동기 회식은 나이 많은 사람이 앉고요. 신규검사나 수사관이 전입 온 환영회 자리나 전출이나 퇴직의 환송연 자리에서도 가운데 자리 상석은 항상 그 자리에서 가장 지위가 높은 사람입니다. 가장자리는 지위가 낮은 순서대로 바깥으로 이어지요. 지위가 가장 낮은 검찰서기보는, 항상 끝자리이거나 자리가 부족할 경우 모서리 부분이나 기관장의 사각지대에 공손히 앉습니다.

자리의 대화 주도는 거의 대부분 가운데 자리 사람 위주죠. 통곡을 할 판에 농담 같으면 박장대소하고, 세상 재미없는 플라톤 이야기에도 리액션은 정형돈입니다.

"○○님, 대~단 하세요~~."

회식자리가 마련된 취지나 목적과는 상관없습니다. 신입직원 환영회도, 전출직원 환송회도 모두 마찬가지입니다. 물론 신입직원이나 전출직원에게 한마디 시키기는 하지요. 이후 대화의 주도는 가운데입니다. 물론 가운데 자리는 이렇게 말할 수도 있겠네요.

"내가 말을 하지 않으면 아무도 말을 하지 않으니 내가 할 수밖에 없지 않느냐?"

그렇습니다. 가운데가 말을 하지 않으면 아무 말도 하지 않고 식사만 하는 경우도 있습니다. 가운데가 몇 마디 꺼내야 겨우 대꾸하는 직원들도 많지요. 항상 가운데가 중심이 되어 왔던 조직문화의 후유증입니다.

연주회를 보면 오케스트라의 자리배치는 지위의 순서가 아니더군요. 목관악기, 금관악기, 타악기, 현악기로 그룹을 나누어 악기의 음색을 최대한 조화롭게 할 수 있는 위치로 자리를 배치합니다. 지휘자의 성향에 따라 달라지기도 하지요. 중심부에 플룻, 오보에, 클라리넷, 바순 등을 배치하는 지휘자도 있고, 바이올린을 중심부에 배치하는 지휘자도 있습니다. 연주하는 음악의 조화를 최대한 끌어올리는 위치를 찾습니다. 연주자들이 각각의 그룹에서 함께 연주하는데 도움을 줄 수 있는 위치로 배치하는 것입니다.

최근 기관장 한 분은 저녁 회식자리의 좌석배치를 가위바위보로 정하시던 분이 있었습니다. 이긴 사람 순서대로 가운데 자리에 앉게 하는 것이지요. 자리를 정하는 것부터 그 자리의 흥을 돋우는 참신하고 색다른 방법이었습니다. 기관장이 제일 끝에 앉는 불충을 저지른 자리였지만 그날은 아무도 불충이라 여기지 않았지요. 오히려 기관장이 끝 부분에 앉아 가운데 중심이 아닌 주변 직원들과 허심탄회하게 이야기하는 기회가 되었습니다.

저와 근무하던 모 검사 한 분도 점심이나 회식자리에서 가운데 자리를 앉지 않는 분이 있었습니다. 일부러 그 자리를 피했지요. 검사라고 항상 가운데 자리를 앉아야 하는 법이 어디 있냐는 의미였겠지요. 사소한 일이지만, 그냥 서로 편한 자리에 앉으면 된다는 생각이었을 것입니다. 처음엔 오히려 직원들이 불편하여 가운데를 권했지만 차츰 익숙해지니 자리에 대한 불편이 없어졌습니다.

승용차를 이용하는 경우도 마찬가지였습니다. 승용차의 상석은 뒷좌석 오른쪽이지만 그 검사는 앞자리 조수석을 먼저 선점하였습니다. 본인이 지리를 잘 아니 내비게이션을 하겠다는 멘트를 하고 말입니다. 별거 아니지만 그렇게 아무나 편한 자리에 앉게 되면서 격의 없는 대화가 가능해졌고, 그만큼 검사와 직원들의 사이도 돈독해졌지요. 행동보다는 검사의 마음을 직원들이 읽은 것입니다.

반면에 모 검사 한분은 항상 가운데 자리나 상석을 먼저 찾은 분도 있었습니다. 네 명이 가는 자리나 5명이 가는 자리나 항상 자연스럽게 상석을 찾았고, 직원들도 식당에 들어가자마자 상석이 어딘지부터 보고 그 검사를 위해 상석은 피해서 앉았습니다. 상석을 잘 못 알고 앉은 직원은 먼저 앉았다가도 일어서야 하는 경우도 있었습니다. 이유는 모르지만 본인이 상석에 앉지 않으면 기분 나빠하는 케이스였지요.

사실 가운데 자리를 차지하고 싶어 하는 심리는 권위주의의 산

물입니다. 중심이고 싶어 하는 심리인 것으로 보입니다. 《인문학 명강》의 이진우 교수는 니체를 이야기하며 이렇게 말했습니다. 인간의 의지는 항상 권력을 지향하고, 권력은 정치나 조직, 사회뿐만 아니라 세상의 모든 영역 어디에나 존재하며 자신을 표출하려 한다는 것입니다. 단순히 밥 한 끼 먹는 자리에서도 그 의지는 나타난다고 합니다.

하지만 우리가 살아가는 현실 속에서 힘이 센 사람이 권력자인 것처럼 보이는 권력은 권력이 사라지는 순간 힘도 사라지므로 니체가 말하는 권력이 아니라는 것입니다. 진정한 권력은 상대방의 약점, 모순, 허점들을 감싸 안을 수 있는 사랑이라는 것이고, 최고의 권력자는 사랑을 가진 자라는 것이지요. 지금 살고 있는 이 순간은 미래로 이어지는 통로일 뿐만 아니라 무한한 과거로 이어지는 통로이기도 하므로 과거와 미래가 무한히 연결되어 만나는 지점은 바로 지금 이 순간이라고 합니다. 지금 이순간의 권력은 가운데 자리가 아니라 사랑이라고 했습니다.

가운데 자리를 차지하고 싶은 의지는 인간의 권력에의 의지라 하므로 니체를 능가할 논리나 능력이 없는 저로서는 이를 비난하기 어려워졌지만 곧 사라질 지위의 힘으로 가운데 자리를 독점하는 행위는 실제 권력이 아니니 사랑을 가진 자로 거듭나, 진실한 마음에서 가운데 자리를 차지하는 진정한 권력자가 되길 바란다는 이진우 교수의 편에 서서 소심하게 '옳소'를 주절거려 봅니다(이진우 교수님이 가운데 자리 이야기를 한 것은 아니니 오해 없길).

내일 회식 때는 후배에게 가운데 자리를 양보하는 미덕을 발휘하여 칭찬을 받아보고 싶은 같잖은 마음도 함께. 그러고 보면 어릴 적 부모가 아이를 가운데 자리에 두고 손을 잡아주는 행위는 사랑이었던 것 같습니다.

검사실

검사실이 몇 개 늘었습니다. 검사수가 늘어 그간 공실이었던 사무실을 검사실로 사용하고 있습니다. 아시다시피 1층과 2층까지는 사무국이 사용하고, 3층부터 5층까지는 검사실 및 조사실 그리고 수사과로 사용하고 있습니다. 사무국에는 사건 접수 및 집행, 민원 업무를 담당하는 수사관들과 검사실 수사관련 업무지원을 담당하는 수사관들이 근무하고 있고, 검사실에는 검사들과 수사관, 실무관이 근무하고 있습니다.

검사실로 들어가면 정면에 검사 자리가 있고, 양쪽에 수사관과 실무관의 자리가 배치되어 있잖아요. 이름만 말하면 어느 자리에 앉으라고 알려주니 우물쭈물할 필요 없이 이름부터 말하면 되는데 대부분 긴장해서 그런지 어떻게 해야 할지 모르는 경우가 많지요. 조사 때문에 소환된 사람이라면 대부분 수사관 앞자리에 앉게 될 텐데 말입니다.

민원인 _ 어디에 앉아요?

실무관 _ 수사관님 앞에 앉으세요.

민원인 _ (검사 앞 의자에 앉는다)

실무관 _ 왜 거기 앉아요? 수사관님 앞에 앉으라니까요!

민원인 _ 내가 수사관님이 누구인지 어떻게 알아요?

실무관 _ 양복 안 입었잖아요, 저분. 영화 안 봤어요?

점심 메뉴

매주 1회는 검사실이나 계 단위로 점심을 먹습니다. 매주 한 번씩 돌아오는 점심 먹기는 메뉴 정하기라는 머리 아픈 업무 아닌 일을 만들어냈습니다. 검사실은 대부분 실무관이, 계 단위는 서무가 밥 총무를 담당하여 점심 메뉴 뭘 먹을 건지 등을 물어보지요. 1주일에 한 번이지만 직장인들이 먹는 메뉴가 한정되어 있다 보니 의견 취합도 되지 않고 무척 신경 쓰이는 일이라 밥 총무도 머리 아프지요. 그래서 밥 총무 먹고 싶은 걸로 정하는 게 가장 합리적입니다.

실무관 _ 오늘 점심 뭐 드시고 싶으세요들?

검사 _ 전 청국장요.

수사관 _ 난 짬뽕.

실무관 _ 오늘은 김치찌개로 합니다.

검사, 수사관 _ ….

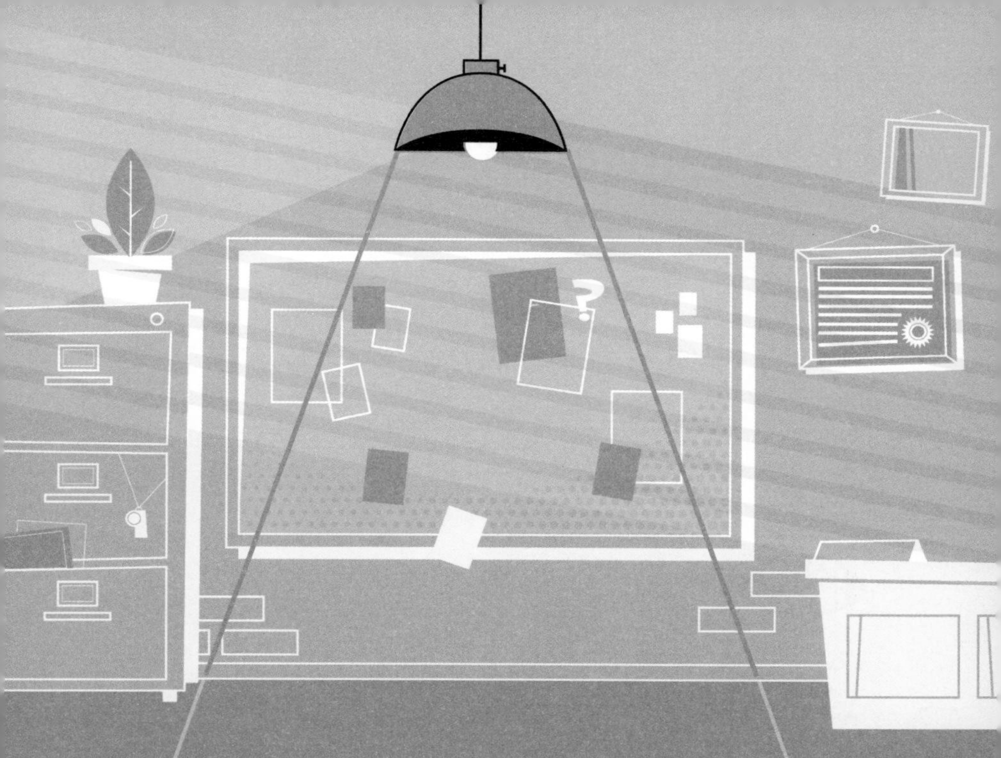

제3부

수사일지

이제 내 비밀을 가르쳐줄게. 매우 간단한 비밀이야.
뭐든지 올바르게 볼 수 있는 것은 마음으로 보는 것밖에 없다는
이야기란다. 중요한 것은 절대 눈에 보이지 않는단 말이야.
네 장미를 그렇게 소중하게 만드는 것은
바로 네가 장미를 위해 정성들여 쏟은 시간이야.

여우가 어린 왕자에게

이제 내 비밀을 가르쳐줄게. 매우 간단한 비밀이야.
모든 사건의 단서는 사건 기록에 있다는 거야.
네 마음에서 찾지 말고 기록에서 찾아.
중요한 것은 눈에 보이는 증거야.
네 사건을 기소하게 만드는 것은
네가 사건을 위해 정성들여 쏟은 시간이야.

선배가 후배 수사관에게

녹색 눈green eyes의 괴물

행복한 가정은 모두 고만고만하지만,
불행한 가정은 제각각 사정이 있다.

영국이 낳은 위대한 작가 윌리엄 셰익스피어의 비극 중에 〈오델로〉가 있습니다. 오델로에게 질투라는 감정을 심어주는 오델로의 부하 이아고는 질투를 녹색 눈green eyes의 괴물이라고 표현을 합니다. 이아고는 오델로의 마음속에 질투를 심고, 무럭무럭 자라게 하여 그를 파멸에 이르게 하지요. 이아고는 데스데모나의 손수건을 부정한 물증으로 사용하고, 오델로는 그 손수건 때문에 질투로 이성을 잃고 자신이 사랑하는 아내 데스데모나를 목 졸라 죽이고 맙니다.

작품에서뿐만 아니라 현실에서도 녹색 눈의 괴물인 질투는 인간을 파멸에 이르게 하는 경우가 있습니다. 제가 강력전담 검사실에서 근무했을 때 기억나는 사건이 있습니다. 아내의 불륜 상대를 살해하여 파멸에 이른 한 남자의 이야기입니다. 《안나 카레니나》의 유명한 첫 문장처럼 행복한 가정은 모두 고만고만하지만, 불행한 가정은 제

각각 특별한 사정이 있지요.

사건 당시 그와 그의 아내는 사이가 별로 좋지 않았습니다. 그가 직업을 잃고 경제적으로 어려워지자 술자리가 많아지고 아내와 자주 다투게 된 것이 그 이유입니다. 남자들은 직업을 잃고 돈이 없으면 술을 마시잖아요. 돈이 없는데 술값은 어디서 나는지 직업을 잃었다는 사실보다는 그 술 때문에 아내와 다투게 됩니다. 그도 그렇게 신세를 한탄하며 술을 마셨고, 거의 매일 아내와 다투었습니다. 핑계를 삼자면 한도 끝도 없겠으나 새로운 직업을 갖기엔 그는 나이가 많았고, 별다른 기술이 없던 그가 일자리를 찾기엔 사회는 그만큼의 포용력은 없었습니다.

상당 기간 지속된 이 상황은 결국 그의 아내가 직업을 가져야 하는 현실로 다가왔지요. 워킹맘의 현실이 그렇듯이, 직장일과 가정일에 아내는 지쳐갔고, 남편과 아이들에게 소홀해져 갔습니다. 밤늦은 귀가가 잦아지고 불행하게도 아내는 가정과 아이가 아닌 다른 곳에서 위안을 찾고 있었습니다. 더구나 아내의 지갑에서 나오는 돈으로 생활하던 그의 열등감도 시간이 지나면서 커지게 되고, 열등감은 아내에 대한 의심으로 변질되었습니다.

그의 의심은 어느 날 아내의 휴대폰을 확인하면서 확신이 되어버렸습니다. 아내의 휴대폰에서 그에게 익숙한 전화번호와 통화가 잦은 사실을 발견한 것입니다. 밤늦은 시간에 오랜 시간의 통화 상대방은 명백하게도 항상 엄마는 아니죠. 익숙한 전화번호의 상대방을 찾기 위해 그는 자신의 휴대폰을 검색했고, 그 익숙했던 전화번호가 자신의 친구번호라는 사실을 확인하고는 아내와 그 친구 사이가 부적절한 사이라는 것을 확신하게 된 것입니다. 아내가 남편의 친구와 밤늦게 국정을 논할 리는 없을 테니.

남자가 여자를 의심하고 질투하는 심리는, 사실이 아님에도 이루어지는 망상이기 때문에 정신과 치료를 받아야 하는 경우가 많다고 하지만, 꼭 그렇지만은 않다고 합니다. 데이비드 버스라는 미국의 심리학자는 《진화심리학》이라는 책에서 '질투는 진화과정에서 발달한 방어적 메커니즘'이라고 설명을 합니다. 풀이 하자면, 아내가 실제 누군가와 성관계라는 부정행위를 하고 있을 때 남자의 방어 메커니즘이 발동을 함으로써 그 신호를 직감적으로 탐지해낸다는 것이지요. 남자의 의심이나 질투가 항상 망상은 아니고, 아내의 부정에 대한 탐지신호일 수 있다는 것입니다.

항상 어느 유명 심리학자가 말했다면 뭔가 그럴듯하기는 한데 이 경우는 매우 그렇다고 전부 동의하기는 뭔가 애매한 부분이 있기는 하지만 여하튼, 그런 의견도 있다는 정도만 알고.

심리학자 버스의 주장처럼 그의 방어메커니즘이 발동을 했는지 모르겠으나 그의 직감은 맞았고, 그의 아내는 친구와 부적절한 관계를 가지고 있었습니다. 그는 친구를 만나 아내와 전화통화한 이유와 아내와의 관계를 캐물었으나 미련스러울 정도로 순하게도 물어보는 그에게, 순순히 자복할 리 없는 뻔뻔한 친구는 당연히 부인을 했고, 그는 친구의 강한 부정 속에서 오히려 사실의 확신을 굳혔습니다.

매몰차지 못한 성격의 그는 아내와 통화나 만나는 일이 없도록 해달라는 정도로 친구에게 마무리하고 집으로 돌아왔습니다.

그는 아내를 사랑하는 것까지는 아니더라도, 가정이 해체되는 것을 원하지 않고 있었기에 아내에게 자신의 속마음을 솔직하게 이야기했고, 더 이상의 관계만 지속하지 않으면 문제 삼지 않겠다며 아내를 설득했습니다. 하지만 불행하게도 아내는 이미 그와 아이에게서 마음이 뜬 상태였고, 남편의 설득이 무색하게 밤늦은 귀가는 계속되었습니다. 인간이 묘한 것이 한 사람이 다가서면 한 사람은 더욱더 물러나게 되어 있나 봅니다. 그가 들어오지 않는 아내에게 전화를 해댈수록 아내는 그를 멀리 했고, 귀가시간과 밖에서의 행동은 점점 대담해졌습니다.

비윤리적인 사건은 거의 항상 불행한 결말이 있습니다. 하루는 밤이 늦도록 들어오지 않는 아내의 전화기에 수십 차례 전화를 하던 차에, 웬일인지 아내가 전화를 받았습니다. 그런데 놀랍게도 전화기 속에서 들려오는 아내의 목소리는 여보세요가 아닌 신음소리였습니다. 어느 누가 되었던 남편으로서는 들을 수 없는 아내의 소리. 그의 친구와 밤늦게 모텔에 들어간 그의 아내는 애정행각을 시작했고, 도중에 울려대는 남편의 전화에 짜증이나 휴대폰 액정화면의 '거절' 버튼을 눌렀지만 '거절'이 아닌 '수신'이 눌러진 것입니다. 전화를 끊었다고 생각한 아내는 하던 일에 집중을 했고 그 소리는 그에게 전화로 생중계되고 있었습니다. 들려오는 소리에 그는 전화를 끊지 못했고, 거의 실성하여 소리를 질러댔으나 아내는 끝내 남편의 절규는 듣지 못하고 자기 할 일만을 계속했습니다.

새벽시간에 들어온 아내를 그는 거의 광분하여 폭행한 결과 상대방이 그의 친구라는 사실을 자복받았습니다. 그의 이성은 질투에 잠식되어 이미 존재하지 않았지요. 그는 철물점에서 날카로운 과도를 구입한 후 신문지에 싸서 품 안에 넣고 그 친구를 전화로 불러냈습니다. 그의 친구는 아내가 이미 남편에게 불륜 사실을 토로했다는 것을 알지 못했고, 이미 모든 사실을 알고 하는 그의 추궁을 오히려 미친놈이라 빈정거리며, 급기야 '마누라 하나 간수하지 못한 놈'이라며 그를 자극했습니다. 그는 폭발했고 품에 넣어둔 과도를 꺼내어 친구의 가슴을 향해 찔렀습니다. 친구는 그 자리에서 사망했고 그는 파멸했습니다.

검찰에 구속 송치되어 제 앞에 앉은 그의 눈에는 생기나 초점이 없었습니다. 모든 것을 체념한 듯 예라는 대답만 반복하고 부인도 변명도 없었습니다. 건네준 물 컵을 받아든 그의 손은 덜덜 떨고 있었습니다. 다음날 다시 소환된 그는 당시 상황을 겨우 진술하며 조사 내내 눈물을 흘렸으나 이미 녹색 눈의 괴물은 그와 그의 가정을 잡아먹은 후였습니다.

모든 범죄에 항상 사연은 있습니다. 그는 직업을 잃었고, 잃은 직업을 다시 찾기엔 세상은 녹록치 않았습니다. 그가 잃은 것은 직업만이 아니었지요. 가장으로서의 자신감도, 아내의 신뢰도, 그리고 아내도 친구도 잃었습니다. 사람을 살해한 그를 옹호할 수도, 남편으로서 겪었을 심경의 붕괴를 외면하기도 어려운 사건이었습니다.

셰익스피어의 오델로는 질투로 인해 아내를 오해한 것이었으나 현실 속의 그는 사실 오해는 아니었으니 그를 파멸로 이끈 것이 녹색 눈의 괴물인지, 그의 아내인지, 아니면 그의 직업을 잃게 한 우리 사회인지 알 수 없는 일입니다.

죄의식의 트라우마

돌아가면 뭔가 달라질까요?

수 년 전, 아내를 의심하여 칼로 난자한 남자가 구속 송치되어 온 적이 있었습니다. 그는 어려서 폭력조직원 생활을 했다는 전력이 있었고, 자신의 범행을 담담히 진술하고 모든 범행을 인정했습니다. 피해자인 그의 아내는 병원에 이송되어 치료를 받아 다행히 생명에는 지장이 없었습니다. 그는 자신이 수차례 칼로 난자했던 아내가 살아 있다는 소식에 특별한 표정은 없었으나 안도하는 것 같았습니다.

사람을 칼로 수차례 난자한 사건인지라 세밀하게 조사할 필요성이 있었기에 저는 그를 수차례 소환하여 조서를 작성했지요. 그는 모든 범행을 자백하면서 아내에 대한 미안함이 많았던지 계속 눈물을 흘리며 아내의 소식을 몇 차례 물었습니다. 생명에는 지장이 없으나 그 후유증은 알 수 없다는 소식에 그는 고개를 숙이며 말을 잇지 못했지요.

조사가 마무리되어 그는 구속 기소되었고, 시간이 어느 정도 흘렀던 어느 날 나는 수감 중인 그로부터 놀라운 편지를 하나 받았습니다. 자필로 꾹꾹 눌러쓴 편지는 두 장 분량이었고 놀랍게도 자신이 사람을 죽였다는 내용이었습니다. 몇 번이고 읽어본 저는 검사에게 편지를 건넸고 당연히 검사도 깜짝 놀란 표정을 감추지 못했습니다. 검사와 저는 편지의 내용이 사실일지, 장난일지를 판단할 수 없었고 우선 그를 불러보자는 데 의견을 모았습니다.

사실이라면 쉽게 넘어갈 수 없는 사안인지라, 그의 진술을 영상녹화하기로 하고 영상녹화실로 그를 데리고 가 녹화버튼을 누르자 그의 진술은 시작됐습니다. 그로부터 몇 년 전 그는 마약에 빠진 시기였고 같이 마약을 투약한 친구 두 명과 함께 모텔에 투숙하여 근처에 있는 다방에서 여종업원을 불렀다고 했습니다. 불려온 다방 여종업원에게 상당액의 돈을 주기로 하고 마약투약과 함께 네 명이 성관계를 갖기로 했다는 것입니다. 마약을 투약한 그들은 심하게 흥분한 상태에서 그중 한 명이 여종업원의 목을 졸랐고 너무 심하게 조른 나머지 여자가 죽고 말았다는 것이었는데 살인 사건의 자백치고는 그의 진술은 길지 않았습니다. 그게 다였지요.

검사와 저는 그의 진술을 믿기 어려웠으나 사람을 죽였다는 진술을 쉽게 넘길 수는 없어 세세한 부분을 묻기 시작했습니다. 사람을 죽였다는 자백을 하는 이유가 무엇인지가 첫 번째 질문이었고, 그는 죄책감 때문에 잠을 한숨도 자지 못해 하루하루를 살기가 힘들다는 것이 답변이었습니다. 죄책감 때문이라니 다른 이유를 추궁할 수 없어 그 다방이 어디인지, 여종업원의 이름이 무엇인지, 같이했다는 친구 두 명이 누구인지, 검사와 나의 계속된 질문이 이어졌습니다. 그는 친구 두 명의 이름은 대고 있었으나 다방의 상호, 여종업원의 이름은 모른다고 했습니다.

점점 우리는 그의 진술을 신뢰하기 어려워졌으나 만에 하나 확률 때문에 친구들이라는 이름과 나이로 신분조회를 했습니다. 예상했던 바대로 그들은 검색되지 않았습니다. 허구의 인물들이었던 것이지요. 모텔과 다방의 위치를 묻고 그 주변 지역의 모든 상호를 검색하여 그에게 일일이 물었으나 특정하지 못하였고, 우리는 다시 그에게 사실 여부를 재차 물을 수밖에 없었습니다. 그는 같은 이야기만 반복하면서 눈물을 흘리기 시작했습니다.

우리는 눈물의 의미를 분석하려 했으나 도저히 알 수 없었습니다. 사람을 죽였다는 것이 사실이어서 그에 대한 죄책감과 후회의 눈물인지 아니면 다른 의미의 눈물인지, 다른 의미의 눈물이라면 그게 무엇인지, 심리학이 필요한 상황이었으나 우리는 심리학 전공이 아니었지요. 진술한 공범이라는 두 사람도 가공의 인물, 피해자의 이름도 모른다, 다방 이름도 모른다, 범행 장소라는 모텔의 이름도 모른다, 아무것도 나타나지 않는 사건을 수사할 수는 없는 법이니 그의 눈물의 의미를 알기 전에는 어떤 판단을 할 수 없어 우리는 그를 교도소로 돌려보냈습니다.

며칠 후 저는 그를 다시 소환하여 같은 질문을 계속하였고, 그 또한 같은 대답만을 계속했습니다. 결국 진술한 내용으로는 수사를 할 수 없음을 설명하고 그를 돌려보냈고, 저는 의료자문위원회 위원으로 있는 정신의학과 의사인 친구에게 자문을 구했습니다. 그는 '죄의식의 회피 또는 제거'라는 표현을 사용하며 현재 자신이 저지른 죄의식 때문에 그 죄의식을 회피하기 위해 실제 저지르지 않은 다른 죄를 만들어 내는 경우가 있다고 하더군요. 실제 일어난 일은 아니나 그 자신은 실제로 인식하기 때문에 스스로는 거짓을 말하는 것이 아니라는 설명이었습니다. 그의 마음속에서는 실제 저지른 죄가 망상으로 만들어낸 죄보다 더 크게 인식되기 때문에 새로운 죄를 만들어 그 속에 숨긴다는 것입니다.

그의 죄명은 살인미수인데 더 큰 죄인 살인이라는 죄를 만들어 그 안에 숨는다는 심리는 이해하기는 힘들었으나 정신과 전문가의 의견이니 가족인 아내에 대한 죄책감이 더 클 수도 있겠구나로 정리하고 그 사건은 내 마음속에서도 정리를 했습니다. 그의 심리를 알지 못했다면 계속해서 그의 진술이 사실이 아닐까 하는 찜찜함이 남아 있었을 테니까요. 이후 그는 다른 교도소로 이송되었다는 소식만 들었을 뿐 출소 여부는 알지 못하지만, 다행히 당시 그의 아내는 죽지 않았고 선고된 형기를 마쳤다면 이제 죄의식에서 벗어나 정상적인 생활을 하고 있기를 바랐습니다.

죄의식 때문에 힘들게 살아다가 자살을 선택하는 내용의 〈박하사탕〉이라는 영화가 있습니다. 2000년도 영화니까 형님도 보셨을 수도 있겠네요. 설경구가 기차 선로위에 서서 '나 돌아갈래!'라고 소리치는 영화로 방송에서 여러 차례 나오는 장면이고, 패러디도 많이 했던 장면인지라 쉽게 기억을 떠올릴 수 있는 영화입니다. 영화는 중년의 주인공인 설경구가 친구들을 따라 20년 전의 야유회 장소에 찾아가고, 노래를 부르던 설경구가 기찻길로 뛰어들면서 절규하는 장면으로 영화는 시작합니다. 기적소리와 함께 죄의식 전의 과거까지 천천히 돌아가는 것이지요.

동업자에게 사기를 당하고 아내에게 이혼당한 주인공은 권총자살을 시도하다 갑자기 찾아온 남자에 의해 순임이 입원한 병원으로 끌려갑니다. 순임은 스무 살 주인공의 순수한 박하사탕의 사랑인데, 순임은 죽어가고 그는 울음을 터트리죠. 가구점을 운영하는 35세의 주인공, 아내의 바람, 형사시절 고문 피해자와의 만남, 주인공의 기억은 계속되고 죄의식은 떠나지 않고 아직 그 이전으로 돌아가지 못했습니다.

신참 형사시절의 영호는 과격하고 폭력적입니다. 광주 민주화운동의 진압군으로 어린 여고생을 총으로 쏴죽이고, 순수한 순임을 거부하고 홍자를 선택함으로써 스무 살 적의 자신과 죄의식을 감춥니다. 스무 살의 주인공은 순임과 사랑에 빠졌고, 순임이 건네준 박하사탕의 달달함은 순수함의 젊음이요, 아름다운 장면이자 죄의식의 이전입니다. 주인공이 돌아가고픈 시절은 이곳인 것이지요.

돌아가면 달라질까요? 누구나 지우고 싶은 과거가 있습니다. 과거를 지우고 새로 출발한들 어차피 또 다른 과거가 존재합니다. 《과거를 지워드립니다》라는 소설도 있습니다만 완벽한 삶이라는 것은 있을 수 없고, 맘에 들지 않는 과거를 그때마다 지울 수는 없지요. 우리가 살아가는 삶에서 일어나는 모든 일은 의미가 있다고 합니다. 이미 지나간 과거를 잊기 위한 불필요한 심력 낭비보다는 지금 있는 그대로의 자신을 사랑하는 자세가 필요한 것 같습니다. 사랑하는 자신은 못난 자신이 아니라 멋진 자신이어야겠지요.

피의자 신문

신문訊問은 묻고 묻는다는 것이다.
근데 답은 언제 들을 것인고.
묻어 버리는 건 아니겠지?

형님이나 저나 주야장천 했던 업무가 피의자를 조사하는 일이었지요. 사람이 사람을 조사한다는 일이 참 힘들고 고단한 일입니다. 검사와 검찰수사관들이 거의 매일 하는 일이 피의자 신문이지요. 피의자 신문은 말 그대로 피의자被疑者에게 신문訊問하는 것, 물을 訊, 물을 問으로 물음이 두 번입니다. 그러니까 피의자에게 묻고 또 묻는 것입니다. 한 번만 물으면 될 것을 두 번 재차 묻는다는 것은 물어서 캐낸다는 뜻일 겁니다.

언제, 누가 '신문'이라는 단어를 만들었는지 모르지만 물어서 캐낸다는 뜻으로 만들었다면 참 잘 지었습니다. 반면에, 심문審問의 의미는 약간 다르지요. 물어서 살핀다는 뜻입니다. 캐내기 위해서 묻는 것이 아니라, 물어 살피어 판단하겠다는 뜻이니 아무래도 신문보다는 심문이 더 의미가 깊고 자비롭습니다. 신문은 수사기관에서 사용하는 용어이고, 심문은 법원에서 사용하는 용어지요.

신문의 의미 그대로, 저를 비롯하여 수사기관에서 신문을 하는 사람들은, 맞다고 하든 아니라고 하든 꼭 재차 묻곤 합니다. 맞다고 하면 "그렇지?, 맞지?"라고 묻고, 아니라고 하면 "아니라고? 맞잖아?"라고 또 묻습니다. 그래도 아니라고 하면 다른 뭔가를 증거라고 들이밀며 또 묻고, 맞다고 해도 뭔가를 들이밀며 확인을 시키며 또 묻습니다.

죄가 인정되든 인정되지 않든, 검사나 수사관이 원하는 답을 받아내야 만족했다는 표정을 짓고, 원하는 답이 나오지 않으면 짜증나는 표정과 몸짓으로 기록을 들춰 넘기며 뭔가를 찾는 시늉을 하지요. 기록에 뭔가 있었으면 진즉 들이밀었을 텐데, 사람 오기 전에 이미 기록을 몇 번이나 봤을 텐데, 왜 그리 조사도중 기록을 들추는지, 종이에서 나는 먼지가 보통이 아닐 텐데요. 마스크도 쓰지 않고. 조사를 받는 피의자들도 이렇게 힘들어할 겁니다.

사실 대한민국 수사기관의 피의자 신문은 조서작성 시간입니다. 드라마에서 자주 보이죠. 형사가 컴퓨터 앞에 앉아서 조사를 받는 사람에게 '이름?' 이렇게 묻고 시작하는 거 말입니다. 수사관이 묻고, 피의자가 답하는 것은 조서에 남기지 않으면 아무런 의미가 없습니다. 문서화하지 않으면 아무런 증거가 되지 않는 것이지요.

그래서 묻는 게 한 시간이면 조서작성이 두 시간입니다. 피의자는 세 마디 대답했는데 어찌된 게, 조서는 열 마디가 되어 있지요. 피의자가 답했던 취지야 달라지지 않겠지만 피의자의 답을 글로 표현해야 하니, 조서작성을 기다리느라 피의자의 답변은 계속 끊기게 됩니다. 뭔가 말을 하려 하면 잠깐 기다리라며 계속 조서를 작성해 나가지요. 아무리 말을 많이 해도 조서에 남기지 않으면 아무 필요가 없다며, 잠깐 기다리라는 협박 아닌 협박까지 합니다.

타이핑 속도가 늦은 수사관이 조서작성을 마치기까지 기다리려면 성질 급한 피의자는 복창이 터지죠. 말이라는 게 계속 연결이 되어야 의미가 잘 전달될 테니, 피의자의 답은 끊어지지 않고 계속하는 것이 의사 전달에 좋겠습니다만, 수사관이 조서작성한다며 수시로 끊는 통에 논리적 주장이 힘들어지기도 합니다.

조서가 증거가 되는 것은 대한민국 수사기관의 현주소입니다. 피의자 신문 시간이 아닌 피의자 신문 조서작성 시간인 것입니다. 최근 언론에 자주 나오는 어떤 분의 아내는 조서 열람 시간만 11시간이 걸렸다고 하니 조서에 매달리는 수사방법에 문제가 있어 보입니다. 요즘엔 영상녹화 조사방법이라고 하여 진술을 영상으로 녹화하고 그 요약서만 기록에 첨부하는 방법이 있기는 하지만 대부분 간단한 사건에만 사용하는 방법이고, 자백하는 사건에서 주로 사용하지요.

요즘은 거의 없다고 합니다만 오래전 제가 수사를 담당했을 때는, 조서에 피의자의 조사받는 태도를 표현하는 방법도 자주 사용되었습니다. 저뿐만 아니라 형님도 가끔 사용하셨을 겁니다. 피의자 신문 조서 작성 방법은 대부분 문답식이지요. 조사자가 묻고, 피의자가 답하는 방식입니다. 문도 답도 모두 조사자가 작성하다 보니 조사자의 의도대로 조서가 작성될 수밖에 없습니다. 피의자가 부인하는 경우에는 유도신문 형태의 조서가 작성될 수밖에 없습니다. 어느 정도 다른 증거가 확보되어 있는 경우죠. 조사자가 증거를 확보하고 있기 때문에 그 증거를 들이밀 시기를 조절하여 문답을 작성합니다. 피의자에게 부인할 기회를 주고 그 부인취지의 조서를 한동안 작성을 합니다. 계속 부인하는 피의자를 향해 결정적인 시기에 증거를 들이밀며 이래도 부인할 거냐며 승리의 깃발을 꽂는 것이지요.

이렇게 완성된 조서는 이후 조서를 읽는 사람에게는 예단을 가질 수밖에 없습니다. 부인하는 피조사자에게 수사관이 증거를 들이밀자 '이때 피의자는 고개를 푹 숙이며'라는 문구가 삽입되면 완벽한 조사자의 승리요, 피의자의 패배입니다. 현장을 보지 못하고, 조서만 읽은 사람은 당시 그 피의자가 잘못을 뉘우치는 마음으로 고개를 푹 숙였는지 아니면 아래 무엇이 있어서 고개를 숙였는지, 지쳐서 고개를 숙였는지 알지 못합니다. 조서만 읽어보면 잘못을 인정하는 행동이었을 것으로만 받아들일 수밖에 없지요. 고개를 푹 숙였으니 '내가 졌소'라는 의미가 되는 것입니다. 조서 작성 방식의 폐해입니다.

조사가 마무리 된 후, 조서 열람 단계에서 내가 언제 고개를 푹 숙였느냐며 따지는 피조사자는 거의 없습니다. 그 단어가 어떤 영향을 미칠 것인지에 대한 판단을 못하거나, 자신이 고개를 숙인 것은 사실이기 때문일 수도 있고, 다른 경우도 있습니다. '이때 피의자는 묵묵부답하다'라는 문구입니다. 이 경우도 고개를 숙이며와 마찬가지죠. 조사자의 추궁에 답을 하지 않는다는 것은 죄를 인정하는 것이라는 취지를 살리기 위해서 삽입하는 문구이기 때문입니다. 모두가 조사자의 의도된 문구 삽입입니다.

피조사자의 구속을 용이하게 하기 위해서 작성하는 조서의 방법도 있습니다. 물론 죄 없는 자, 아니 증거가 없는 자를 구속하려는 경우는 당연히 없겠지만, 어느 정도 증거가 확보되어 구속이 필요한 경우에 사용하는 방법입니다. 예를 들면 '이때 피의자는 화를 내며', 또는 '이때 피의자는 고개를 들어 조사자를 노려보며'와 같은 경우입니다. 피의자의 반항적 행위와 죄질을 드러나게 하기 위한 방법입니다.

물론 이렇게 극단적으로 사용하는 방법은 지금은 거의 없어졌지만 예전에 영장을 청구했을 때 판사의 심증에 피의자를 나쁜 놈으로 굳히기 위해 가끔 사용하는 방법이었습니다. 저도 가끔 사용했던 방법입니다만 피의자의 조사상황을 문답식으로 표현하는 조서작성 방식의 문제점입니다.

문답식이 아닌 서술식이라는 방법도 있습니다. 서술식이니 조사자의 문은 없고 피의자의 답만 기재되는 방식입니다만 이 또한 검사나 수사관이 작성을 합니다. 피의자가 인정하거나 객관적인 사실에 대해서는 서술식으로 나열을 하고, 피의자가 부인하는 부분 또는 피의자가 인정하는 사실이라고 하더라도 좀 더 세밀하게 확인이 되어야 하는 부분에 대해서는 다시 문답식으로 작성하는 방식도 있습니다. 이 서술식이라는 방법은 객관적인 사실에 대해서 굳이 문답으로 확인하지 않아도 되는 편리함이 있는 반면에, 피의자 스스로 진술하는 내용이라는 것이 전제되므로 세밀하게 읽지 않으면 진술하지 않는 부분이 포함되어 있을 수도 있습니다. 조서가 속기록이 아니므로, 피조사자의 진술을 그대로 적을 수는 없고, 진술의 취지를 기록하는 문서이기는 하지만 '아' 다르고 '어' 다르기 때문에 조서 열람에 많은 시간을 들이는 변호사들이 있는 이유입니다.

조서로 범죄혐의를 표현하는 방법이 수사기관이나 피조사자나 모두에게 힘든 방법인 것은 사실이지만 현실적으로 다른 수사방법이 없다는 것이 안타깝습니다. 조서 작성에 매달리는 수사방법이 뭔가 획기적으로 개선되었으면 하는 바람은 있으나 어떻게 바꿔야 수사기관도 효율적이고, 피조사자도 자신의 주장을 펼치는 데 불리하지 않을 것인지는 모르겠습니다. 자동차도 스스로 주행하고, 하늘까지 날라 다니는 세상인데 아직도 조서에 의존하는 수사방법이 뭔가가 아쉽기는 합니다. 알파고에게 물으면 뭔가 묘수가 나올까요.

타인의 죽음

타인의 죽음 앞에서 나는 이방인이지만 이방인이 될 수 없다.

어릴 적 죽음을 처음 본 게 초등학교 때였습니다. 한여름 마을 앞 냇가에서 수영을 하던 또래 친구가 깊은 곳에 잘못 들어갔던 게 사인이었습니다. 그 아이가 내 또래 친구였는지 더 어렸는지는 정확히 기억이 나지 않지만, 누군가 어른들에게 알려 한참 지나 그 아이를 물에서 건져내 모래밭 위에 뉘여놓은 것을 본 것입니다. 옷을 모두 벗고 수영을 했는지 옷은 입고 있지 않았고 물을 먹어서 배가 불룩 나와 있었다는 기억이 납니다. 친구의 죽음이 슬퍼서였는지 아니면 무섭고 두려움 때문인지 모르지만 난 그때 한참을 울었습니다.

지금까지 기억이 나는 것을 보면 많이 충격을 받은 일이었던 것으로 보입니다. 오십이 훌쩍 넘고 직업상 수많은 사체를 보아온 지금도 노인의 죽음에는 둔감하지만 아이의 죽음에는 무적이나 예민합니다.

지난해 초여름 몇 개월 된 아이를 굶어 죽게 한 이십대 부모의 이야기가 언론에 대서특필되었습니다. 아이를 방치하고 술 마시고 놀러 다니다 발생한 사건이라 이를 접한 국민들의 공분을 샀지요. 전 그 아이의 죽음에 검사와 함께 검시를 나갔습니다. 그때가 제가 변사체 검시 당직이었던 주간인지라 밤늦게 연락을 받고 아이의 죽음이 있던 병원 영안실을 찾았습니다. 눈을 부릅뜬 7개월 아이의 죽음 앞에서 나는 3일을 잠을 이루지 못했습니다.

머릿속에서 사라지지 않는 아이의 눈은 지금도 생생히 남아서 힘들게 합니다. 서양 인형처럼 부릅뜬 눈, 앙상한 다리와 팔목, 자신에게 생명을 주었다가 다시 앗아간 부모를 부르는 벌어진 입, 이럴 거면 왜 내게 생명을 주었냐며 억울함을 움켜쥔 조막만한 손, 아이의 죽음 앞에서 저는 분노를 느꼈으나 아이를 위해 할 수 있는 것은 아무것도 없었습니다. 자신의 생명을 다시 빼앗은 미성숙한 부모에 대한 처벌이 그 아이가 원하는 것일지, 그런 부모 아래서 사느니 다시 돌아가는 게 낫다고 생각하고 있을지, 저는 아이의 죽음 앞에서 이방인이었습니다. 직업상 접하는 알지 못하는 이의 죽음 앞에서 저는 예민하거나 때로는 둔감하지만 어떤 이의 죽음과 슬퍼하는 유족 앞에서 냉정해야 하는 직업이어야 함에는 언제나 회의적입니다.

검찰수사관들은 당직을 하잖아요. 평일 당직, 휴일 당직, 그리고 변사체 검시 당직이라는 게 그것입니다. 평균적으로 1~2개월에 한 번씩 돌아오는 당직은 항상 부담으로 다가옵니다. 직원 모두가 퇴근한 시간부터 다음날 직원들이 출근하기까지 청사에서 일어나는 모든 업무를 처리해야 하는 검찰 당직은 당직이라는 표현이 어울리지 않게 업무가 많아 당직이 아니라 초과근무입니다.

그중 변사체 근무 당직은 자택에서 대기하면서 변사사건이 발생한 경우에 검사와 함께 사체 검시를 나가, 범죄 관련성 여부를 확인하는 게 그 업무죠. 의사가 아닌지라 사체의 외관상의 흔적을 찾는 게 전부지만 사인이 명확치 않는 죽음은 검사의 검시가 법으로 규정되어 있습니다. 사체를 본다는 것은 지금도 두렵고 익숙해지지 않습니다. 타인의 죽음 앞에서, 그 죽은 이와 유족 앞에서 저는 이방인이지만 어찌 보면 이방인이 될 수 없습니다. 누군가에 의해 당했을 수도 있을 그 죽음들 앞에서 죽은 자가 남겼을 메시지를 찾아내야 하는 직업의 무게에는 지금도 매번 잠들기 전 한잔의 술이 필요합니다.

형님이 가신 지 13년이 지났습니다. 형님의 죽음 앞에서 많이도 울었고, 한참을 힘들어했습니다. 어느 현자는 죽음이 악인지, 선인지 알지 못함에도 악이라고 규정짓고 슬퍼하는 행동은 지혜롭지 못하다고 했습니다만, 그 슬픔은 가시는 형님에 대한 안타까움보다도 남아 있는 자의 슬픔이 아닌가 합니다. 이제는 형님의 죽음도 이렇게 편하게 언급할 수 있는 저 자신을 보면 그때의 그 슬픔도 많이 희석되어 가나 봅니다. 김훈 선생은 세월이 흐르니 죽음에 대한 슬픔보다 희석되어가는 기억이 슬프다 하셨는데 그 말씀 공감이 가서 또 슬프네요.

미안하지만 체포합니다

벌금 내면 되는 거잖아요?

가시기 전 형님이 계셨던 그 사무실 한쪽에 조그만 공간이 마련되어 있습니다. 벌금을 집행하는 부서의 특성상 벌금 미납자를 잠시 대기시켜두는 장소가 필요해서입니다. 창살 형태의 문이 달려 있어 가둔다는 표현을 하는 직원도 있습니다만 사람을 가둔다는 표현이 조금 낯설어 사용하기 꺼려지기도 합니다. 그렇다고 경찰서 유치장처럼 만든 것은 아닙니다. '빠삐용'을 가두어둘 것도 아니고, 직원들이 같이 있는 공간에서 임시로 한두 시간 잠깐 격리해놓을 정도이므로 조그맣게 문만 달려 있습니다.

요즈음 집행과 사무실에는 하루에 2~3명이 검거되어 옵니다. 형님도 아시겠지만 벌금을 내지 못해 지명수배된 사람들입니다. 벌금 지명수배자를 경찰이 따로 시간을 내어 검거하지는 않지만, 술 마시고 행패를 부리거나, 또 다른 사고를 저질러, 출동한 경찰에게 잡혀오는 경우지요.

벌금 미납으로 검거된 사람들은 상당수가 술에 취해 있는 경우가 많습니다. 저녁이 아닌 아침일지라도 술 냄새가 역하게 진동하지요. 벌금은 돈이고, 돈이 없어서 내지 못한 사람들이니 경제적으로 힘들게 사는 사람들입니다. 힘든 상황을 술로 풀어내는 것인지 대부분 그렇게 술들을 마십니다. 술에 취해 온 사람들에게 벌금 납부를 종용해보지만 억울하다는 소리만 읊조리고 있습니다. 돈 나오길 기다려 봐야 처녀 젖가슴에 아이 물리는 격입니다. 벌금 납부 가능성이 없으면 최대한 빨리 교도소에 보내주는 게 좋습니다. 교도소에 있는 며칠 동안이라도 술을 끊으면 좋겠지요.

교도소에 곧바로 보내기 애매한 사람들도 있습니다. 벌금을 낼 듯 말 듯한 사람들입니다. 전화를 붙잡고 있는 사람들이지요. 여기저기 전화하여 지인들에게 통사정을 하고 있는데 냉정하게 교도소에 보내자니 맘이 좋지 않습니다. 벌금을 마련하겠다며 하는 통화를 막을 도리도 없지요. 통화하는 소리도 거의 록 가수급입니다. 지금 돈을 마련하는 중이니 아직 교도소에 보내지 말라는 시위를 하는 것입니다. 기껏 소리 지른 통화가 실패를 하면 다른 사람에게 통화를 시도합니다. 분명 '전화를 받을 수 없으니…'라는 우리도 아는 여자의 냉정한 멘트가 전화기 밖에까지 들리는 데도 계속 전화를 들고 있습니다. 몇 번을 눌러보지만 조금 전까지 냉정했던 여자가 친절한 금자 씨로 바뀔 리는 없습니다.

가끔 운 없는 상대방이 걸려들면 하늘에서 내려온 동아줄을 잡은 양 전화를 놓아주질 않습니다. 통사정이 아니라 거의 협박 수준이니 많이 힘들어할 상대방의 표정이 보지 않아도 보입니다. 나가서 바로 갚을 테니 대신 좀 내달라는 것인데 수배될 때까지 마련하지 못한 돈이 하루아침에 나올 리가 없겠지요. 돈을 내주면 속는 거고, 안 내주면 인연이 끊어지겠지요.

예전과 달리 요즘 벌금은 액수가 상당이 많습니다. 작은 액수의 벌금을 내주는 지인들은 가끔 있어도 큰 액수의 벌금을 선뜻 내주는 지인은 거의 없지요. 가끔 저도 1,000만 원의 벌금을 못 내서 잡혀 있다면 선뜻 내줄 친구가 있을까 엉뚱한 생각해보기도 하지만 당연히 내주겠지 하는 자신은 없습니다. 가족이라면 모를까.

여하튼 대부분 몇 번을 실패하고 결국 교도소로 들어가지만 가끔은 다는 못 내줘도 일부는 빌려줄 수 있다는 사람들도 있습니다. 그때부터 그 사람은 더욱더 바빠집니다. 나머지 돈을 내줄 사람을 찾아야 하는 것이지요. 아예 아무도 없다면 포기하고 교도소로 갈 텐데, 일부라도 내준다는 사람이 있다 보니 포기할 수가 없겠지요. 여기서 일부, 저기서 일부, 이제 한 사람만 더 마련하면 될 것 같은데 그 한 사람이 나오지 않습니다. 전화번호 연락처를 계속 들여다봐도 더 이상 연락할 사람이 없나 봅니다.

옆에서 지켜보고 있는 사람이 더 안타깝습니다. 대신 내주고 싶지만 공무원이 다른 사람 벌금 내주다간 재벌 회장이라도 감당 못할 일입니다. 저희 청에서 받는 벌금액만 해도 1년에 200억이더군요. 그렇게까지 많은지 몰랐습니다. 결국 마련된 만큼만 납부하고, 나머지 금액은 교도소 노역장에서 채우게 됩니다. 노역장 일당이 10만

원이니 100만 원이면 10일을 살아야 합니다. 차라리 술 마시고 세월 낭비하느니 노역장에서 일하는 게 낫겠다 싶지만 그렇게 말했다간 욕을 바가지로 먹습니다.

집행과에 근무해보니 참 난감한 경우가 보이더군요. 지명수배자들이 스스로 찾아오는 경우가 생각보다 자주 있네요. 물론 사건 수배자가 아닌 벌금 수배자들의 경우를 말합니다. 자수를 한다는 게 아니라 벌금을 몇 개월에 걸쳐 나누어 낼 수 있는지 상담하러 오는 사람들입니다. 벌금을 세금이나 할부금으로 착각하는 사람들이지요.

벌금을 성실하게 납부하겠다는 의사는 가상하지만 지명 수배된 사람이니 벌금 납부 전에는 내보낼 수가 없습니다. 의도적으로 도망하는 사람을 검거할 땐 미안함은 없지만 스스로 들어온 사람을 검거해야 할 땐 괜히 미안하고 난감합니다. 수배자를 내보내면 담당 수사관이 징계를 받게 될 테고, 상담하러 온 사람의 손에 수갑을 채우자니 인간적으로 미안하지요. 하지만 방법은 없습니다. "벌금 분납 가능한지 물어보러 왔습니다."의 답변이 "당신을 이 시간부로 체포합니다."가 되어야 하니, 닥쳐보면 참 심정 미묘할 듯합니다. 물론 제가 직접 담당자는 아니지만 후배 수사관이 하는 양을 지켜보면 미루어 짐작하기 어렵지 않지요.

얼마 전에 있었던 일입니다. 하루는 젊은 연인이 둘이 같이 사무실에 들어왔습니다. 남자는 키는 그지 않았으나 약간 덩치가 있고,

가무잡잡하여 남자답게 생겼으며 여자는 반대로 키나 몸집이 모두 작고 여리게 생겼습니다. 누가 봐도 남자의 벌금이라는 건 짐작할 수 있었지요. 아니나 다를까 남자의 벌금인데 매월 나누어 낼 수 있는 방법을 알려달라는 것이 찾아온 이유였습니다. 추정컨대, 여자친구가 자신이 도와주겠다며 벌금을 해결하자고 제안했던 것으로 보이더군요. 지명수배가 뭔지 몰랐던 여자친구의 순수한 마음이 사단이 된 것입니다. 지명수배자라 할지라도 스스로 찾아가면 사정이 허락될 것으로 생각한 듯했습니다. 애석하고, 냉정하게도 아직 어리고 순수한 마음이니 그냥 풀어주라는 규정은 법에 없습니다.

"지명수배 되어 있네요?"

조회를 해본 담당수사관이 어처구니없어하며 남자를 쳐다봤습니다.

"알고 있습니다."

남자가 대답하더군요.

"수배된 걸 알고도 들어왔어요?"

수사관이 물었습니다.

"네, 근데 당장 돈 낼 방법이 없어서 혹시 분납이나 다른 방법이 없는지 물어보려고 왔습니다."

수사관의 표정은 난감해지고, 자리에 앉게 하여 몇 가지를 묻습니다. 지명수배자라 할지라도 혹 분납조건에 해당하면 가능하므로 조건에 해당되기를 빌며 남자의 입을 기대감으로 쳐다봅니다. 남자의 입은 수사관의 기대에 부응하지 못했나 봅니다. 분납 조건에 해당되지 않았던 것이지요. 수사관은 어쩔 수 없이 남자를 체포해야 함을 고지합니다. 남자의 표정은 별 변화가 없고, 여자 또한 담담한 표정으로 "어쨌든 돈 내면 되는 거잖아요?"라며 전화기를 들어 올리더군요. 어린 친구가 어지간하면 울 만도 한데 당찼습니다. 담당 수사관의 표정은 '체포해서 미안합니다.'가 되어 있었고, 여자의 표정은 '감히 내 남자친구를 체포해?'였습니다. 여기저기 전화를 돌린 여자는 30분만 기다려 달라고 요청했고, 수사관은 당연히 허락했습니다.

헌데, 예상 못한 돌발변수는 항상 있습니다. 남자가 벌금을 내지 않고 교도소에 가겠다고 오기를 부리기 시작한 것입니다. 여자친구가 여기저기 사정하는 상황에 기분이 나빠진 것으로 보였습니다. 오기였는지 미안했는지는 모르지만 벌금 액수만큼 노역장에서 살겠으니 전화하지 말라는 것입니다. 여자는 곧 돈 마련되니 기다려라. 남자는 노역장에 보내달라. 둘의 실랑이가 애틋하지만 수사관에겐 애틋이 아니라 애가심인 상황이 되었습니다. 여자는 벌금 미납자 당사가 아니니 여자에게 벌금 납부를 강권할 수도, 남자를 교도소에 바로 데리고 갈 수도 없는 상황이 되었습니다.

이런 경우 여자친구로부터 벌금을 받아야 할까요, 남자의 주장대로 교도소에 보내야 할까요. 여자는 제3자이고, 남자가 당사자이니 남자의 주장대로 해주어야 할까요? 담당수사관인 솔로몬의 선택은 남자의 의사대로 교도소에 보낸 후, 여자에겐 벌금을 납부하면 곧바로 석방시켜주겠다는 처분을 내렸습니다. 아무래도 벌금 마련까지는 시간이 걸릴 듯했으므로, 서로의 주장을 모두 받아들인 것이지요. 사실 그 상황을 지켜보던 저는 남자를 설득해야 하지 않았나 하는 생각만 있었으니 수사관의 판단은 간단하지만 현명한 것이었습니다. 오기를 부리던 남자는 결국 교도소에 들어갔고, 1시간 쯤 뒤 여자가 벌금을 납부하여 남자는 석방됐습니다. 번거롭지만 남자의 자존심도, 여자의 마음도 지켜준 처리였지요.

더 난감한 경우도 있었습니다. 어린애들을 키우는 애 엄마가 잡혀왔습니다. 경기도 쪽에서 거주하다 저희 청 관할로 내려온 싱글맘이었습니다. 아직 어린애들 둘을 키우고 있었지요. 식당일을 하다 주인과 시비가 되어 벌금이 나온 사안이었는데, 많지 않은 액수의 또 다른 사기 사건으로 경찰에서 조사를 받다 수배사실이 확인되어 검찰로 넘겨진 경우였습니다. 고향이 아니다 보니 아는 사람도 없고, 벌금을 내줄 만한 가족도 없다고 했습니다. 교도소에 보내려 하니 애들 둘만 집에 있다는 것입니다.

담당 수사관이 시청 사회복지과에 연락하여 이런 경우 애들을 시설에 보낼 수 있는 방법이 있는지 알아보았지만, 단기간 맡아줄 시설은 없다는 매몰찬 답변뿐이었습니다. 벌금 미납자 스스로에게 아이들을 돌봐 줄 가족이나 주변 지인을 찾아보라 하지만 아는 이가 없다는 무책임한 답변만 계속했습니다. 당사자인 애 엄마보다 수사관이 더 애를 태웠습니다. 애 엄마는 날 교도소에 넣으면 내 애들이 굶을 테니 알아서 하라는 표정입니다. 애들을 담보로 배 째라 하는 못된 엄마가 꼴 보기 싫지만 검거된 수배자를 무작정 내보내줄 수도 없고, 눈 딱 감고 엄마를 교도소에 보내자니 애들이 굶어야 합니다. 엄마의 잘못을 애들에게 감당하라 떠밀 수도 없지요.

다행히 동분서주하던 담당 수사관의 인간적인 적극성으로 애들을 굶기지 않아도 되는 방법을 찾아냈습니다. 벌금 분납 요건을 찾아낸 것입니다. 불성실한 애 엄마가 신뢰가 가지 않지만 분납약속을 받고, 검사의 지휘를 받아 내보냈지요. 분납 요건마저 충족되지 않았다면 어찌 했을지 지금도 대책이 없습니다. 그 애들을 검찰청으로 데려와 엄마 나올 때까지 키울 수도 없고 말입니다.

사실 벌금 못 내고 교도소 노역장 가는 사람들은 모두 힘들게 살아가는 사람들입니다. 돈 없어서 교도소 가는 거니 얼마나 서글플 것인지 짐작이 갑니다. 안타깝게도 세상 힘들게 살아가는 사람들이 아직도 많으니 집행을 담당하는 수사관들의 고뇌도 적지가 않고 솔로몬의 판단이 매번 나오는 것은 아니니 이래저래 집행과 수사관들도 힘들게 일하고 있네요.

깍두기의 협박

엄마가 하면 걱정이 되고, 깍두기가 하면 협박이 되는 말은?

어려서 모친으로부터 '길 조심해라'는 말을 수시로 듣고 살았습니다. 생각해보니 길 조심하라는 말이 무슨 뜻인지 약간 애매한 부분이 있기는 합니다. 차 조심해라, 물 조심해라, 불 조심해라는 차, 물, 불을 조심하라는 말인 것이 확실하지만 길을 조심하라는 것이 무슨 의미가 있었을까. 길에 다니는 차를 조심하라는 말이었을까. 저희 어렸을 적엔 차가 거의 없었다는 것을 생각하면 차를 조심하라는 말도 아니었던 것 같은데. 예전에는 포장길이 아니었던지라 울퉁불퉁한 비포장 길을 걸을 때 넘어지지 않도록 조심하라는 뜻이었다면 이해가 가기는 합니다.

'길 조심하라'는 말이 무슨 뜻인지 묻자고 시작한 이야기는 아니고. '밤길 조심해라'는 말을 모친에게 들으면 걱정이 되고, 깍두기에게 들으면 협박이 됩니다. 저는 짧지 않은 검찰생활에 밤길 조심해라는 걱정을 수시로 듣고 살았습니다. 도수 높은 안경을 써서 그런지 깍두기 등 많은 사건 관계자분들이 밤길 걱정을 해주었고, 그 걱정 때문인지 딱히 밤길 사고 없이 지금까지 잘 지내왔습니다.

예전 제 밤길을 걱정해준 한 분의 이야기입니다. 제가 검찰에 입사한 지 5년 만에 한 직급 승진하여 타 청으로 전보되었잖아요. 그때 있었던 일이니 형님은 모르시는 이야기입니다. 그때 맡게 된 업무는 집행업무와 징수업무를 겸했습니다. 규모가 큰 청에서는 집행업무와 징수업무가 분리되어 있으나 소규모 청에서는 인원도 적고 업무도 많지 않다보니 두세 가지 업무를 한 사람이 겸하는 경우가 많았잖아요. 징수업무의 경우 벌금 미납자 검거업무가 주 업무이고, 경찰에 잡혀온 벌금 미납자를 교도소 노역장에 수감하는 업무도 그 중 하나였습니다. 25년여 전의 벌금 미납자들은 지금보다 더 드센 사람들이 많았던 것 같습니다. 제 기준이니 다른 수사관들은 달리 생각할 수도 있겠네요.

하루는 조폭 생활을 하다 벌금 미납으로 경찰에 잡혀온 똘마니 하나가 계속해서 궁시렁거리며 자신이 조직생활을 하고 있음을 과시하고 있었습니다. 범죄단체조직죄로 잡혀온 것도 아니고 벌금을 못 내서 잡혀 온 분이 조직을 과시하고 있었으니 어처구니가 없었지요. 검찰청에 들어와 조폭생활을 과시하는 놈은 완전히 조직 생활 초짜이고 똘마니일 확률이 높잖아요. 똥인지 된장인지 모르는 놈이라는 것입니다. 계속해서 궁시렁거리는 똘마니에게 조용히 있으라 한마디했더니 그때부터 그분은, 입으로 조직생활을 했는지, 얼굴을 봐두었다느니 벌금으로 살아봐야 며칠을 살겠느냐며 읍내가 자기 조직의 영역이니 밤길 조심하라며 제 걱정을 한 시간 내내 해주었습니다.

제 밤길 걱정까지 해주는 똘마니가 고맙기는 하지만, 계속되는 불평소리를 듣고 있기는 힘들지요. 빨리 교도소에 보내고 싶었지만 집행지휘서에 서명할 검사가 자리를 비워 없었습니다. 2시간 정도 기다려야 하는 상황에서 다른 방법을 생각하다 결국 수갑을 채웠습니다. 손이 말을 했을 리 없으니 사실은 입에 재갈을 물리고 싶었지만 그분 말대로 조직생활 하시는 분을 가오 상하게 재갈을 물릴 수는 없어, 수갑이 입을 좀 막아주겠지 하는 바람과 수갑을 함께 채운 것입니다. 바람이 통했는지 수갑을 채우자 잠시 조용해졌습니다.

항상 방심은 금물입니다. 조용하다 싶어 잠시 한눈을 파는 사이, 그분 조직의 행동강령에 삼십육계가 있었는지 위대하신 조직원이 쪽팔리게 도주를 시도했습니다. 크나큰 팔찌를 양손에 차신 분이 뛰면 얼마나 뛸 것이며, 시골 바닥에서 도망을 가봐야 어디로 가겠는가요. 재빨리 나가 뒤를 쫓으니 그분은 앞으로 뻗어진 수갑 찬 손을 강호동처럼 흔들며 논으로 뛰고 있었습니다.

같이 튀어나온 수사관 3명이 삼각 세 방향을 잡아 뒤를 쫓았고, 5분을 뛰던 그분은 제풀에 지쳐 논바닥에 주저앉았습니다. 안타깝게도 조직에서 체력 훈련은 시켜주지 않은 것 같았습니다. 씨익 웃어주며 뒤쪽 허리춤을 잡아 올리는 저를 향해 그분은 또 다시 밤길 조심하라 악을 써가며 걱정을 해주었고, 저는 걱정해주는 고마운 맘에 그길로 경찰관을 불러 교도소에 보내주었습니다.

재밌는 일은 두 달 가량 후, 직원들과 저녁술자리를 마치고 관사로 돌아가는 중 읍내 골목에서 조직생활 하신 그분을 만난 것입니다. 차 한잔 하기 위해 만났다는 것이 아니라, 외나무다리에서 만나듯이 예상 못하고 골목에서 부딪혔다는 것입니다. 노역기간이 종료하여 교도소에서 석방된 모양이었습니다.

저도 놀랐지만 그분은 더 놀란 눈치였습니다. 사람들의 통행은 전혀 없는데 시간은 마침 밤이었으니 전 정말 밤길을 조심해야 하는 상황이 되어, 밤길을 걱정해주던 그분이 어떻게 나올 것인지 잔뜩 긴장을 했습니다. 그분이나 저나 덩치는 별 차이 없고, 그분도 놀란 행색을 보니 그리 많이 위험하지는 않겠으나 흉기라도 꺼내면? 순식간에 알고 있는 범행방법과 방어방법을 386인 머리로 회전시키던 차, 그런데, 어라? 갑자기 놈이 반대방향으로 도망을 가기 시작했습니다.

저는 심히 황당했고, 영문을 몰랐기에 당연히 수배자도 아닌 놈을 쫓을 이유는 없었지요. 멀뚱거리며 잠시 도망가는 그분을 쳐다보던 저는 정신을 차리고 어두운 밤길을 조심하며 관사로 돌아왔습니다. 당시 저는 그 사실을 몰랐으나 다음날 사무실에서 그분이 다른 사건으로 경찰에 수배되었다는 것을 확인하였습니다. 당분간은 그분이 밤길을 조심해야 할 상황이 된 것이지요. 그 이후 그분을 보지는 못했지만 오랜 시간이 지난 지금도 가끔 생각이 나 피식 웃곤 합니다.

'조심操心'의 사전적 의미는 '마음을 잡는다'라는 뜻이고, 조심의 반대어는 '방심放心'이라고 합니다. 긴장이 풀려 마음을 놓아버린다는 의미로, 방심의 뜻을 듣는 순간 무언지 몰라도 매사를 조심해야겠다는 마음이 들기는 합니다. 이제 검사실 생활이나 수사과에서 수사를 하지 않는 저에게 밤길 걱정을 해주는 분들은 없으니 스스로 방심하지 않고 밤길을 조심해야지 하고 있습니다.

검찰 상황실

당직실이라는 이름이 상황실로 바뀌었습니다. 상황실에는 일과 이후에 당직 직원 2명이 근무하는데 책임자 1명, 보조자 1명 중, 보조자는 당직전담반으로 편성되어 3교대로 근무하고 있습니다. 새로 생긴 제도라 형님은 모르시겠네요. 당직업무가 쉽지 않다보니 전담반을 편성하여 다음날 쉴 수 있도록 당직 제도를 개선한 것입니다. 사람마다 다르지만 하룻밤을 근무하고 이틀을 쉬는 구조이니 이틀 쉬는 동안 자기 시간을 갖고자 하는 직원은 당직전담을 선호하는 경우도 있습니다.

당직은 술 취해서 전화하는 민원인 상대가 가장 힘들지요. 어찌 그리 애국자들이 많은지 검찰 똑바로 하라고 호통치는 분들이 아직도 많습니다.

수사관 _ 네, 검찰 상황실입니다.

민원인 _ 전화 똑바로 못 받아?

수사관 _ 지금 전화기 똑바로 들고 있는데요.

민원인 _ 검찰총장 전화번호 몇 번이야?

수사관 _ 모르는데요.

민원인 _ 검찰청 직원이 총장 전화번호도 몰라?

수사관 _ 죄송합니다. 그런데 선생님, 혹시 트럼프 전화번호 아세요?

민원인 _ ….

수사 장비

아직도 검찰청에서 사용하는 수사 장비는 몇 가지 없습니다. 가장 많이 사용하는 수갑, 거의 사용하지 않지만 비치는 해두는 삼단봉, 방탄 보호복, 전기 충격기 정도가 장비의 전부입니다.

요즘은 모르는 사람은 거의 없겠지만 예전에는 영화 속에서 검사나 수사관이 총을 사용하는 것을 본 사람들이 검찰에서 검사나 수사관이 총을 소지하고 있는 것으로 아는 사람들이 많았잖아요. 검찰청엔 가스총 외에 총은 없는데 말입니다. 가스총도 사용하는 경우가 거의 없지요. 하긴 예전 수사과에서 형님과 도박단속을 나갔을 때 가스총을 들고 다닌 적은 있었네요.

고참 수사관 _ 어이 김 수사관 총무과에서 가서 자네 총기 수령해와!

신규 수사관 _ 네, 알겠습니다.

신규 수사관 _ (총무과에 다녀와서) 선배님, 총 전부 떨어지고 없다는데요?

고참 수사관 _ 그래? 그럼 자네 돈으로 사야지 뭐.

실무관 _ ㅋㅋㅋ.

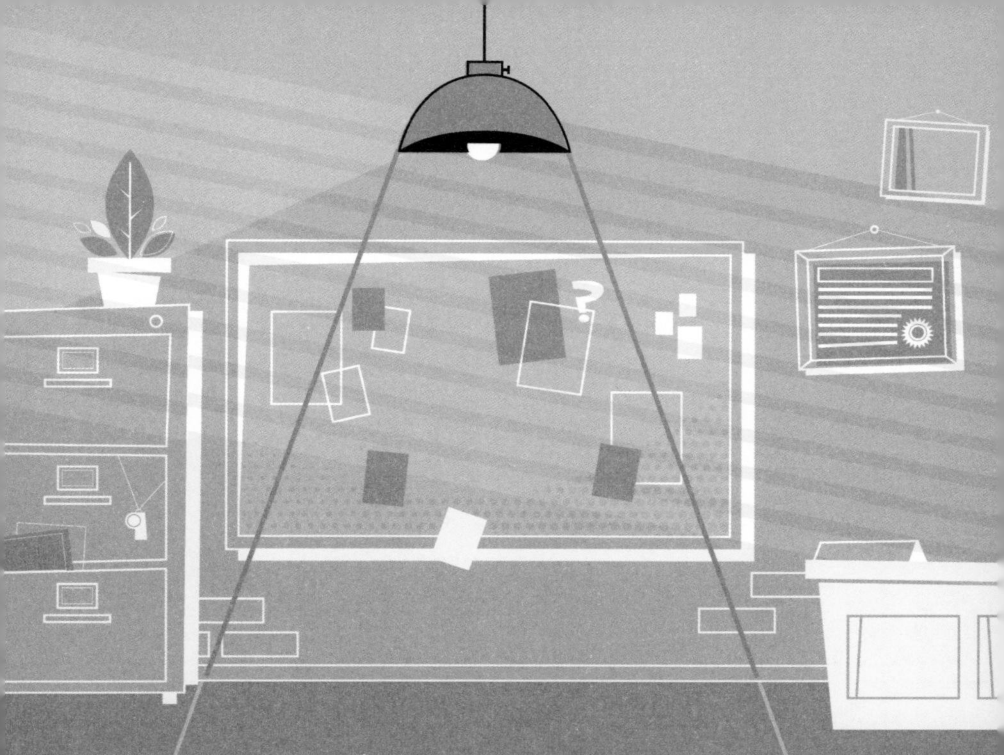

제4부

검찰청사에도 꽃은 피어난다

검찰청사에도 꽃들은 수수하게도,
화려하게도, 수줍게도 피어난다.

연보랏빛 큰개불알꽃 오밀조밀 피어나서는
뒤꿈치 살짝 들고
하늘과 키를 견주는 봄봄

시인 강병철, 〈산사의 봄〉 중에서

검찰청사에도 꽃은 피어난다

목련, 나무에서 피어나는 연꽃이, 고요하지만
덜 여문 백색이 처연하다.

목련이 피는 걸 보니 벌써 봄입니다. 아침 출근길에 보니 2월에 새로 전입해 온 직원들이 상황실 앞에 핀 목련의 사진을 찍고 있더군요. 작년에 상황실 앞을 가린다며 상당히 많은 가지를 잘라내었는데도 올해 다시 새 가지가 많이 자랐습니다.

청사 현관 앞 목련이 피면 봄이 온 것이지요. 남향인 청사건물의 상황실 바로 앞에, 적당히 가지를 벌려 서 있습니다. 볕을 좋아하는 식물인지라 탁 트인 남향의 볕을 듬뿍 받고 봉오리는 북녘을 향하여 피어납니다. 꽃잎은 백색이지만 들추어보면 속살에 연한 홍색이 향기를 머금고 있습니다. 나무에서 피어나는 연꽃이, 고요하지만 덜 여문 백색이 처연합니다.

미련스럽게 북쪽을 향하는 꽃봉오리가 무언가를 갈구하듯 안타깝습니다. 북쪽의 바다 신을 향한 공주의 사랑(북쪽 바다의 신을 사랑한 공주가 죽어 하얀 목련이 되었다는 전설이 있다고 합니다)이 등불 안에 잠기지만 그보다 먼저 자리한 담홍빛이 북쪽 바다 신 아내의 비애를 슬퍼하는 듯합니다. 아주 가끔은 민원인들의 휴대폰 카메라가 목련을 향하기도 하지만 정말 아주 가끔일 뿐이지요. 검찰청에 와서 카메라를 들이미는 사람들은 기자들 말고는 거의 드무니까요.

목련 옆에 자리한 산수유 한 그루도 뒤이어 피어납니다. 예전에 형님과 놀러갔던 구례 산동에 산수유 마을이 있지요. 산수유는 산동 마을처럼 여럿이 모여야 그 색이 역할을 하는데 우리 청 산수유는 달랑 한 그루라 노랑이 너무 엷습니다. 피었구나 하고 돌아서면 어느 날 스러지고 없습니다. 김훈 선생의 묘사처럼 노을이 스러지듯 종적을 감춥니다. 늦가을 추위가 찾아와서야 붉은 열매로 다시 나타나 내가 산수유요 합니다.

청사 뒤편 온정관(직원 관사) 가는 길에는 벚꽃이 여러 그루입니다. 꽃이 만개하면 하동 쌍계사 가는 길 벚꽃에 못지않지요. 손톱만 한 꽃잎들이 송이를 이룹니다. 여러 송이 무리 지은 꽃가지가 화려하고 탐스럽습니다. 점심시간이면 그 아래 직원들이 커피를 들고 모이지요. 꽃잎이 바람에라도 날리면 "꽃이 져부네!" 하고 아깝다고 아쉬워합니다.

꽃잎 한 조각 떨어져도 봄빛이 줄거늘
수만 꽃잎 떨어지는 그 슬픔 어이 견디리.

시인 두보의 마음이 이해됩니다. 잡힐 리 없는 꽃잎이지만 떨어지는 꽃비에 괜히 손을 내밀어봅니다. 바닥에 쌓인 꽃잎들은 매몰차게 밟기가 미안하지요. 식당 가는 길에도 일부러 피해 꿋발을 디디며 갑니다. 꽃을 볼 수 있는 시간이 너무 짧아 매해 겪어도 아쉽습니다. 어릴 적엔 버찌를 따먹기도 했는데 요즘 애들은 먹는 것인지도 모를 겁니다.

청사 벚꽃이 아쉬운 2월 전입 검사들은 퇴근 후 몇이 모여 쌍계사로 향하기도 합니다. 쌍계사 벚꽃은 밤이면 조명의 도움을 받아 낮보다 더 화려하게 변합니다. 제철 맞은 벚굴 하나에 소주 한잔하고 돌아오는 길이면 알딸딸한 기분에 저마다 두보가 되지요.

테니스장 아래로 가면 살구꽃도 핍니다. '아가씨의 수줍음'이라는 살구꽃의 꽃말처럼 가만히 들여다보면 발그레한 수줍음 자태가 맑은 홍색으로 곱습니다. 살구 열매도 제법 주렁주렁 열립니다. 청의 살구 계장이 수고를 감수하면 직원들이 하나씩 살구 맛을 보기도 합니다. 형님도 잘 아시는 Y계장 별명이 살구 계장입니다. 살구철만 되면 점심시간에 살구를 따느라 정신이 없습니다.

매점 앞 잔디밭엔 송엽국도 지천입니다. 번식력이 좋아 해마다 자리를 넓히고 있습니다. 줄기를 조금 끊어 한쪽에 꽂아두면 며칠이면 자리를 잡습니다. 솔잎처럼 생긴 국화라는데 송엽보다는 채송화를 닮았습니다. 송엽국 근처에는 노란 고들빼기도 무성합니다. 민들레인지 고들빼기인지 구별이 힘들지요. 제가 살고 있는 순천 별량면의 특산품이기도 한 고들빼기는 김치를 담가놓으면 쌉싸름한 맛이 일품입니다.

시간을 내어 청사 주변을 돌아보면 이것저것 꽃들이 다양하고 화려합니다. 검찰청에도 꽃들은 수수하게도, 화려하게도, 수줍게도 피어납니다. 우리 청 시인인 강 계장이 노래한 개불알꽃도 어딘가 있을 텐데요.

연보랏빛 큰개불알꽃 오밀조밀 피어나서는
뒤꿈치 살짝 들고
하늘과 키를 견주는 봄봄

_ 시인 강병철, 〈산사의 봄〉 중에서

미스터 선샤인

지위라는 허울보다는 인품으로 그릇을 가득 채운 그들의 선샤인이
재소자들의 어두운 과거를 닦아내주길 바란다.

딱히 역사에 빛나는 인물도 아니지만, 그렇게 훌륭한 인물도 아니지만, 뭐 그리 완벽하지도 않지만, 자신이 살아가는 인생의 길목에서 소리 없이 그리고 나름 임팩트하게 남에게 도움을 주며 살아가는 사람들이 있습니다. 그리 맘에 드는 조직은 아니지만, 도통 맘에 안 드는 사람들이 수두룩하지만 그래도 따뜻한 보통 사람들이 간간히 있어 누군가에겐 공명을, 다른 누군가에겐 감동을 주기도 합니다.

형님, 오늘은 수감 소년에게 책을 선물한 검사의 이야기를 해볼까 합니다. 수감자들에게 책을 선물하는 검사들은 간간히 있기는 합니다만 이번 검사는 책을 선물하고 그 책에 대해서 토론하는 자리까지 마련했다는 이야기를 들어서 형님께 들려드리고자 이야기를 꺼냈습니다.

어린 소년들이 비행 청소년이 되어버린 배경에는 대부분 어려운

가정환경이 있어요. 어려운 환경에서도 잘 자라주는 애들이 있는 반면에 어려움을 이겨내지 못하는 애들도 있지요. 그렇다고 이겨내지 못하는 애들을 탓할 수는 없잖아요. 그런 환경을 물려주는 어른들이 문제이지요.

세 살 때 부모님의 이혼으로 홀어머니 아래서 자란 B군이라고 있었나 봅니다. 그나마 어머니는 병마에 시달리고 있었고, 그를 견디지 못한 누나는 가출을 했으니 그 애는 사회의 배려에서 버려졌다는 생각을 떨칠 수가 없었을 것입니다. 심한 우울증에 시달려 자살기도도 하고, 급기야 그 애가 선택한 탈출구와 사회에 대한 반항은 범죄였습니다. 한두 번 물건을 훔치다가 상습적인 도벽으로 발전을 했으니 결국 검찰에 구속이 되었습니다.

구속된 그 애는 자신을 구속한 검사로부터 의외의 선물을 받았습니다. 《배려》라는 책과 검사의 진실이었습니다. 검사의 마음이 전달되었는지 그간 책 한 권도 읽어본 적이 없던 그 애는 검사가 준 그 책을 전부 읽었답니다. 검사는 그 애가 책을 읽기 시작하자 그 이후에도 《청소부 밥》, 《시크릿》 등 그 애에게 도움을 될 만한 책들을 선물해서 한 달에 1~2회 정도 검사실에서 토론하는 자리를 마련했다고 합니다. 대단하지요. 자신이 구속한 소년을 불러 검사실에서 책에 대한 토론을 한다는 것, 쉽지 않은 일입니다. 생각이 있어도 실천하기는 어려운 행동이지요.

더군다나 검사는 어릴 적 어머니와 이혼한 후 만나지 못했던 그 애의 부친을 수소문하여 만나는 기회까지 마련해주었다고 합니다.

그 애의 범죄가 가볍지 않아 실형을 면하지는 못했다고 합니다만 일기장 등을 선물하는 검사의 위로를 받고, 일기장에 그간의 잘못을 반성하는 글을 쓰며 복역기간을 이겨냈다고 합니다. 일기장에는 검사에 대한 감사의 마음과 내일의 희망, 그리고 세상에 나가 남을 배려하는 삶을 살겠다는 다짐을 적었다고 하네요.

이 이야기는 언론에 보도된 것입니다. 검찰 게시판 중에 하나인 〈미담과 칭찬〉에도 나와 있는 미담이고요. 책 선물 소식이야 시선 끌 것까지는 아니나, 소년범과 검사의 독서토론 대목은 그 신선함에 놀랐습니다. '정말?' 검사와 소년범의 책에 대한 토론은 어떤 이야기들이 오갔을까요? 그간 보아왔던 검사들의 행동으로는 투영도 추측도 하기 어려운 소식이었습니다. 소년범을 동등한 인격체로 보아주지 않으면 실천하기 힘든 행동이지요.

사실 한국의 검사들은 은연중 자신들의 사회적 위치를 정해두고 있습니다. 같은 사법시험 출신인 판사, 변호사, 의사 시험에 합격한 의사, 기타 사회적 지위가 객관적으로 인정된 사람들이 그들이 여기는 같은 선상이지요. 자신들의 사회적 위치를 누가 정해주지도 않았으나 스스로 딱 그만큼의 위치에 두고 은연중에 행동합니다. 지독히도 깊게 뿌리박힌 근원을 알 수 없는 자만심은 당분간 아예 뽑힐 여지도 없습니다.

물론 '난 아니라고!' 부정하는 검사들도 많겠지만 상대방에 대한 의도적 배려를 떠나, 같은 청에 근무하는 수사관, 실무관, 행정관 그리고 객관적으로 사회적 지위가 낮다고 평가되는 사람들, 결정적으로 검사로부터 조사를 받은 피의자들을 진심으로 우러나 동등한 인격체로 여기는 검사가 몇이나 될까요?

각고의 노력으로 자신들이 사법시험으로 따놓은 직장에서의 지위 등급과 직장이 아닌 사회 속에서의 지위 등급을 동일시하는 심리에서 비롯된 것으로 보입니다. 또한 인품, 지식, 지혜 거의 대부분의 모든 것까지 검사라는 등급과 동일시하지요.

뿌리 깊은 이런 자만심의 사례를 말하라면 간단합니다. 나이가 지긋한 수사관이나 실무관들에게 나이 어린 부장이나 기관장이 아무런 거리낌 없이 훈계조의 이야기를 합니다. 나는 검사고 당신들보다 지위가 높으니 당연히 당신들에게 이런 훈화를 할 수 있는 자격이 있다는 듯이 말입니다. 저 사람들이 나보다 인생 경험이 풍부하고, 인격적으로 훨씬 더 인품이 훌륭할 수도 또한 지식과 지혜가 출중할 수도 있다는 망설임은 어디에도 보이지 않습니다.

이 글을 혹 검사가 본다면 이를 인정하는 검사는 없을 수도 있으나 지위와 인품은 함께 묶여 가는 것이 아니며 지위가 높다고 서당 훈장의 자격까지 주어진 것은 아닐 것입니다. 직장의 업무가 아니라면 아무리 아랫사람이라도 함부로 그리고 동의 없이 인생을 가르치려는 행동은 삼갔으면 하는 바람이 있습니다.

욕심과 인품은 한 그릇에 담겨 있지요. 욕심이 많아지면 인품이 들어갈 공간이 부족하고, 욕심을 버리면 그 만큼 인품의 공간은 커집니다. 인품의 크기는 다른 무엇을 얼마나 버려낼 수 있느냐의 문제입니다. 자신에게 달렸다는 것이지요.

따뜻한 검사의 사례를 말하려다 멀리 갔습니다. 소년범 그리고 20대 초반의 앞날이 창창하지만 잠시 잘못된 길을 걷고 있는 피의자들에게 책을 선물하여 바른 길을 찾아주려 노력하는 검사들의 이야기가 간간히 들립니다. 고마운 일입니다. 따뜻한 빛을 주는 미스터 또는 미스 선샤인들지요. 재소자에게 검정고시 책을 선물한 검사, 4년간 소년범에게 200여 권의 책을 선물한 검사, 재소자들에게 8년간 100여 권의 책을 선물한 검사, 22개월 아기의 억울한 죽음을 수고로움을 다하여 밝혀준 검사, 가정 학대 피해 학생들의 인생 멘토가 되어준 검사, 제목만으로도 마음이 따뜻해지는 검사들의 마음이 고맙습니다.

지위라는 허울보다는 인품으로 그릇을 가득 채운 그들의 선샤인이 재소자들의 어두운 과거를 닦아내 주길 바랍니다. 이런 검사들 그리고 직원들이 많아지도록 형님이 그곳에서 많이 도와주시기 바랍니다. 이 세상에서 어렵고 힘든 사람들이 줄어들도록 도와주시면 더욱 감사하고요.

그 여자의 기억법

당신은 약속을 지키는 어른인가요?

형님, 오늘은 약속에 대해서 이야기해볼까요? 예를 들기 좋으니 이번에도 영화 이야기로 시작해보겠습니다. 여자는 의사고, 남자는 조직의 보스였습니다. 의사와 조직의 보스, 어울릴 것 같지 않은 다른 세계의 두 사람은 조금씩 서로의 세계를 무너뜨리며 가까워집니다. 그러나 조직의 보스는 평범하기 힘들지요. 영화 속의 조직 보스의 여자는 항상 위험합니다. 반대파가 있기 때문입니다. 반대파로부터 여자를 위험에 빠뜨리지 않기 위해, 남자는 어쩔 수 없이 먼저 이별을 선언합니다.

그 와중에 여자의 안식처이자 유일한 가족인 아버지마저 세상을 떠나고, 여자의 깨복쟁이 친구는 여자에게 그 남자와 멀어질 미국행을 권하지만 여자는 남자와 이별이 전제되는 미국행을 받아들이지 못합니다. 하지만 두 사람 앞에는 또 다른 이별이 다가옵니다. 무너진 조직, 심복의 죽음 앞에 이성을 잃은 남자가 또 다른 죽음을 부른 것입니다. 남자는 잠적하지만 여자는 남자를 기다립니다. 남자와의 약속을 지키기 위해서이지요.

1998년도에 개봉하여 많은 흥행을 했던 영화 〈약속〉의 줄거리입니다. 기억나시지요? 조직의 보스와 의사와의 약속, 아무래도 좀 어울리지 않지만, 영화라는 것을 전제하면 약속이라는 단어보다는 로맨스라는 단어가 더 먼저 떠오릅니다.

그럼 다른 영화를 예로 들어봐야겠습니다. 흥행은 못했지만 지난해 5월 개봉했던 〈어린 의뢰인〉이라는 영화가 있습니다. 형님은 모르시겠네요. 엄마가 없는 남매가 있었고, 어린 남매 스스로가 스스로를 키워야 하는 상황이었습니다. 요즘 애들은 모두 가지고 있는 휴대폰 하나 가질 수 없는 아이들이지만 밝게 그리고 환하게 커갑니다. 원하지 않는 새엄마가 생겼고, 새엄마의 학대와 참을 수 없는 아픔에 힘들어집니다. 우연히 남매와 얽히게 된 변호사 J는 귀찮음에 지키지 못할 약속을 하게 되고, 남매는 오지 않을 J를 기다리다 사고를 당하게 됩니다. '당신은 약속을 지키는 어른인가요?'가 이 영화의 메시지입니다.

약속 그리고 영화 이야기를 꺼낸 이유는 10년 전 약속을 지켜 12세 소녀의 생명을 살린 여성 검찰수사관의 이야기를 하고자 한 것입니다.

10년 전 약속을 잊지 않고 지킨 여자가 있다. 10년 전 봄, 여대생이 거닐던 대학 교정은 유난히 푸릇푸릇했다. 교정을 걷던 여자는 장기기증 및 조혈모세포 기증 신청을 받는 사람들을 보게 된다. 누군가에게 도움을 줄 수 있다는 생각에 여자는 기증신청서를 작성했고, 세월은 여자를 주부로, 그리고 검찰수사관으로 자리해주었다.

조직적합성항원이 일치할 확률은 2만분의 1. 여자가 기증약속을 한 지 10년, 여자와 유전인자가 일치하는 백혈병의 12세 소녀가 나타났고, 여자가 약속을 지키지 않으면 아직 피지 못한 12세의 소녀가 생명을 잃을지도 모르는 상황. 10년 전의 약속이었지만 여자는 약속을 지키고 싶었다. 누군가에게 도움을 주고 싶어 하던 10년 전 여대생의 꿈을 버리고 싶지 않았다. 부모님과 남편의 걱정을 뒤로하며 여자는 1박2일 동안 입원과 15시간의 주사바늘을 견뎌냈다.

검찰방송에서 제작하여 유튜브에 소개된 내용입니다. 검찰수사관은 10년 전의 기억과 약속을 잊지 않았고, 12세의 소녀에게 세상의 희망을 심어주었습니다. 자그마치 10년 전에, 그것도 대학 교정을 지나며 우연히 했던 기증약속이었습니다. 이를 지킨다는 건 쉬운 일이 아니었을 것을 예상하기는 어렵지가 않습니다. 가족의 반대는 자명한 일이었을 테고요.

형님도 아시다시피 사소한 약속이라도 약속을 지키기는 생각보다 어렵습니다. 저와 친구들의 술자리에선 공약이 많지요. 다음 주말엔 지리산 종주를 하자, 그다음 달엔 해외 4천 미터 이상의 산에 가보자, 아니 당장 이번 주말에 가까운 산에 가자. 술기운에 지금 당장 배낭을 메고 히말라야에 갈 기세로 공약을 남발합니다. 다음날 술이 깨면 거의 기억도 못하고, 기억을 한다 해도 술자리 약속을 지킬 생각도 그럴 필요도 없다고 생각합니다. '술기운에 한 약속인데 뭐.' 남아일언 중천금이 아니라 취객일언 두부가 되는 순간입니다.

술자리에서 한 약속이 아닌 경우도 마찬가지입니다. 이번 연말엔 조금이라도 돈을 걷어 소년 소녀가장에게 생필품을 사서 전달하자, 세상에 없는 기부 천사가 되어 결의를 다지지만 막상 닥치면 이 핑계 저 핑계로 취소하면 그만입니다. 약속에 대한 개념이 무딘 것이지요. 약속 개념이 없다고 뭐라 하는 친구도 딱히 없습니다. 그냥 그렇게 무디게 살아갑니다. 대부분의 사람들이 그럴 거라 생각합니다. 저만 그런가요?

여하튼, 그래서 더욱, 10년 전의 약속을 지켜준 수사관이 고맙고 존경스럽습니다. 이 여자 수사관 외에 몇 년 전의 기증 약속대로 조혈모세포를 기증했다는 또 다른 남자 수사관의 이야기도 들립니다. 전 장기기증 신청도, 조혈모세포기증 신청도 해보지 못했지만 후배 수사관들의 용기와 선행이 부럽고 감사하네요. 이번 연말엔 뭐라도 해야 할 텐데….

의인義人

소머즈의 귀도, 진돗개의 청력도,
그리고 개띠도 아니었다.

지난해 아내와 둘이서 스위스 여행을 다녀왔습니다. 달력에서 본 풍경들이 그대로 펼쳐져 있더군요. 보이는 자연경관은 참 아름다웠습니다. 하지만 안타깝게도 도심에서는 아름답지 못한 사람들도 있었습니다. 소매치기를 조심하라는 가이드의 경고를 들은 지 채 30분도 지나지 않아 앞서가는 일행의 가방을 뒤지는 남녀를 발견했습니다. 바로 뒤따라가고 있는 저희가 있는데도 대담하게 그런 행동을 하더군요. 외국에서 사람을 체포할 수도 없으니 소리를 질러 쫓고 말았습니다만 아름다운 나라의 이미지가 희석되어 씁쓸했습니다.

대낮에 눈뜨고 소매치기 당할 뻔한 일행에게 고맙다는 인사를 받고 캔 맥주 하나를 감사선물로 받았습니다. 아내에게 칭찬도 들었네요. 대낮이고 여러 사람들이 있는 상황이었기에 가볍게 대처할 수 있었습니다만 밤이고 사람들이 없었다면 선뜻 나설 수 있었을지 자신은 없습니다.

의인義人의 사전적 의미는 옳은 일을 하는 사람이라는 뜻이잖아요. 요즘 언론에 의인에 대한 보도가 가끔 나옵니다. 옳은 일을 하는 사람에 대한 칭찬들이지요. 검찰은 옳지 않는 일을 하는 사람을 처벌하는 기관이지만 옳은 일을 직접 행하는 사람들은 드물지요. 검찰에 근무하는 직원이 얼마 전 옳은 일을 직접 행동에 옮긴 사람이 있었습니다. 모 검찰청의 검찰행정관이 자신이 사는 아파트 단지에서 흉기를 휘두르는 사람을 제압하여 피해자를 구했고, 언론과 검찰방송, 그리고 검찰 게시판에도 게시되어 직원들의 박수를 받고 귀감이 된 일이 있었습니다.

아파트 단지의 밤 12시, 그 시간이면 아파트 밖 소리에 신경을 쓰지 않는 것이 정상이고, 대부분의 사람들이 아파트 외부를 도외시 하는 시간입니다. 술에 취해 세상을 향해 알지 못할 소리를 지르는 사람, 취권으로 전봇대와 대결을 하는 사람들, 부모 죽인 불구대천의 원수처럼 싸우는 부부, 잠들기 힘들고, 자식들의 수능 공부와 게임에 방해되는 시끄러운 소음이지만 일부러 나서서 그들을 만류하거나 제지하려 드는 사람들은 없습니다. 괜히 남의 일에 끼어들어 횡액을 자초하기 싫은 것이지요.

"살려줘, 살려주세요!."

희미했지만 분명한 소리였고, 늦은 밤의 어둠과 정적이 구해달라는 피해자의 소리를 증폭하여 아내와 함께 잠들지 않았던 L행정관의 귀에 들려온 소리였습니다. 아파트 사람들이 요이 똥하고 동시에 잠자리에 들지 않았다면, L행정관의 귀에 들렸던 그 소리는 아파트 내 다른 사람들의 귀에도 잠입했을 터. 소리에 반응한 누구도 없었으나 L행정관의 본능만이 그에 반응했습니다.

생각할 겨를 없이 뛰어나간 L행정관의 눈에 한 남자가 여자를 때리는 모습이 들어왔습니다. 동시에 눈에 들어오는 남자의 손에 들려 있는 위험한 흉기 칼. 그 칼은 이미 여성의 몸에 사용한 것으로 추정되고. 미처 칼까지는 예상 못한 L행정관은 잠시 주춤했으나 물러서기엔 L행정관의 의기가 용납지 않았습니다. 칼에 찔린 여성은 바닥에 쓰러져 피를 흘리고 있었으니, 그대로 두어 남자가 여성에게 계속 칼을 휘두른다면 여성의 목숨은 장담할 수 없었습니다. L행정관의 본능은 이를 막아야 한다고 하고 있었지요.

"멈춰, 그만해!"

두려움은 의기를 넘어설 수 없었고, 자신의 위험은 의기 안에 이미 사라지고 없었습니다. 더 이상의 피해는 막아야겠다는 생각만이 먼저였습니다. 자신은 검찰에 근무하는 검찰 직원, 눈앞에 범죄현장을 두고 물러설 수 없었던 것일 겁니다. L행정관의 제지에 놀란 남자는 도망치기 시작했고, L행정관은 본능적으로 도망치는 남자의 뒤를 쫓았습니다. 도망치던 남자는 더 이상 도망치기 힘들다고 생각했는지 들고 있던 칼 휘두르며 행정관을 다가서지 못하게 했고, 남자와 행정관의 대치는 30분가량 계속되었습니다.

L행정관을 뒤쫓아 따라 나온 L행정관의 아내가 피해자를 보살피고 있는 동안 누군가의 신고로 경찰이 출동하고, L행정관과 경찰의

공조로 남자는 결국 체포되었습니다. 피해 여성은 여러 군데 칼에 찔려 상해를 입었으나 다행히 중상은 면하여 생명에는 지장이 없었습니다. L행정관의 제지가 아니었다면 남자의 흉기에 목숨이 위험했을 것이나 그나마 다행이었습니다.

아파트 단지에 들려왔던 '살려줘'라는 비명소리에 응했던 사람은 단 한 명, L행정관이었습니다. 아파트 그 수많은 사람 중 유독 L행정관에게만 그 소리가 들렸을까요. L행정관이 소머즈의 초인적인 귀를 가진 것도, 진돗개만큼 탁월한 청력을 가진 것도 그리고 개띠도 아니었습니다. 그 당시 깨어 있던 주변 아파트 사람들에게 모두 들렸을 소리였으나 뛰어나가는 의인의 행동은 L행정관에게만 있었습니다.

경찰에 신고한 누군가는 소극적으로 도움을 주었을 것이고, 누군가들은 창문으로 내려다보며 애먼 발만 동동 구르며 숨어 있었을 것은 자명합니다. 아파트 안에서 발을 구른들 남자가 들었던 칼이 호박으로 변하지는 않을 터. 누군가는 나가서 호루라기라도 불러야 했을 일입니다. 의인의 행동은 사실 대단한 것은 아니지만 그렇다고 아무나 할 수 있는 일은 아닙니다. 당연히 해야 할 옳은 일이 칭찬을 받는 세상이 정상인 세상은 아니지만 행동을 하지 못하는 범인들은 의인들의 의기를 높이 사고 고마워라도 해야 할 수밖에요.

전 요의와 배고픔, 술 고픔은 참지 못하나 불의不義는 아주 그리고 매우 잘 참지요. 길거리에서 고등학생이 담배를 피워도, 검사가 변호사의 청탁을 받아도, 그 순간 갑자기 잘 보이던 시력과 잘 들리던 청력이 기능을 잃은 듯 자리를 피하거나 기록에 몰두합니다. 한음 이덕형은 자신의 허물을 듣는 데 즐거워하고 의로운 행동을 옮기는데 용감해야 한다 했다는데 허물을 들음에 기분 상해하고, 의를 행함을 두려워하니 아무래도 저는 평범함 이상을 벗어나지 못하는 듯하여, 행동을 주저 않는 의인들이 부럽고 고마울 따름입니다.

검사의 삭발

삭발한 머리가 참 잘 생겼더라.

최근 꽤 친분이 있는 검사가 이런저런 이유로 좌천되었습니다. 이리 가도 검사고, 저리 가도 검사인데 왜 좌천이라는 용어를 사용하는지는 모르겠지만 여하튼, 언론에서는 좌천이라는 용어를 사용하며 무슨 대박사건처럼 보도를 하고 있습니다. 이 글을 쓰는 김에 '좌천'이라는 용어를 검색해보았습니다. 한자로는 左遷, 왼쪽으로 옮긴다는 의미입니다. 예전 중국에서 오른쪽 숭상하고 왼쪽을 멸시하였던 데서 유래하였다고 되어 있더군요. 오른쪽에서 서서 일을 하든, 왼쪽에 서서 일을 하든 검사 업무가 달라지는 것을 없을 것인데, 수사관들에게 좌천이라는 용어는 사용한 적이 없는 듯한데, 유독 검사들에게 그런 용어들을 사용하는 것인지, 하긴 높은 사람들에게만 사용하는 용어인가요?

근래 검찰 대학살이라는 자극적인 제목의 기사들이 인터넷을 도배하고, 검사들의 힘을 빼려면 힘을 모아야 한다는 열기가 분식집의

냄비 라면처럼 끓어올랐습니다. 이번 기회에 작살을 내지 않으면 기회가 없다는 듯이. 검찰을 잡자는 것인지 표를 잡자는 것인지 모르겠지만 어쨌든 벌겋게 달아오른 열기는 검사들의 힘을 빼는 데 성공한 듯합니다. 검사들도 감정을 가지고 있는지라, 이런저런 혈기를 못 참고 스스로를 얽어매는 일들이 언론에 보도됩니다. 하루아침에 정치인으로 변신하여 친정인 검찰을 막 캐낸 칡 물어뜯듯 씹어대는 전 검사들, 제 밥그릇 챙기느라 식구들 밥줄은 생각지도 않는 프로들, 이런들 저런들 난 관심도 없지만, 아직도 묵묵히 자기 일을 사랑하고, 식구들을 사랑하고, 아이를 사랑하는 검사들이 정이 갑니다.

강력부 조직범죄전담 검사실에 있을 때 일입니다. 수십 개의 견인차 업체를 폭력조직이 운영하고 있다는 첩보가 입수되었습니다. 첩보가 사실이라면, 견인차가 폭력조직을 끌어나가는 견인차 역할을 하고 있는 셈. 관련 기관에 견인차 업체의 명단을 제공받고, 업체 대표의 인적사항 등을 파악하였습니다. 대표들의 관련 전과여부를 확인하기 위해서지요. 폭력조직이 운영하거나 개입되어 있다면 그 수입이 폭력조직 운영에 사용될 터, 사실여부를 신속히 확인하고 범죄 관련성을 판단하여 폭력조직의 수입원을 차단하여야 합니다. 혹시 있을 선의의 피해를 조금이라도 빨리 막아야 합니다.

첩보보고서를 작성하고 확보된 자료를 첨부하여 검사에게 보고했습니다. 검사는 폭력조직과 관련이 있는 것으로 추정되는 업체의 대표부터 계좌를 확인하고, 참고인의 진술을 확보하자고 합니다. 검사는 수사착수에 대한 보고서를 작성하여 강력부장에 보고하고, 저는 확보된 자료와 참고인의 진술을 토대로, 혐의가 짙은 자들에 대한 소환준비를 했습니다.

폭력조직원들의 생리를 보면 폭행이나 상해사건의 경우는 생각보다 쉽게 자백을 하지만, 이런 경우에는 거의 자백을 하지 않습니다. 나름대로 조직을 보호하고자 하는 심리입니다. 자기네들끼리는 의리라고 하지요. 철저하게 자료를 준비하고 조사 준비를 하지 않으면 오히려 낭패를 볼 수 있다. 큰 소리로 따지고 들면 같이 싸울 수도 없으니 민망한 상황이 발생합니다. 관련 업체수가 상당하고, 추정되는 금액의 규모도 적지 않아 검사는 이 사건에 매우 적극적입니다.

하루는 수사계획이 서야 하는데 검사의 출근이 늦습니다. 실무관에게 검사의 연락이 있었는지를 확인했습니다. 아이가 감기가 걸려 병원에 들렀다가 온다는 연락을 받았다고 합니다. 아이 감기 정도면 검사의 성격으로 아이 엄마에게 시키고 본인은 직접 가지는 않았을 텐데, 감기도 대한민국 검사 딸에게 붙을 게재가 아니라는 것을 알 것도 같고, 의외입니다.

오후에 출근한 검사는 그때부터 말이 없어졌습니다. 병원에 다녀온 이유에 대해서도 특별한 언급이 없었고, 조폭수사에 대해서도 말이 없습니다. 오히려 내일 다시 연가를 내겠다고 합니다. 지금 폭력조직 사건 수사에 착수했는데 연가를? 좀 이상합니다. 스타트 라인에 선 육상선수가 화장실 다녀오겠다는 격. 검사들은 연가를 잘 내지 않습니다. 사건이 밀려 항상 시간이 부족하기 때문이지요. 야근을 밥 먹듯이 해도 겨우 한 달을 버텨가는데 검사가 늦게 출근하고, 별 말없이 연가를 낸다면 무슨 일이 있다고 판단할 수밖에 없습니다.

검사는 아직 30대 후반으로 젊은이입니다. 경상도 사투리에 마른 체형으로 약간 건들거리는 걸음걸이, 항상 자신감이 넘쳐납니다. 조폭 두목의 갈취 사건이 풀리지 않았을 때도, 100명의 범단사건(범죄단체조직 사건)이 경찰에서 송치되어 왔을 때도, 검사가 되었고, 검사고참이 되었고, 지검 강력검사가 되었으니 이런 큰 사건도 맡는다며 이를 드러내 씩 웃곤 했습니다. 자주 어울렸던 옆 방 검사에게 혹 사정을 아는지 물었으나 모른다고 합니다.

검사는 연가를 며칠 더 사용하고 나서야 사무실에 나타났습니다. 며칠 만에 나타난 검사의 머리를 보고 방 식구들은 깜짝 놀랐습니다. 검사가 삭발을 한 것입니다. 조폭사건 수사에 삭발까지 할 일은 아닌데. 검사는 그제야 사정을 이야기 하네요. 8개월 된 딸아이가 소아암에 걸렸다는 것. 그간 암인지 여부를 확인하기 위해 조직검사를 실시했고, 확실하지 않는 상황에서 암이라는 말을 밖으로 내뱉고 싶지 않았다는 것입니다. 암 선고를 받고 항암치료를 시작하기 위해 아이의 머리카락을 모두 잘랐고, 아이의 고통을 함께하기 위해 아빠인 검사도 머리를 삭발한 것이라 했습니다.

검사의 삭발과 아이의 암 소식은 우리 방 식구들에게 충격이었습니다. 뭐라고 위로의 말을 해야 한다고 생각했으나 충격이 입으로 간 듯 입에선 아무 말도 나오지 않았습니다. 어떤 말을 해야 하는 것인지, 암 걸린 아이를 둔 아빠에게는 뭐라고 해야 위로가 되고 예의에 어긋나지 않는 것인지, 건너편 책상 앞에 서 있던 후배 수사관과 눈이 마주쳤지만, 그도 할 말을 찾고 있으나 찾지 못한 눈치였습니다. 뭔가 위로는 해야 하는데. 한동안 정적이 흘렀습니다. 아무도 아무 말도 하지 못했습니다.

방 식구들을 쳐다보던 검사는 괜찮다는 뜻인지 고개를 가볍게 끄덕이며 부장실에 간다며 사무실을 나섰고, 검사는 그 길로 퇴근하여 출근하지 않았습니다. 아이의 치료에 전념하기 위해 휴직 신청을 했다는 이야기만 들었습니다. 주변에 암에 걸렸다는 사람들은 몇 명 있었지만 소아암 소식은 처음이었고, 머리를 삭발한 아빠는 처음 겪었습니다. 검사 아니라 검사 할아비라도 부모의 마음은 다를 게 없습니다. 아이의 고통을 자신이 가져오고 싶을 겁니다.

형님도 아시다시피 제게도 아들이 둘이 있습니다. 이제 장성하여, 키운다는 단어가 어색하지만 애들 어릴 적엔 이놈들 키우기가 쉽지 않았지요. 양육 때문이 아니라 자식에 대한 부모의 마음 때문입니다. 가장 힘들 때가 아이가 아플 때였습니다. 아이를 목욕시키고 아이를 먹이고, 아이의 빨래를 하는 고달픔은 부모의 과제지만 아이가 아프다는 것은 아이의 과제입니다. 아이가 견뎌내야 할 부분이지요. 부모는 부모 자신의 과제는 궁시렁거리며 털어내지만 아이의 과제는 가슴에 담습니다.

부모가 견뎌야 하는 고통이라면 부모가 견뎌내면 되지만 아이가 직접 견뎌야 하는 과제는 지켜만 보는 부모로서는 두 배의 고통이 옵니다. 자전거를 배우다 다리를 다쳤을 때, 계단에서 굴러 머리가 깨졌을 때, 검도를 배우다 엄지발가락 뼈가 땡강 부러졌을 때, 경기(경끼) 때문에 열이 온천 온도와 같을 때, 그때마다 아이의 통증을 어찌 해줄 수 없는 부모의 통증은 두 배가 됩니다. 부모의 통증이 두 배면 아이의 통증이 조금이나마 줄어들 것처럼 말입니다.

큰애가 검도를 배우기 시작한 것은 초등학교 3학년 때부터였습니다. 검찰에 입사하여 바로 검도를 시작한 저는 검도가 아이의 성장에 좋다는 관장의 말을 곧이곧대로 믿고, 싫다는 아이를 설득 반 강요 반으로 검도장에 보냈습니다. 싫다던 아이는 제법 검도에 재미가 붙었는지 빠지지 않고 도장에 다녔습니다. 큰애에게 검도를 시키기는 했으나 큰애의 운동신경이 젬병이라는 것은 알고 있었습니다. 애가 좀 통통한 편인지라 몸에 붙은 살집이라도 좀 떨어내자는 마음에 시킨 운동이었지만 그 정도로 운동신경이 없을 줄은 몰랐다.

그 젬병인 운동신경이 하루는 사달을 냈습니다. 죽도를 들고 머리 치기를 하며 앞으로 달려 나가는 동작을 하다, 왼발이 몸을 따라가지 못하고 엄지발가락이 바닥에 걸려 골절되어버렸습니다. 머리치기를 하랬더니 발가락을 쳐버린 꼴이었지요. 병원에 실려 간 큰애는 엄지발가락에 철심을 박는 수술을 마쳤고 뒤늦게 연락을 받고 병원에 간 저는 큰애의 발가락 끝에 뾰족이 나온 쇠로 된 이물질을 봐야 했습니다. 우리 부부가 아이를 만들 땐 없었던 것. 튀어나온 철심을 보자마자 저는 고개를 돌려버렸습니다. 몸서리가 스스로 반응한 것입니다. 아이의 발가락 철심이 박히는 영상이 몸서리를 만들었습니다.

검사들의 좌천이니 뭐니 하며, 인터넷에 도배되는 제목들을 보다 보니 엉뚱하게도 수년 전 삭발을 하고 나타난 젊은 검사의 얼굴이 생생해지고, 당시 소아암 통보를 받았을 검사의 심경까지 오지랖 넓게 들여다보입니다. 병명은 지금 기억하지 못하지만 당시 들었던 병명을 검색해본 바로는 생존율이 거의 80~90퍼센트라 했으니 아이는 지금쯤은 치료되었으리라 믿습니다. 당시엔 갑작스런 소식이라 위로도 제대로 하지 못했지만, 지금이라도 삭발한 머리가 참 잘생겼더라고 말해주고 싶네요. 검사도 사랑하는 가족을 가진 평범한 사람이고, 아픈 가족에 마음이 아파하는 따뜻한 사람들이 많습니다.

영화는 영화일 뿐

영화는 영화일 뿐 오해하지 말자.

몇 년 전 〈더 킹〉이라는 영화가 있었습니다. 흥행을 못하여 잘 알지 못하는 사람들도 있겠지만 검사가 나오는 검사들의 이야기입니다. 검사가 세상의 왕이 되기 위한 허황된 꿈을 꾸는 허구의 검사의 이야기로, 영화의 스토리는 말 그대로 영화입니다. 만화 같은 영화라고 해야 할 것 같은 영화의 스토리는 이렇습니다.

뒷골목에서 껄렁거리며 세월 소비하던 학생이, 양아치 아버지가 젊은 검사에게 맞는 장면을 목격하고, 검사가 되기로 작정하더니 서울대 법대에 덜컥 들어갑니다. 스토리부터가 만화입니다. 서울대법대가 벼락치기로 딸 수 있는 운전면허시험도 아니고, 초등학교부터 고등학교까지 1등만 해온 학생들도 버거워하는 게 서울대 입학인데. 그래서 영화입니다.

여하튼 그렇게 대학에 들어간 주인공은 법전을 고기처럼 씹어

먹었는지 사시에 합격하여 검사가 되고, 유력 재벌의 사위가 됐습니다. 검사로 임용된 후 주구장창 매일매일 사건만 처리하는 형사부 검사생활에 싫증이 난 주인공은 정치와 재벌에 유착되어 달달한 권력을 휘두르는 선배 부패검사들을 보게 되고, 달콤한 당분만을 쫓는 벌처럼 그들을 따르게 됩니다.

선배 검사 한 명은 폭력조직을 키우고 있고, 그 폭력조직의 조직원 중 한 명이 하필 또 영화 아니랄까 봐 주인공의 친구입니다. 왜 그리 영화 속의 검사들은 모두 정권과 연결이 되어 있는지, 대한민국의 2천 명이나 되는 검사들이 다 정권하고 연결되어 있어야 한다면 그 정권이 몇 개나 되어야 할지 모르겠지만, 여하튼 영화는 한 정권이 사라지고, 새로운 정권이 들어서며 주인공은 줄을 잘 선 선배 검사를 뒷배로 승승장구합니다. 애인으로 연예인도 두고 있습니다.

검찰개혁을 앞세우며 또 다른 정권 세력이 등장하고, 주인공 검사는 감찰의 위기에 처합니다. 영화는 당연히 정치검사에 집중합니다. 정치검사들의 부패를 철저하게 과장하지요. 현실에선 말도 안 되는 화려한 파티가 있고, 권력의 독점과 휘두름, 불신과 배신, 어두운 진흙탕 싸움만이 영화의 한가운데 있습니다.

철저하게 비현실적이더라도 영화는 정말 영화인가봅니다. 관객은 권력을 지향하는 조인성에 공감하고, 무차별 권력을 휘두르는 정우성을 암암리에 동경합니다. 가족도 국민도 그들의 뒤에 배경으로서 있을 뿐이지요. 그나마 현실감 있는 배성우는 말 그대로 또 조연입니다. 관객의 시야에 조연은 포커스가 아니고, 철저한 만화적 영화임에도 관객은 정치검사들에게 빠져듭니다.

영화와 현실을 구분하지 못하는 것입니다. 거짓이 90이라고 해도 사실을 10을 넣으면 사람들은 사실일 거라 믿습니다. 설마 그럴까 하는 마음이 있다 해도 그 10 때문에 90의 거짓을 전부 쳐내지 못합니다. 허구일지라도 영화는 재밌습니다. 관객은 영화에 빠져듭니다. 자신도 모르는 사이에 조용히 영화 속의 검사가, 장면이 그리고 상황이 자리를 잡습니다. 그래서 가끔 영화는 무섭습니다.

가끔 검찰청 앞에서 1인 시위를 하는 사람들이 보입니다. '정치검사 ○○○는 ○○ 사건의 구속을 철회하라!'라고 적힌 플래카드가 시뻘겋게 자리를 잡고 있습니다. 검사와 정치가 무슨 관계가 있기에 시골 청 앞에까지 저런 문구가 휘날릴까. 왜 국민들의 머릿속에는 저런 의심과 불신이 자리를 잡았을까.

사실 제 경험상 사건 처분을 함에 있어 정치적 연관이 있거나, 정치가 누군가의 부탁이나 음해로 처분되는 사건이나 수사되는 사건은 경험해본 적이 없습니다. 검찰생활 근 30년에 검사실 수사만 20년가량 했습니다. 짧지 않은 기간에 정치적 사건이라고는 단 한 번도 경험한 적이 없는 데도 언론이나 매스컴에서는 매일 검찰에 원수진 사람들처럼 족쳐댑니다. 도대체 어떤 검찰청에서 어떤 검사들이 무슨 짓을 하고 있을까요. 대한민국에 검찰수사관 생활 근 30년을 해온 제가 모르는 또 다른 검찰조직이 존재하는 것일까요.

대한민국 형사사건 중 고소사건이 차지하는 비중은 50% 이상이라고 합니다. 그중 무혐의 처분이 차지하는 비중은 거의 70%입니다. 대부분의 고소인은 무혐의 처분을 인정하지 못하지요. 왜 제가 고소한 사건이 혐의가 없다는 것인지, 분명 나쁜 놈인데 왜 처벌을 못 한다는 것인지, 이해할 생각은 전혀 없고, 의심과 불신만이 가득 차 있습니다. 이들의 마음속에 무혐의 처분 검사는 모두 부패검사입니다. 피고소인에게 부탁을 받았을 것이고, 누군가의 압력을 받았을 거라 의심하고 불신합니다. 검찰 상부기관에서 판단하는 항고, 재항고, 법원 판사가 판단하는 재정신청 등을 모두 거쳐도 불신은 가시지 않습니다.

그래도 언론이 개입되지 않는 사건은 고소인 혼자서 삭이고, 결국은 이를 받아들이기도 합니다. 하지만 언론이 개입되면 달라집니다. 사실이 확인되지 않는 추측성 기사일지라도 언론에서 1주일만 때리면 거의 사실로 굳어집니다. 영화와 같은 집중 효과 때문이지요.

영화와 같은 극단적인 정치검사는 아니더라도 부패검사는 당연히 존재합니다. 돈을 받은 검사, 그랜저를 받은 검사, 사건 관계인으로부터 향응을 받은 검사, 최고 권력에 과잉 충성하여 정당한 처분을 하지 못한 검사는 있었고 드러났습니다. 이런 검사들이 있기는 하지만 사실 그런 검사들은 다 쪼잔한 그저 그런 검사들입니다. 〈더 킹〉 영화처럼 무슨 거대한 야망을 품고, 세상의 왕이 되기 위해 비리를 저지르는 사람들이 아니지요. 그냥 쪼잔하게 돈이 좀 필요해서, 좋은 차가 갖고 싶어서, 여자 있는 술집에서 술 한잔 하고 싶어서, 차기에 한 직급 승진하고 싶어서, 잠시 잠깐의 본능을 억제하지 못할 정도로 좀스러워서 순간적인 행동을 하고, 땅을 치고 후회하는 평범하고 쪼잔한 사람들입니다.

이러한 쪼잔한 부패검사, 정치검사들의 비중이 검찰에서 어느 정도를 차지하고 있을까요. 제가 통계를 알 수 없으니 언론에서 보도한 내용을 차용하여 약 1%~5%라고 하면, 95%~99%의 성실한 검사들은 그 억울함을 어디서 누구에게 하소연해야 할까요. 저와 근무했던 수많은 검사들은 막상 사적인 자리에서 털어놓는 이야기를 들어보면 정치에 관심도, 어떤 이는 정치가 무엇인지도 잘 모르는 경우도 있었습니다.

검사로서 검찰공무원으로서 주어진 일을 개미처럼 하고 있는 검사들이 많습니다. 1년에 수천 건의 사건을 처리하는 일선 검사들은 사실 다른 생각을 할 겨를이 없습니다. 아침 9시에 출근하면 퇴근시간은 따로 없지요. 사람을 조사하는 외에 기록 검토에 몰입하고 집중하여 사건 한 건을 처리하는 데 엄청난 심력과 시간이 소비됩니다.

저는 검사도 아니요, 검사를 옹호할 생각도 없지만 제가 알고 경험한 검찰의 세계는 언론에서 비리집단으로 매도할 만큼 그리 암울하지 않습니다. 엄청난 권력지향형 집단, 타락한 비리 집단으로 매도되는 현실이 많이 안타깝고, 99%의 검사들이 짠합니다. 그들도 월급 받아 생활하는 월급쟁이들이고, 저녁이면 치킨을 사들고 퇴근

하는 아이들의 아빠, 엄마일 터인데. 예전 어느 개그 프로의 유행어가 생각나네요.

"영화는 영화일 뿐 오해하지 말자."

이런 취지의 글을 인터넷 글을 올리는 사이트에 올렸더니 어느 분이 그간 검사들이 실제적으로 신뢰를 잃을 만한 행동을 해왔기 때문에 국민들의 인식이 그런 것 아니냐는 댓글을 다는 분이 계셨습니다. 그렇습니다. 그런 검사들이 분명 있었습니다. 제가 하고자 하는 이야기는 그런 검사들이 없었다는 것이 아니라 그렇지 않은 검사들이 대다수라는 것을 말하고자 함이니 너무 노여워하지 마셨으면 합니다.

검색대

청사 현관을 통과하여 안내 데스크 바로 앞에 검색대라는 것이 생겼습니다. 혹시 흉기를 소지하는 민원인들을 방지하고자 설치되었지만 사실 거의 무용지물이고 겨우 열쇠뭉치에 반응하여 삑삑거리고 있습니다. 우리 집에나 주면 호박넝쿨 올리는 지지대로나 쓰면 딱 일 텐데 해보지만 뭐 그럴 수는 없고, 괜히 임산부들이 꺼림직해 하는 애물단지만 되어 있습니다. '삑'소리 난다고 모든 출입자를 공항처럼 검색하자면 너무 과하다는 민원이 제기될 터이므로 검색대 형식만 갖추고 있지요.

검색대 _ '삑'

청원경찰 _ 주머니에 뭐 들었어요?

민원인 _ 열쇠하고 지갑밖에 없는데요?

청원경찰 _ 위험하니 다 여기 맡겨두고 가세요.

민원인 _ 지갑엔 돈 밖에 없는데요?

청원경찰 _ 돈이 더 위험해요!

민원인 _ ….

차단막

검색대를 통과하면 안내하는 청원경찰로부터 신원확인을 받아야 합니다. 신원확인이래야 출입하는 사유와 장소 그리고 신분증을 제시하고 출입증을 받게 되는 정도입니다. 신분증과 교환한 출입증은 각 층의 차단막 통과 시 사용하게 되는데 엘리베이터에서 내리면 각 검사실로 가기 전에 양쪽에 차단막이 설치되어 혹시 모를 피의자의 도주를 예방하고 있습니다.

검사실에서 사람을 소환하면 엘리베이터를 타고 3층에서 5층 사이의 검사실로 가야 합니다. 차단막 오른쪽에 설치된 계기판에 출입카드를 대면 차단막이 열리고 해당 검사실로 갈 수 있습니다. 출입증을 어디에 댈지를 모르는 민원들이 차단막 안에 갇혀 어쩔 줄 몰라 하는 경우가 간혹 있는데 계기판에 분명 '카드'라고 씌어 있는 부분이 있습니다. 그곳에 출입카드를 살짝 대면 됩니다만 어르신들이 자주 그 안에서 나오지 못하곤 하지요.

민원인 _ 이 출입증 어디다 대면 되요?

수사관 _ 거기 '카드'라고 써진 부분에 대세요.

민원인 _ '카드'라고 써진 곳이 없는데요?

수사관 _ (계기판을 본 수사관) 아! 'CARD'라고 써져 있구나.

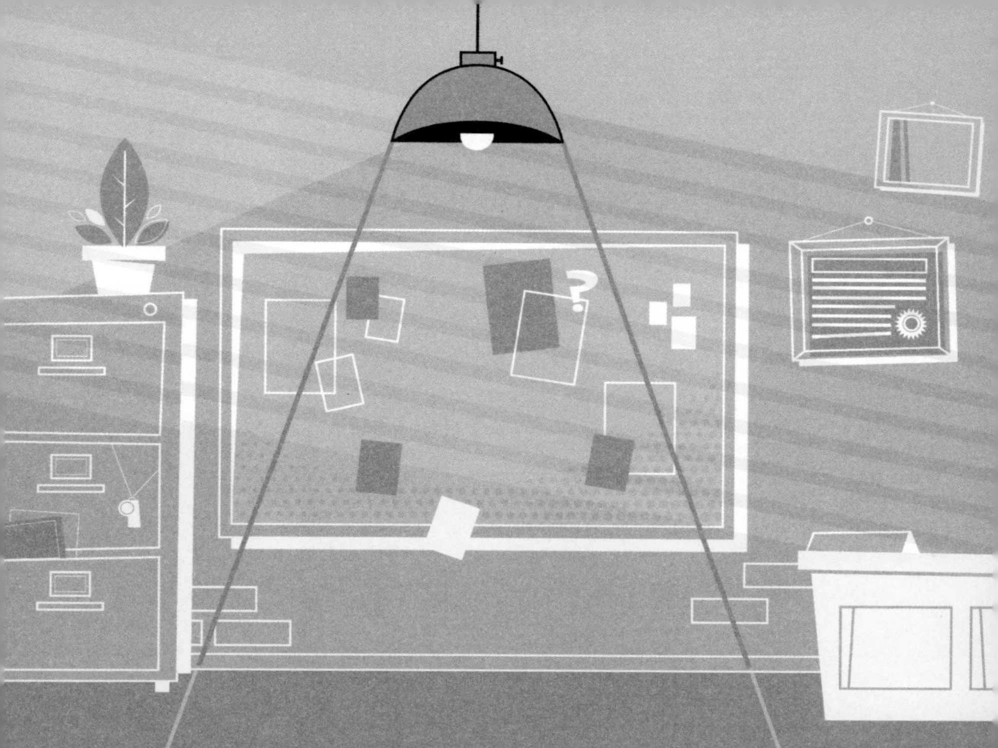

제5부

이제는 나를 찾아

'나는 아무것도 원치 않는다.
나는 아무것도 두려워하지 않는다.
자는 자유다.'

《그리스인 조르바》

나를 돌아본 시간, 아쉬움

아쉬움을 남기지 않을 방법은 딱 하나. 지금 바로 실천하는 것.
공부도, 영어도, 책 쓰기도. 대자연과 신이 나를 막는 것 빼고는.

저는 4년 전부터 시골집을 하나 수리해서 살고 있습니다. 마당도 있고, 텃밭도 있고, 과실나무 등도 여러 그루 있습니다. 출퇴근 시간이 20~30분가량 걸립니다만 아파트보다는 공기도 좋고 여유로워 살 만합니다. 예전부터 제가 원했던 것이라 만족하며 살고 있습니다.

휴일 오후에 서재 창밖으로 보이는 마당 잔디가 예쁘게 단장되어 있으면 보기가 좋습니다. 잔디 깎는 기계와 예초기가 반나절을 걸려 번갈아 고생 좀 한 결과이지요. 잔디가 원래 예쁜 건지 제 솜씨가 괜찮은 건지 제법 볼 만합니다. 밤톨같이 단장된 잔디를 보니 제 마음도 긍정적이 됩니다. 봄이면 봄기운이 살짝 무드를 도와 모든 게 예뻐 보입니다. '풍경이 아름다우니 마음이 아름다워라.' 풍경과 마음이 바뀌었나? 뭐 풍경이 먼저든 마음이 먼저든 아름다우면 되지요.

누구나 그렇겠지만 인생이 항상 긍정적일 수는 없습니다. 그래서 아쉬움은 매번 멍 때리는 표정으로 먼 산을 쳐다보는 기회를 제공합니다. 검찰청에 입사하여 마음 한 켠에 아쉬움을 쟁여두고 살았습니다. 그 아쉬움을 버리기까지 몇 년이 걸렸지요. 검찰청에 근무하려면 검사로 들어갔어야 했다는 생각 말입니다.

형님은 알고 계시지요? 저희가 소속된 직렬인 일반직만 있었다면 당연히 승진이라는 희망으로 이겨낼 수 있었을 것이나 특정직인 검사가 있잖아요. 일반직인 수사관은 검사가 될 수 없으니 태생의 한계지요. 평민은 죽었다 깨어나도 양반이 될 수 없는 구조와 같다고나 할까요. 좀 비약인가요.

사실 죽어라 공부해서 검사로 들어가면 되겠지만 그게 어디 쉬운가요. 공부도 어렵지만 상황도 여의치가 않지요. 핑계겠지만, 여하튼 젊었을 적 이런 아쉬움을 몇 년 간 가지고 살았습니다. 아내에게 지청구도 좀 들었지요. 한 해 두 해 지나며 한참 나이 어린 젊은이들이 검사로 들어오기 시작했고, 아쉬움도 무뎌져 갔습니다. 적응이 되어간 것인지 체념이었는지 모르겠습니다. 지금은 아들 나이의 젊은이들이 신규검사로 들어오고 있으니 무언가 남아 있던 아쉬움도 세월과 함께 이미 사라진 나이가 되었습니다.

아쉬움은 그렇게 세월과 함께 희석되기도, 어떨 땐 추억으로 남기도 합니다. 아쉬움에 대해서 이야기하자면 키나발루산 정상을 밟아보지 못한 미련이 아직도 남아 있습니다. 약 11년 전 검사실에 근무하고 있을 때입니다. 힘든 수사에 많이 지쳐 있을 때였는데 긍정적인 동료 수사관의 제의로 우연히 해외 등반이 계획되었습니다. 충동적인 결정이었지만 힘들고 지치고, 꼭 이렇게만 살 필요는 없다는 오기도 있었을 겁니다.

해외등반의 목적지는 말레이시아 코타키나발루시에 있는 '키나발루산'이었습니다. 원주민 언어로 '죽은 자의 영혼이 머무는 곳'이라는 뜻이라는데 멋진 이름입니다. 외국의 원주민들은 이름도 참 멋지게 짓는 것 같습니다. 제가 사는 동네 뒷산 이름은 뾰족하다 하여 '첨산'인데, 이 이름도 좀 운치 있게 시적으로 지어보고 싶네요. 너무 엉뚱한가요?. 그래도 멋진 이름이 있을 텐데요.

오월이었습니다. 수사관 네 명이 참가자였고, 등반일정 제목을 '키나발루 등정 트레킹'이라고 좀 폼 나게 지었습니다. 뭐든 폼이 좀 나는 것이 좋으니. 막상 가보니 '등정'이라 하는 것까지는 오버였습니다. 무색하게도 할아버지, 할머니, 아주머니들도 많이 올라오셨더군요. 그래도 한국에 돌아와서 다른 동료들에게는 '등정'이라는 표현을 계속 사용해서 자랑했습니다. 겨우 5일간의 일정에. 안 가본 사람들은 반박하지 못하니 자랑거리로 한참을 이용했습니다. '안 가봤으면 말을 하지 말아' 하면서.

이유는 기억이 나지 않지만 일정이 한번 무산되고 두 번째 일정을 잡아 출발을 했습니다. 저가 항공편의 불편을 총무에게 쏟아부으며 코타키나발루 공항에 도착했습니다. 공항에 도착하니 참한 여성

가이드가 반겨주었습니다. 공항에서 이십 여분 정도 거리인 수트라 하버 리조트라는 곳에 짐을 풀었습니다.

등반은 그다음날 새벽부터였지요. 헌데 하늘도 무심하시게, 저녁을 먹고 나자 비가 쏟아지기 시작했습니다. 무섭게 몰아치는 비바람에 내일 등정이 걱정되었습니다. 저 비바람에 가능할까? 걱정 반 피곤함 반으로 이국땅에서의 낯선 하룻밤을 보내고 새벽 일찍 일어났습니다. 창문을 확인하니 다행히 밤새 내리붓던 비가 그쳤습니다. 호텔뷔페에서 간단한 아침식사를 했습니다. 고맙게도 한국음식이 나오고 음식이 입에 맞더군요. 아니나 다를까 한국인 주방장이 근무를 했습니다. 요즘 한국인은 어디에나 자리를 잡고 있으니 참 대단한 나라입니다.

호텔로 찾아온 현지가이드의 안내로 키나발루산으로 향했습니다. 키나발루 국립공원관리소에 도착해 간단한 신원확인과 함께 등반허가증을 목에 걸었습니다. 산에 올라가는 데는 허가증이 필요했고, 현지인 헬퍼도 의무적으로 고용을 해야 했는데 현지인 헬퍼는 그곳 주민들의 생계수단이었습니다. 말레이시아 정부에서 등산객에게 의무를 부과하여 주민들에게 수입원을 주고 있는 것입니다. 딱히 수입원이 없는 주민들에게는 괜찮은 방법인 것 같았지요. 비용도 아주 저렴해서 우리나라 돈으로 이천 원을 주면 되었습니다.

마이클이었습니다. 그 헬퍼 이름이. 일본엔 항상 나까무라가 있듯이 영어식 이름엔 마이클이 있는 것 같네요. 한국에는 김씨가 있듯이 말입니다. 무겁다 생각되는 짐은 마이클에게 맡겼습니다. 체력이 떨어지면 고산증이 온다는 말에 마이클에게 미안해도 짐을 맡겼지요.

팀폰게이트라는 문이 출발지였습니다. 정글이 나타나고 조그만 다리를 건너 등정을 시작했습니다. 중간중간에 총 일곱 개의 쉘터라는 휴게소가 설치되어 있었습니다. 무리한 등산을 막고 고소를 적응하라는 관리소 측의 배려라고 했습니다. 칸디스, 우바, 로우월 등 휴게소 이름들이 이국적이었지요. 우리 지리산의 연하천 산장, 장터목 산장, 세석 산장 등도 외국인이 들으면 이국적일까요?. 아마 그렇겠지요?

고도를 올리자 비바람이 몰아쳤습니다. 한 발 한 발 걷기조차 힘들어집니다. 이거 '등정' 맞는데…. 다섯 번째 휴게소인 라양-라양에서 점심식사를 했습니다. 2,600미터 고도라고 푯말에 적혀 있는 곳에서 마이클이 가져온 점심을 먹었습니다. 휴게소라고는 하지만 비바람이 몰아쳐 제 역할을 하지 못했고, 도시락은 물, 샌드위치, 사과, 이름 모를 과자가 들어 있었습니다. 입에 맞지 않았지만 그냥 물과 함께 우겨넣었지요. 아무래도 속을 채워야 고산증이 오지 않을 것 같아서입니다.

휴게소를 출발하자 네펜데스라는 꽃의 군락지라는 푯말이 보이지만 꽃은 보이지 않았습니다. 짧은 영어를 동원하여 마이클에게 꽃의 위치를 물어봅니다. 잘 설명이 되지 않습니다. 영어를 좀 배워둘

걸 하는 아쉬운 마음은 항상 해외 나갈 때만 드네요. 영어회화를 공부할 걸. 한국에 가면 다 잊어버리고 지내다 다시 해외 나가면 또 아쉬워하게 됩니다. 네펜데스를 발견했습니다. 비가 와서 그런지 입을 오므리고 벌리지 않고 있습니다. 하긴 입을 벌리면 물이 들어올 테니 당연히 입을 다물어야지요. 인간이나 식물이나 폭풍우가 몰아칠 땐 입을 다무는 게 상책입니다. 사진을 한 장 찍고 등정을 계속 했습니다.

일곱 번째 휴게소가 삼천 미터 지점에 있습니다. 호흡이 가빠오고 약간의 어지럼이 일기 시작하는 걸 보니 고산증이 오는 것 같습니다. 심하지는 않으니 발길을 재촉하는데 일행 한 명이 뒤처지기 시작합니다. 체질에 따라 고산증이 심하게 오는 경우가 있다더니 많이 힘들어합니다. 한 발짝 옮기는데도 슬로비디오 동작입니다. 손을 앞뒤로 흔들며 먼저 가라고 하지만 그래도 먼저 갈 수는 없지요. 최대한 속도를 늦추고 격려를 합니다. 평소에 운동 좀 하라고. 사실 체력과 고산증은 별 상관이 없다고 합니다만.

드디어 숙박지인 베이스캠프 '라반라따 산장'에 도착했습니다. 삼천사백 가량의 고도입니다. 고산지대에 있는 산장치고는 시설이 좋았습니다. 식당, 그리고 침대시설 등이 갖추어져 있었습니다. 식당에서 간단한 식사와 맥주와 소주를 칵테일하여 마셨습니다. 폭탄주죠. 거기까지 가서 폭탄주라니.

홍콩에서 왔다는 젊은이들이 흥미롭게 쳐다보더니 다가옵니다.

같이 몇 잔의 폭탄주를 마시고 대화를 시도했습니다. 또 영어가 부족합니다. 이놈의 영어 돌아가면 꼭 1년간 마스터를 해야지. 아쉽습니다. 미리 배워두었으면 이 젊은이들과 많은 이야기를 나눌 수 있었을 테고, 홍콩 친구도 사귈 수 있었을 텐데 하는 아쉬움. 말이 통하지 않아 자리는 길게 하지 못했습니다. 어차피 정상까지의 새벽 산행이 예정되어 있어 일찍 잠자리에 들어야 했습니다.

늦은 밤까지 비바람이 그치지 않습니다. 마이클에게 정상 등정이 가능할지 물어봤습니다. 이 날씨가 계속되면 어렵다고 합니다. 청천벽력입니다. 여기까지 왔는데. 잠깐 눈을 붙이고 자정에 다시 일어났습니다. 새벽 두시가 출발시간인데 식당에 내려가니 마이클은 잠을 자지 않고 있습니다. 정상 등반 허가가 나지 않을 것 같다는 소식을 전해줍니다. 몇 번을 확인해도 마찬가지입니다.

일행을 깨워 닥친 현실을 전달했습니다. 난리가 났습니다. 허가가 무슨 필요냐, 우리끼리 그냥 강행하자는 의견까지 나왔지만 방법은 없었지요. 이국땅에서 그리고 폭풍우 속을 갈 수는 없습니다. 우리가 히말라야 등정 팀도 아니고. 마냥 기다릴 수도, 일정을 연장할 수도 없습니다. 결국 포기로 결정하고, 절박한 아쉬움에 밖을 나가 정상 쪽을 바라보았습니다. '죽은 자의 영혼이 머무는 곳', 비바람에 정상은 보이지도 않고, 제대로 서 있을 수 없을 정도입니다. 죽은 자의 영혼이 조용히 쉬고 싶어 했나 봅니다.

진하디진한 아쉬움을 뒤로 하고, 계획도 없는 내일을 기약하며 뒤돌아섰습니다. 라반라따 산장을 몇 번을 돌아보지만, 그놈의 아쉬움이 계속 머릿속에 남아 있습니다.

당연하지만 그 이후로 키나발루는 다시 가지 못했습니다. 지금도 아쉬움은 남아 있네요. 바둑은 복기를 해도 인생은 복기가 불가능하니 아쉬움을 남기지 않을 방법은 딱 하나인 것 같습니다. 지금 바로 실천하는 것. 공부도, 영어도, 책 쓰기도. 대자연과 신이 나를 막는 것 빼고는.

지켜내야 할 것들

그러고 보니 태풍에 지켜내야 할 것이 꽤 많다.
법정 스님이 아시면 집착이라며 나무라실지 모르겠다.

오늘은 주말이라 서재에서 컴퓨터 커서와 깜빡거림 싸움으로 대치하고 있습니다. 글을 쓰려 했으나 진도가 나가지 않습니다. 아내가 노크 없이 들어옵니다. 태풍이 온다니 마당 좀 돌아보라 지시를 내립니다. 얼른 인터넷을 검색해보았습니다. 태풍이 온다는 소식입니다. 바람이 무척 거셀 거라고 잔뜩 겁을 주고 있네요. 올해는 태풍이 자주 오는 것 같습니다. 옆집 할머니는 가을비는 아무 쓸데없다고 하시던데 굳이 안 와도 될 손님이건만, 어쨌든 온다니 오늘 글쓰기를 멈추고 바람 손님 맞을 준비를 해야 할 것 같습니다.

뒤꼍 장독대에 아내가 멋을 부려 놓아둔, 조그만 빈 항아리 몇 개는 창고에 넣어야겠습니다. 속이 비어 있는 그 애들 스스로는 바람의 힘을 견디기 어려워 보입니다. 그래도 장이 담긴 애들은 괜찮을 것 같기도 합니다. 크기도 제법 크고 무게도 있어 혼자 옮기기 어렵기도 하고. 태풍이 굳이 목표로 잡아 데려가지 않으면 혼자 버텨내 그대로 있을 듯합니다. 내년엔 빈 항아리 애들도 아내가 장을 담가 놓으면, 제 무게로 또 다른 태풍을 이겨낼 수 있으려나요. 뭐든 속이 좀 채워져야 제 노릇할 정도가 되나 봅니다.

아내는 제가 나름대로 접어 바닥에 내려놓은 정원 파라솔도 노끈으로 묶어 창고에 넣으라합니다. 저는 바닥에 내려놓는 정도면 충분하다 저항해보지만 어림없는 일입니다. 아내가 테라스 위에 걸어둔 베고니아 화분 두 개도 내려야 할 것 같습니다. 대학교 앞 갈대밭 농원에서 아내가 데려왔습니다. 햇빛을 짝사랑하는 애들인지라 테라스 위에서는 꽃피기를 싫어하나 봅니다. 베고니아의 꽃말이 짝사랑이라고 하니, 이번 태풍이 지나가면 볕 좋은데 놓아두어야겠습니다. 베고니아의 짝사랑을 응원하는 마음으로.

제 친구들은 이미 여름을 따라 내년을 기약했지만 텃밭에서 뒤늦게 자라 훌쩍 커진 해바라기 두 그루가 바람에 맞설 수 있을지 모르겠습니다. 뒤늦게 자란 애들이라 잠시 애정을 했는데. 여름에 지들끼리 뭉쳐 있던 애들은 바람의 힘을 나누어 흘려내겠지만 이제야 혼자 우뚝한 두 애들은 아무래도 어렵지 싶네요. 그렇다고 받침대를 해주기도 과하지 싶어 그대로 놓아두어야겠습니다. 지들의 자존심도 지켜주어야겠지요. 지난해 여름을 살던 애들이 태양의 씨를 남겨 스스로 자라난 애들입니다. 바람의 도움을 받아 자리를 옮겼습니다. 고갱이 보았다면 고흐에게 바람이 오기 전에 그려달라 했을지 모르겠네요. 아까워서 말입니다.

서재 창문에서 애들을 바라보면 노란 해바라기를 좋아하던 고흐가 이해가 됩니다. 초록색 화병에 담은 세 송이의 해바라기보단 고갱을 위해 그린 노란색 화병의 열두 송이의 해바라기를 고흐는 더 뿌듯해했다고 합니다. 좀 더 많은 해바라기를 자랑하고픈 심정이었을까요. 아시다시피 그림을 그리지 못하는 저는 정원에 놓인 채로 바라만 보자 합니다. '풍경을 표구하여 허공에 매달았다'는 표현이 있듯이 창문틀을 표구 삼아서. 바람이 애들을 데려가면 남은 금계국과 국화로 올 가을 노란 색을 대신해야 할 것 같습니다.

옆 마당 반송 소나무 아래 꽃무릇이 제법 무성합니다. 꽃대가 약한 애들이라 애들도 바람에 견디기 어려워 보입니다. 꽃이 빨리 지면 잎이 얼른 나오겠지 합니다. 서로는 만나지 못하겠지만 어찌 해줄 방법은 없습니다. 지들의 운명을 제가 관여할 수는 없습니다.

올해도 복숭아나무가 걱정입니다. 뿌리가 부실한지 작년 바람에 넘어진 전력이 있는 놈이지요. 아내와 함께 어렵사리 세워 막대로 고정해놓은 상태입니다. 미리 가지를 솎아내 바람을 덜 맞게 해줄 걸 해보지만 지금은 딱히 어찌 조치할 만한 게 없습니다. 또 다시 넘어지면 제 팔자려니 해야겠지요. 아내가 좋아하는 복숭아도 여름에 제법 열렸다가 지금은 쉬고 있습니다. 천도를 여는 놈입니다. 신선들이 수담을 나누며 먹는 과일이라더니 빛깔이 제각기 몽롱합니다.

초봄 벚꽃이 지기도 전에 잎보다 먼저 꽃이 피었습니다. 지들은 꽃잎 하나 각기 다른 빛깔이라 항의하겠지만 제 눈에는 모두 연분홍이었습니다. 새 가지가 아닌 묵은 가지에서 피어나는 꽃이 여간 반갑지 않았습니다. 이 애들은 태생이 다른 두 자궁을 가지고 있습니다. 꽃을 피우는 놈은 열매라는 결실을 맺을 수 있지만 잎을 내는 놈은 결실을 얻지 못합니다. 꽃 옆에서 살다가 잎으로만 끝나는 삶이지요. 열매가 없어 불행할까요, 꽃 옆이라 행복할까요. 꽃 옆에서 행복하다 꽃이 맺은 결실에 뿌듯해 할지도 모르겠습니다.

봉지 씌우는 시기를 놓쳤더니 새와 벌레가 먼저 먹고 저와 아내는 하나도 먹지 못했습니다. 누가 먹던 제 역할을 하면 되는 것이지요. '꿩 지만 춥지'와 같은 심보일까요? 우리는 마트에서 3만 원어치를 사다 먹었습니다.

텃밭에 심어놓은 배추와 상추는 별 문제 없을 듯합니다. 애들은 키가 작아 바람의 영향을 적게 받습니다. 부추, 비트, 대파도 괜찮을 것 같고, 물고만 제대로 터주면 잠길 일도 없을 것 같습니다. 뒷집 할아버지 밭에서 울타리를 경계로 저희 집 방향의 물고가 열려 있습니다. 울타리로 심어둔 사철나무들이 견뎌줄지 모르겠네요. 물길에 쓸리면 대책이 없겠습니다.

뒷집 할아버지가 울타리 나무 아랫둥을 계속 파내고 있습니다. 일 미리라도 땅을 확보하고자 하는 열정으로요. 그래봐야 거기선 들깻잎 한 장도 건지지 못할 텐데 고약한 노인네라며 아내가 저에게 민원을 제기하지만 복지부동 공무원인 저는 아무것도 하지 못합니다. 아내 속만 타들어가겠지만 어쩔 수 없습니다. 할아버지 열정을 막기엔 제 주변머리가 많이 부족합니다.

그 외엔 딱히 바람이 건드려 날려버릴 만한 건 없습니다. 집이 바람에 불려 가면 하늘의 뜻일 테고, 수레는 창고 안쪽에 넣어두자 합니다.

부모님께도 전화 드려야겠습니다. 이번에 오는 태풍은 많이 무섭다고 말입니다. 객지에 나가 사는 아들놈들은 지들 알아서 하겠지요. 다 컸으니 안부전화를 지들이 하려나요.

그러고 보니 태풍에 지켜내야 할 것이 꽤 많습니다. 법정 스님이 아시면 집착이라며 나무라실지 모르겠습니다. 무언가를 소유한다는 것, 그리고 그것을 지키고자 하는 마음, 그로 인해서 얻는 즐거움, 아직은 그렇게 살아가지만 조금씩 더 가벼워지려 노력해보려 합니다. 자신의 무게를 조금 더 덜어내면 집착에서 벗어나 진정한 무소유의 즐거움을 얻을 수 있겠지요.

저녁부터 모레까지가 고비라고 하니 오늘 내일 사이에는 이래저래 신경이 좀 쓰이는 날이 될 것 같습니다. 오늘은 글쓰기를 멈추고 창문 옆에 지켜서 있어야 할 것 같네요. 형님 계시는 곳은 태풍이 없지요?

이제는 나를 찾아

기분 좋은 날씨, 시골집, 서재, 커피, 그리고 책,
뭔가 있어 보이고 기분 좋아진다.
다 폼으로 사는 거다.

세월이란 게 참 빨리도 갑니다. 제가 벌써 몇 년 후면 정년입니다. 검찰에서의 즐거움과 아쉬움, 분노 그리고 사랑도 이제 가장자리에 섰습니다. 퇴직하고 뭘 할까 고민을 하게 됩니다. 아내는 연금이 나오니 굳이 뭘 할 생각을 하지 말라고 합니다. 사고치지 말라는 것이지요. 하지만 아내의 말을 거역해야 할 것 같습니다. 소소하나마 뭔가를 해야겠습니다. 하는 일 없이 하루를 보내기가 더 힘들 것 같으니 말입니다. 이제는 나를 찾는 뭔가를 해봐야겠지요.

28년차 검찰수사관, 20대 후반에 검찰에 입사하여 벌써 50대 중반이 되었습니다. 그래도 아직 머리털은 지켜내서 제자리에 앉아있고, 아들놈 둘은 이제 다 성장하여 보살펴줄 일은 없습니다. 아내는 아내대로 직장에 다니고 안 되는 다이어트 말고는 특별한 욕심은 부리지 않고 있습니다. 가끔 높지 않은 산에 같이 가거나, 아주 가끔 해외여행을 다녀오면 만족해합니다. 지난번에 말씀드렸지만 지난해

엔 둘이서 스위스에 다녀왔습니다. 시골이 참 예뻤어요. 달력에 나오는 그대로의 풍경이었습니다.

"참 예쁘네. 근데 이 풍경을 매일 본다고 생각하면 지금 우리 같은 감동은 느끼지 못할 것도 같고."

아내는 다행히 스위스에서 살고 싶다는 말은 하지 않았습니다. 자신의 현실을 충분히 인식하고 살고 있으니 다행입니다. 부모님은 연로하시지만 노환 외에는 특별히 건강은 나쁘지 않아 자주 찾아뵙는 것 외에 크게 걱정은 없습니다.

검찰수사관이 직업인지라 특수, 강력, 형사부 등에서 수사만 십수 년을 했네요. 경력만 쌓였지 더 이상의 승진은 물 건너갔습니다. 모친이 광주 계림시장에서 본 사주로는 관운이 짱짱하다고 했다는데, 그 짱짱한 관운이 이제 다했는지 딱 멈췄습니다. 뭐 그래도 상심할 만큼은 아닙니다. 정년도 몇 년 남지 않았고, 승진이 더 이상 뭔가를 더 줄 것 같지도 않습니다. 지금까지 가족들과 밥 먹고 건강하게 살았으니 공무원이라는 직업이 준 것은 충분하다고 만족하고 있습니다.

지난번에 말씀드렸다시피 4년 전까지 소도시 아파트에 살다, 큰마음 먹고 아내를 설득하여 전원주택을 구입했습니다. 시골집을 수리한 것입니다.

"3년 만 살아보고 아니다 싶으면 난 다시 시내로 나갈 거야."

아내는 3년을 못을 박았지만 전 자신이 있었습니다. 3년이 5년

되고 5년이 10년이 되리라. 하긴 3년 만 살아봐도 괜찮습니다. 이런 삶, 저런 삶을 경험해보는 것도 나쁘지 않으니까요. 딱 아파트를 처분한 돈으로 정원과 밭을 포함하여 오백 평을 샀으니 너무 잘 산 것이라 뿌듯해합니다. 시골이지만 30평대 살다가 마당과 밭을 포함하더라도 500평대라니, 평수만 봐서는 원룸 살다 체육관을 구입한 격입니다. 물론 집은 30평대 시골주택입니다. 시골이지만 시내에서 20여분 떨어진 곳이라 멀지도 않습니다.

구입한 시골집을 약간의 돈을 들여 리모델링을 했더니 둘이서 살기엔 충분하고, 집보다는 정원이 너무 맘에 듭니다. 전 주인이 나무를 좋아 했는지 소나무가 집 전체를 둘러 있고, 사과나무, 감나무, 자두나무, 복숭아나무가 제법 커 있습니다. 샤넬 넘버 파이브 향이 나는 금목서도 여러 그루 있습니다.

"이 향이 샤넬 넘버 파이브라는 향수냄새인가?"

아내도 이 향을 무척 좋아합니다. 금목서 향이 시골집에 정을 붙이는데 한 몫을 해주네요. 가을에는 온 마당에 향이 그득합니다. 그즈음에는 퇴근 후 마당을 들어서면 기분이 은근히 좋아집니다.

제가 좋아하는 서재를 꾸미는 데 제일 신경을 썼습니다. 집 한쪽 벽을 털어내 정원이 보이는 창문 두 곳을 내고, 나머지 두 벽면에 책을 가득 채웠습니다. 천장 가까이까지 꽂아서 겨우 책을 정리했습니다. 복도에 기다랗고 운치 있는 책꽂이 두 개를 세우고 볼 만한 책을 잘 보이게 진열했습니다.

"북카페를 만들 생각이예요?"

"괜찮지 않아?"

"나름 괜찮네요. 나쁘지 않아요."

아내가 군말 없이 도와주었습니다. 책방은 아니지만 제 멋대로 연출하여 혼자서 만족하고 있습니다. 허영심이지만 내 집 내가 꾸며 내가 만족하니 누가 뭐라 할 리 없다며 자족해합니다. 서재에서 내다보는 정원엔 커다란 후박나무 세 그루가 수돗가 옆에 자리하고 있습니다. 그늘을 드리우는 한가운데에는 제법 큰 돌 탁자와 돌 의자가 운치를 더합니다. 돌이라 엉덩이가 차가워 잘 앉지는 않네요.

"이 돌을 치우고 정자를 하나 만들까?"

"이 돌이 운치가 좋은데 왜 치워요. 그냥 둬요."

돌 위에 나무판자로 씌울까 하다가 포기했습니다. 아내의 말대로 멋이 나지 않을 것 같아서입니다. 대신 그 옆에 따로 야외용 파라솔 탁자와 의자를 두었습니다. 대형마트에서 이십여만 원을 주고 구입해서 제법 역할을 톡톡히 하고 있습니다. 손님도, 주인도 모두 사용합니다. 오래된 시골집을 리모델링 했기 때문인지 자연의 운치가 신축 집보다 낫습니다. 오래된 후박나무와 소나무들이 그 맛을 더하고 있습니다. 시골에 살면 아무래도 시골 맛이 나는 게 더 좋지요.

화창하고 기분 좋은 공기가 마당을 돌 때면 커피 한 잔을 내려놓고 창문이 열린 서재에서 책을 뒤적거립니다. 독서보다는 분위기를 느끼는 것입니다. 기분 좋은 날씨, 시골집, 서재, 커피, 그리고 책, 뭔가 있어 보이고 기분 좋아집니다. 다 폼으로 사는 거지요. 이렇게

4년 전 시작한 전원생활을 무리 없이 이어가고 틈틈이 컴퓨터 앞에 앉아 글을 쓰고 있습니다.

전원주택에서 사는 이야기를 먼저 했지만 시골에서 글을 쓰며 살고 싶다는 이야기를 하고자 하는 것입니다. 대단한 작가가 되겠다는 것이 아니라 기회 되는 대로 소소한 글을 쓰면서 지내고자 하는 것입니다. "내가 살아온 이야기를 책으로 쓰면 한 질도 쓸 거다." 매번 하시는 어머님의 삶의 소회 겸 영웅담입니다. 아내도 "나도 학교 다닐 적에 글 잘 쓴다고 선생님들께 칭찬도 많이 받았고, 내 편지를 받은 친구들이 글이 감동이라고 했었어. 내가 책을 쓰면 대박이 날 텐데 시간이 없네."라며 검증되지 않은 허세를 부립니다.

대한민국 누구나 어지간한 사람이라면 다 문학소녀고 문학소년이었을 것입니다. 달랑 〈소나기〉 하나 읽고 문학소년이라고 자칭하는 사람, 〈캔디〉 만화를 보고 문학소녀라 칭하는 사람, 만화영화를 보고 책을 읽었던 것으로 착각하는 사람, 각양각색의 사람이 있겠지만 사람들은 가슴속 어딘가에 책을 동경하고, 책을 한 권 써보고 싶다는 마음이 잠재되어 있는 것 같습니다.

저도 그랬습니다. 곰곰이 생각해보면 글을 쓰겠다는 욕망보다 책을 엮어보고 싶은 마음이 강했던 것 같네요. 어느 때인가는 여행기 몇 개 쓰고 그걸 책처럼 엮어 주변에 자랑한 적도 있었고, 어느 때는 다치바나 다카시의 《독서의 기술》을 그대로 타이핑하여 문고판 정도의 크기로 엮어 가지고 다닌 적도 있었습니다. 맘에 드는 문구들이 많아 내가 쓴 것인 양 혼자의 만족감이었습니다.

저에게 책 쓰기는 항상 꿈이었습니다. 회사에서 나온 조그만 수첩을 들고 다니면서 책을 읽다 마음에 드는 문구를 적었고, 생각도 적었습니다. 모아둔 수첩이 벌써 수십 권이 모였네요. 그냥 저냥 메모도 있고, 그날그날의 푸념 한 줄도 있습니다. 아주 잡다한 것이지요. 그래도 이제 제법 제 꿈들이 모여 있어서 서재 한쪽에 소중히 모아두고 틈틈이 펼쳐 보기도 합니다. 가끔 술 한 잔 마시고 술기운에 쓴 글들이 제법 마음에 들기도 하고요. 가끔 내가 정말 이런 문장을 썼나 하기도 합니다. 수첩에는 이런 글도 있습니다.

"모든 예술은 이야기다. 사진은 이야기를 찍는 것, 그림은 이야기를 그리는 것, 그리고 글은 이야기를 쓰는 것이다. 따라서 사진도 읽고, 그림도 읽고, 글도 읽는 것이다. 그 안에 들어 있는 이야기를 …."

이 문구는 제 생각인지, 어디서 본 글을 옮겨 적은 것인지는 잘 모르겠습니다만 출처를 떠나 사진도 그림도 글도 모두 이야기라는 말, 괜찮은 것 같습니다. 그래서 저는 사진도 그림도 읽으려고 노력합니다. 그 안에 어떤 이야기가 담겨 있는지 제 마음대로 읽어갑니다. 책도 당연히 이야기가 담겨야 할 것 같습니다. 글쓴이의 솔직한 마음이 담긴 이야기 말입니다.

이제 나의 꿈은 이야기를 담은 책을 쓰는 것이 되었습니다. 이 사람은 무슨 이야기를 하고 싶어서 이 책을 쓰게 되었을까. 이 궁금증도 책을 펼칠 때마다 항상 먼저 생각하게 됩니다. 시를 읽던, 소설을 읽든, 정보전달 책을 읽든 말입니다. 저는 어떤 이야기를 써야 할 까요? 이제 조금씩 검찰청의 아무개에서 벗어나 나를 찾아가야 할 때입니다.

은퇴 설계

울퉁불퉁한 근육에, 커피 식기도 전에 원 샷 때리는 사나이는 없어도,
나름 평평한 아랫배에 앞치마를 두르고, 아내를 위해,
방금 간 원두로 부드러운 커피를 내리는 그런 은퇴이고 싶다.

벌써 은퇴라는 말을 쓴다는 것이 너무 나이든 표를 내는 것 같기는 합니다만 은퇴준비는 5년 전부터 해야 한다고 하니 미리 은퇴설계를 해보고자 합니다. 은퇴는 삶의 영화 하나가 끝나고 다른 영화가 시작되는 것이라고 합니다. 새로운 영화는 앞선 영화와는 많이 다를 것이고, 저에겐 아주 특별한 영화가 되겠지요.

검찰을 떠나게 되면, 이제 주인공은 오로지 나 자신이어야 하고, 주인공일 나의 역할이 대부분의 비중을 차지하게 될 테니까요. 검찰이라는 조직에선 주인공이 아닌 아무개로 살았으니 내 삶에선 이제 주인공 좀 해봐야지요. 그래서 많이 두렵고 설레서, 매일매일 마음속의 대본을 쓰고, 고치며 다시 새로 쓰게 됩니다.

이제 과도한 액션 장면은 힘들 테고, 아쉽지만 아름다운 여성과의 로맨스 장면도 빼야 하고, 그렇다고 흔들의자에 앉아 먼 산을 쳐다보는 백발의 노인을 그리고 싶지는 않습니다. 어차피 시작될 영화

라면 너무 밋밋하고 아까울 것 같아서요. 과하진 않지만 부족하지 도 않고, 로맨스는 없지만 낭만은 나름 보이는, 노을도 있으나 초췌하지 않고, 수수하지만 나름 괜찮아 보이는, 그런 영화였으면 합니다. 울퉁불퉁한 근육에, 커피 식기도 전에 원 샷 때리는 사나이는 아니어도, 아랫배는 감출 수 있는 정도의 적당한 살집에, 갈색의 앞치마를 두르고, 방금 간 원두로 아내를 위해 연한 커피를 내리는 그런 영화이고 싶은 마음입니다.

제 은퇴 후의 꿈은 아직은 불투명하지만 나름 생각해둔 계획이 몇 가지 있습니다. 우리나라 중년남자 대부분의 로망이라는 그 평범한 꿈이라는 전원주택에서의 삶입니다. 지금 살고 있는 전원주택을 북카페로 고치고, 집 앞을 지나는 사람들에게 개방하는 것입니다. 커피는 팔지만 딱히 수익을 내지는 않고, 잠자리도 내주지만 그도 이익은 남기지 않는, 그런 북 스테이 형식의 게스트하우스를 만드는 것이지요.

앞마당 후박나무 아래에는 제법 큰 나무색의 정자를 하나 만들고, 4그루 있는 감나무 아래에는 2인용 그네를 설치하고, 3년 전에 심어둔 단풍나무 옆에는 마트에서 구입한 4인용 파라솔의자를 둘 것입니다. 마당 잔디엔 정원석을 두 줄로 깔아 손님이 다니기 편하게 하고, 소나무 아래에도 야외용 의자를 두어 책 읽는 공간을 마련할 것입니다. 신선초 밭과 꽃밭 사이엔 원형 터널을 만들어 아내가 좋아하는 넝쿨 장미를 심고, 창고 앞 꽃밭은 국화전용으로 만들어

가을을 노랗게 밝힐 것입니다. 금목서가 심어진 텃밭 옆 담장 아래는 코스모스 씨앗을 몽땅 뿌려 무성하게 하고, 모과나무 옆 구절초밭엔 식구를 조금 더 늘려, 해마다 모과나무 아래의 가을을 하얗게 밝혀야겠습니다.

감나무 아래 그네 옆에는 바비큐 장을 만들고, 먹는 규칙을 몇 가지 만들어 푯말을 세워둘 것입니다. 삼겹살과 막걸리는 주인과 함께 먹는다. 먼저 취하는 사람이 술값을 내고, 취하지 않는 사람이 설거지를 담당합니다. 상추는 텃밭 것을 사용하지만 씻는 것은 손님이 직접 합니다. 고추는 있으면 텃밭 것을 사용하고, 없으면 주인이 사오도록 하며, 마늘은 창고에 있는 마늘을 직접 까서 먹는다는 내용을 푯말에 새길 것입니다.

지금 있는 서재도 약간 리모델링을 해야겠습니다. 삼면에 책장을 만들고, 가운데는 책상을 두어 제가 쓴 책을 우선 진열하여 보게 하고, 그 옆에 좋은 책을 선별하여 요약 메모를 해둡니다. 메모지를 비치하여 손님도 메모를 할 수 있게 하고, 손님이 한 메모도 그 옆에 진열해둡니다. 손님들이 묵을 방 2개에는 침대는 두지 않고, 편안한 이불과 큰 베개를 제공하고, 최대한 대자로 뻗어 책을 읽도록 합니다. 야식은 라면, 고구마를 비치해두고, 아침은 저희 부부가 먹는 아침 메뉴를 같이 먹게 합니다. 주로 아내가 잘 끓이는 된장국일 것입니다.

손님은 가족과 선남선녀를 환영하고, 책을 읽는 불륜이 있을지 모르지만 불륜은 사절입니다. 제가 알 방법은 없겠지만요. 손님의 책 읽는 시간은 최소 1시간이 의무이고, 그 이상의 시간은 아무래도 상관없습니다. 밤을 새워 책을 읽어도 말리지 않고, 가슴에 책을 품고 자도, 베고 자도 관여치 않으며, 아침에 스스로 일어날 때까지 깨우지도 않을 것입니다.

간단하지만 이상이 은퇴 후 저의 계획입니다. 앞서 말한 대로 불투명한 계획이고, 저 혼자만의 계획이니 아내의 허락이 있을지는 모릅니다. 진돗개를 한 마리 추가하고 싶으나 키우던 진돗개가 올 초에 집을 나가 돌아오지 않으니 그 자리에 다른 개를 넣을 용기가 아직 나지 않습니다. 혹시나 그 놈이 돌아오면 제 방을 남 줬다고 화를 낼까 무섭습니다.

가끔은 아내와 함께 후박나무 정자에 누워 이상희 시인의 〈가벼운 금언〉을 따라 해보기도 할 것입니다.

…

빈 식기를 햇볕에 널고

오늘은 가벼운 금언을 짓기로 한다.

…

시간의 묵직한 테가 이마에 얹힐 때까지

해질 때까지

매일 한 번은 최후를 생각해둘 것.

_ 이상희 시집 《벼락무늬》(1998), 〈가벼운 금언〉

별 좋은 날 밖에서 점심을 먹고, 빈 식기를 햇볕에 널어두고, 숨을 크게 세 번 쉰 후, 마을 뒤에 있는 첨산 쪽으로 머리를 두고 누워서 저녁은 뭘 먹을까 생각을 해야겠습니다. 그리고 가끔은 이상희 시인의 조언처럼 최후에 대한 생각도. 하지만, 사실 최후에 대한 생각은 아직 하지 않을 것 같긴 합니다.

정년은 5년이 남았지만 정년까지 채울지는 미지수입니다. 다행히 미리 시골집을 마련하였기에 은퇴 후 연습은 충분히 하고 있고, 주말이면 마당에 의자에 앉아 틈틈이 은퇴 후 계획을 머릿속에 그리고 있습니다만, 어떤 영화가 될지 두렵고 걱정되고, 기대되고 설렙니다.

구치감

청사 뒤편에 구치감이 있지요. 검찰청에 있는 구치감은 구속된 사람을 검찰청으로 데려오는 교도소와 경찰서에서 주간에 잠시 대기하는 장소로 사용하고, 일과시간이 끝나면 구치감은 사용하지 않는데 가끔 검찰청 구치감을 경찰서 유치장이나 교도소 구치소로 착각하는 사람들이 있기도 합니다. 새로 들어온 신규 수사관은 구치감이 어떤 곳인지 잘 모르는 경우도 있더라고요. 교도소에서 검찰이나 재판정으로 수감자를 데려오는 '출정'이라는 용어도 모르는 경우도 있고요.

고참 수사관 _ 어이 김 수사관 구치감에 연락해서 오늘 구속자 좀 보내라고 해줘!

신규 수사관 _ 네!

(전화)

선배님 오늘 구속자 '출정'했다는대요?

고참 수사관 _ 어디에 전화했어?

신규 수사관 _ 교도소 보안과에 했습니다.

고참 수사관 _ 나가!

왕지동 호수공원

지금 왕지동 청사 주변도 형님 계실 때에 비해서 많이 바뀌었습니다. 청사 뒤편으로는 아파트 단지가 들어서 있고, 앞쪽으로는 변호사, 법무사 사무실 등이 입주해 있는 상가 건물이 도로 건너에서 진을 치고 있습니다. 변호사, 법무사 사무실도 많이 늘었어요. 청 직원들 중 퇴직해서 사무실 낸 분들도 상당수 있고요. 상가 건물 뒤쪽으로 약 200미터를 가면 시에서 자랑하는 호수공원이 시민들의 휴식처로 사랑받고 있지요. 볕 좋은 날 점심시간이면 산책을 좋아하는 청 직원들이 호수공원 주변을 30분가량 걷는 여유를 즐기기도 합니다.

요즘 사람들 커피 엄청 마셔요. 커피숍이 유난히 많이 생겼습니다. 천 원짜리 아메리카노 한 잔을 들고 산책하는 모습들에서 직장인들의 점심시간 패턴이 그대로 드러나기도 합니다. 저희도 점심을 먹고 꼭 커피 한 잔을 들고 다니게 됩니다. 너도나도 커피 한 잔씩을 들고 걷는 모습들이 조금 우습기도 하지만 그 시간의 여유가 소소하지만 좋습니다. 가끔은 검사가, 어떨 땐 수사관이 때로는 실무관이 커피를 쏩니다. 요즘은 천 원짜리 아메리카노가 생겨서 누가 쏴도 부담이 없습니다.

실무관 _ 전 아아 한 잔요!
검사 _ 저두요!
수사관 _ 난 따뜻한 아아 한 잔!

어쩌면 사랑일까

사랑이라는 표현을 쓰자니 영 어색하고 닭살 돋지만
어쩌면 아직은 그런 걸지도.

이것저것 두서없이 적지 않은 이야기를 했습니다. 형님 가신 지 13년이라는 세월이 흘렀으니 그만큼 많은 일이 있었다는 것인가 봅니다. 저도 이제 검찰에서 근무할 날도 몇 년 남지 않았습니다만 근 30년 가까이 근무한 곳인지라 그간 들었던 미운 정, 고운 정을 무시 못하나보네요. 이렇게 주절대는 것을 보면 말입니다.

조직생활뿐만 아니라 결혼이나 연애나 참 피곤한 일입니다. 결혼이나 연애가 피곤한 게 아니라 그 상대방 때문에 피곤한 거겠지만, 상대방의 행동에 대해 일일이 생각하고 판단하고 그리고 우쭈쭈 칭찬해줘야 하고, 가끔은 죽일 놈아 하고 욕도 해야 하고, 때로는 교장 선생처럼 훈계도 하지요. 뭣이 그리 중한디, 뭣이 그리 불만이고, 뭣이 그리 맘에 안 드는지, 난 이랬으면 좋겠는데 상대방은 꼭 저렇게 하고, 안 했으면 하는 것은 꼭 상대방이 찾아서 하고 있습니다. 장동건이었으면 하는데 꼭 옥동자처럼 웃고 있고, 이영애처럼이었으면 하는데 어찌 그리 박나래처럼(이거 명예훼손 아닌가요? 박나래 씨 죄송합니다) 마시는지.

아내와 함께 모임이라도 나가면, 남의 남편은 두 잔밖에 안 마시더만 당신은 다섯 잔을 마시더라, 점잖치 못하게 왜 그리 남보다 말을 더 많이 하느냐, 화장실은 왜 그렇게 자주 왔다갔다 하느냐, 입엔 뭘 그리 묻히고 먹느냐, 남의 아내 깻잎은 왜 잡아주느냐, 본인 밥은 안 먹는지 오직 남편에게 고정된 인간 CCTV입니다.

사실, 한 번만 더 생각해보면 상대방에게 원하는 것이 있다는 것, 그리고 상대방을 쳐다보고 있다는 것은 그만큼 관심이 있다는 것일 겁니다. 배우 장동건이 옥동자처럼 웃든, 탤런트 이영애가 박나래처럼 마시든 장동건이나 이영애에게 왜 화가 나겠는가요. 내 것도 아닌데. 장동건, 이영애가 아닌 내 남편, 내 아내이기 때문에 화도 나고 짜증도 나고, 속도 상할 것 겁니다. 나 몰라라 하기 힘든 것, 그게 '내'라는 단어 속에서 항상 불거지고 간섭을 하지요. 내가 그 사람과 관련되어 있는 '나의 무엇'이기 때문입니다.

뉴스에서 '검찰은'으로 시작하는 아나운서의 멘트가 시작되면 저는 본능적으로 눈길이 갑니다. 내 직장이고, 내가 평생을 몸담은, 나의 '내'가 그곳에 있기 때문이지요. 작금 검찰의 행동에 대한 못마땅함, 검사들에 대한 불만, 동료 직원들에 대한 아쉬움, 모두 내가 아직 검찰을 '내 직장'으로 사랑하고 있어서가 아닐까 생각합니다. 상대방은 알지도 못하는 갈망이지만, 그래서 억울하기도 하지만, 결국 아무도 알지 못하게 잠잠해지고 말겠지만, 그래도 아직은 나의 CCTV도 '검찰은'에 고정되어, 왜 저런 행동을 하는지, 왜 말을 저렇게 하는지, 얼굴에 뭐가 묻었는지 쳐다보고 있는지도 모르겠습니다.

아나운서의 '검찰은'이 들리지 않는 날, '경찰은', '청와대는'과 똑같이 취급되는 날, 그래서 미량의 관심도 사라지는 날, 불평도, 불만도, 불평등의 의식도 모두 사라질지 모르겠네요. 사랑이라는 표현을 쓰자니 영 어색하고 닭살 돋지만 어쩌면 아직은 그런 걸지도 모르겠습니다.